# 胡蝶の鏡

建築探偵桜井京介の事件簿

篠田真由美

KODANSHA 講談社ノベルス NOVELS

カバーデザイン＝岩郷重力
カバー・本文写真＝半沢清次
ブックデザイン＝熊谷博人・釜津典之

胡蝶の鏡————目次

# 登場人物表（二〇〇一年十二月現在）

レ・ヴァン・タン（30）――ハノイ歴史博物館学芸員
四《し》条《じょう》彰《あきら》子《こ》――タンの妻　日本人（「塔の中の姫君」『桜闇』所載に登場）
レ・ヴァン・トゥー（4）――ふたりの息子　日本名直《すなお》
レ・ヴァン・ティン（97）――レ家の長老
レ・ティ・ロァン（故人）――ティンの姉
レ・ホン・ロン（29）――タンの弟　ティンの孫　医師
レ・グォック・マイン（51）――ティンの孫　政府高官
ファン・ティ・ムゥイ（36）――マインの妻　実業家
レ・ティ・トゥハー――マインの長女　大学生
レ・バオ・チャム――マインの次女　高校生
グエン・ティ・ナム――ティンに付き添う女医

河《かわ》村《むら》千《ち》夏《なつ》――女子大生
桜《さくらい》井京《きょうすけ》介――現在はほぼ無職
栗《くり》山《やま》深《み》春《はる》――現在はアルバイター
蒼《あお》――現在は大学休学中

国立歴史博物館（ハノイ）

# 独白——桜井京介の

パソコンの電源を入れ、ワープロソフトを立ち上げる。

書きかけの論文のファイルを開く。タイトルは『伊東忠太《いとうちゅうた》の建築進化論　近代日本の和洋折衷建築の流れの中での位置づけ』。

桜井京介《さくらいきょうすけ》が一九九六年にW大大学院を卒業して以来執筆を続けてきた『和洋折衷建築論』の一環を成すべき論文は、すでに仕上げの段階に入っている。京都四条《しじょう》家の蔵から出た資料類の中にも、これまで展開してきた論旨を変更せざるを得ないような発見は、幸か不幸かなかった。

明治の建築家の系譜において、イギリス人ジョサイア・コンドルの講義を受けた辰野金吾《たつのきんご》、曾禰達蔵《そねたつぞう》らを第一世代とするなら、伊東忠太は教授となった辰野の教え子、つまり第二世代に当たる。未だ建築界の大勢が欧化主義に向かっていた時代にあって、いち早く日本建築史研究の必要性に着目し、『法隆寺建築論』をもって博士論文とした伊東の特異性は明らかだったが、京介が着目したのは彼の『建築進化論』だった。

ヨーロッパ建築史のルーツである古代ギリシャ建築が、石材を用いながら明らかに木造の痕跡を装飾として残していることから、木造を主とする日本建築もまた、その美的特性を保存しながらより耐久性耐火性の高い石造へと進化させ得るというのがその論で、伊東は自らの理論に基づく実作をいくつか残している。京介の試みは、これを『和洋折衷建築』という大きなくくりの中に、改めて位置づけようとするものだった。

明治初期の擬洋風。封建的身分制の枠を外された庶民らの、西欧文明に向けた素朴で率直な憧れの視線。

支配階級における進歩性の記号としての西洋建築。その結果生まれた和洋併存形の住居。

ジョサイア・コンドルら外国人建築家が行った、洋と和を調和させる試み。西洋人の異国趣味表現としての折衷。

それに対する日本側からの迎合。観光地などに出現した外国人の視線を意識したエキゾチシズム。

一方では実用としての欧化。生活の快適性を志向する住宅建築。

フランク・ロイド・ライトの作品における日本建築からの影響。

下田菊太郎《しもだきくたろう》の提唱した帝冠併合式。

太平洋戦争に向かう時期の日本で一時盛んに流行し、戦後は日本建築におけるファシズムの表現と断罪された、いわゆる日本趣味の建築。

大陸に向かった若い日本人建築家が試みた、現地の様式との折衷。

『和洋折衷建築』という主題に含まれるべき範囲はひとつひとつ拾い上げればあまりに広く、バックも持たない在野《ざいや》の研究者の身では何年かかっても終わりそうもない。ピラミッドをひとりで建てるような馬鹿馬鹿しい力仕事に、むしろ好きこのんで取り組んできた。

だがこの伊東忠太論の一編をもって、当初予定した全体像のおおよそのアウトラインは描き終えたといってよさそうだった。後は細部をどこまで詰めていくかという問題だけで、これには完璧ということはあり得ない。

無論『折衷』というテーマは、日本を離れてさらに広がる。

ロココ文化の中のシノワズリ、スウィフトの小人国を思わせる批評的異物としての東洋。箱庭のような異国風景の中に配された《シナ人》の意匠。

英国式風景庭園に配されたパゴダや園亭。西欧的に咀嚼《そしゃく》され矮小化された東洋。

フランス統治下のインドシナやイギリス統治下のインドで行われたコロニアル・スタイルの折衷。植民地の文化を西欧文化の下に併呑《へいどん》し、止揚《しよう》することによる支配。

そうした西から東へのベクトルとは正反対に、オスマン帝国末期のトルコに行われた「進んだ西洋」に対する憧れとしての折衷。君主による啓蒙主義的な西欧化。

同時期に西欧の、博覧会文化の中で流行し蔓延したオリエンタリズム。

(まったく、例を拾い始めればきりがない……)

京介は思う。

文化の折衷とは、たぶん人間にとって極めて普遍的な欲望なのだ。異質の文化が出会うとき、そこには必ず反発と排斥と同時に、さまざまな形での融合が起きる。

西洋は遅れた東洋を侮蔑し、彼らにとって異質の文明を退け、資源を収奪し支配しようとしながら、同時にその風土や芸術に抗《あらが》い難《がた》く惹《ひ》きつけられていく。己れの文明が袋小路にいると感じるとき、未知と野性の生命力に溢れた東洋こそ彼らの楽園であり、インスピレーションの源なのだ。

だが東洋もまた西洋に魅入られる。輝ける文明の使徒である西洋は、同時に残酷な侵略者であり、支配者であり、収奪者である。植民地支配と自由平等の革命思想はふたつながら西洋からもたらされ、それゆえに東洋は西洋を憎みつつ愛し、排斥しつつ受け入れぬわけにはいかない。

西洋からすれば、自らの価値である進歩の体現者として振る舞うほどに、己れを魅了した東洋の文化を破壊していく二律背反。

東洋から見れば、民族自立を目指す闘いの思想そのものが倒すべき敵から与えられ、自尊心を危うくするという矛盾。

そして建築は目に見える文明の指標であり、政治的プロパガンダでもある。廃王の宮殿は次代の王によって打ち砕かれ、征服者は被支配者の都に己れの記念碑を建てる。幸運にも植民地化を免れた日本もまた、そのように振る舞った。

朝鮮を併合した後、インドシナにおけるフランスよりも性急に京城の中央に総督府を建設し、巨大な神宮社を建設して参拝を強要した。それもまた東洋における疑似西洋、似ていながら同時に異物でもある矛盾の塊《かたまり》としての近代日本には、ある意味相応《ふさわ》しい建築物ではあっただろう。

東と西。両者は衝突を繰り返し、奪い合い、犯し合い、血を流す。憎しみによってより強く結びつけられたふたりの恋人のように。その衝突のあわいに産み落とされるのが、さまざまな種類の折衷様式なのだ。西洋は東洋を理解したいと望み、あるいはその美を我がものにしたいと思い、東洋は西洋の進歩に憧れて互いににじり寄る。

だが多くの場合、それは決して長くは愛されない。流行の時代が過ぎれば、むしろ忌《い》まわしい奇形として嘲笑《あざわら》われ、排斥され、破壊される。

波の揺り返しのように、習合と混沌の時代の後には原点回帰が叫ばれる。そのときには至福の原初、純粋と素朴こそが文明の本質だと称揚され、追われた征服者の建てた建築はくつがえされ、汚れを負わされたヒトガタとして、混血の子らは石を投げられる。繰り返されてきた魔女狩りだ、それは。いわくグロテスク、堕落、逸脱、滑稽、醜悪——

いままでも幾度か、特に建築史の研究者から問われたことがあった。なぜ君はそんなにも、和洋折衷などというテーマにこだわるのかと。その質問にはときどきに適当なことばを返し、あるいは答えることもしなかった。理由はわかりすぎるほどわかっている。ただそれを、相手に理解できるようなことばに換えることが面倒だったからだ。

どうせ相手は心から、こちらの存念を知りたいと望んでいるわけではない。人はしばしば答えを予測しているからこそ質問を口にする。つまりその質問の中には『なんでそんな奇を衒《てら》った主題を』『学問的に価値があるとも思われないことを』といった意見がすでに含まれていて、『そんな研究に血道《ちみち》を上げるのは他に活路が見出せないからで、素人《しろうと》受け、マスコミ受けしそうなテーマを追いかけている』という意味の答えを引き出したいと思っている、それが透けて見えてしまうのだ。

この時代、研究者は象牙の塔になど住まってはいない。小さなコップの中でしか生きられないとしても、その外には俗世という世界が広がっていることを承知している。だからこそ彼らは自分の研究が、学界的に高い価値を持ちうるか否か、ということにはかなり敏感だ。そうしてマスコミの注目を浴びるような研究者は、密かな羨望とともに脚を引きずられ、頭を打たれることになる。

学閥と師弟関係のヒエラルキーから脱し、誰の庇護も命令も受けぬ在野の研究者の身で、世間的な評価など関係ないとでも答えれば、さぞかし相手は嫌な顔をし、生意気な若造だと尾鰭《おひれ》をつけた風評を広めてくれるだろう。あるいはそれはすでに始まっているのかも知れない。だがそんなことはもう、どうでもいい。

論文を書き上げることは、身も蓋もなくいってしまえば一種の自己満足だった。どこへ発表するつもりもない。ただプリントアウトした紙束を、机の上に残しておく。読んでくれれば自分がどういう人間だったかということを、理解してくれる者は少なくとも幾人かはいるだろう。いや、たとえそうはならなくても、少なくともここに桜井京介という人間が存在し、建築史研究者として生きていたことのささやかな証とはなり得る。そんなものを残したいとは思わないで来たが、結局はそういうことになりそうだ。

「なぜ『折衷』という主題に惹かれるか」

誰もいない部屋の中で京介は、たとえ誰かいても聞こえはしないほどの小声で、つぶやく。

「それはつまり僕というのがそのような存在だからです。相反するものの間に産み落とされた、グロテスクな混血の子だからです。自分がそのような存在であることに、悩みはしなかった。ただ、知りたかった。なぜ自分がそのようなものとして生まれてきたのかを知るために、僕はこの論文を書こうと思ったのですよ——」

# le souvenir de papillon　ある回想

## 1

どれほどの歳月が流れ過ぎ、その歳月の中でどれだけ多くのことを経験しようと、ついに忘れられぬ記憶、というのはある。まだほんの子供のときに目にした情景、見聞きしたことが。

　無論それは幾度となく思い出し、思い返したことでもあるから、そうした時間の間に変形し、色や形を変えてしまった可能性は大いにある。それは絵具をもって描かれた絵ではなく、鏡に映った像のように、実体はないものなのかも知れない。たぶん、そちらの方が正解だろう。

　頭に染《し》みついたといっても、取り出して他人に示せるものではない。だが肉体が老いに向かうにつれて、ますますあざやかさを増していく記憶の不思議さをどう言い表せばよいのだろう。それはなによりも赤い色だ。火炎樹の花びらを散らしたような赤が、白漆喰《しっくい》の壁に散り、薄い灰色を帯びた白大理石の床の上に飛び散っている。そして壁にかかった鏡の上に、同じ赤色が描いたそれは、羽ばたく蝶か小鳥のように見えた。

　私は思い出す、そのとき自分の鼻を突いた生々しい血の匂いを。床の上に広がっている、それはおびただしい血潮なのだ。その血の中に身体を折り曲げるようにして、ひとりの青年が倒れている。こちらに見せた横顔は大理石の床と変わらぬほどに白い。彼は死んでいる。胸に銃弾を食い込ませて。日本から来てこの数ヵ月我が家に滞在していた青年は、なぜか遺書も残さぬまま自殺したのだ。私たちがジャックと呼んでいた彼は。

雨が降りしきる。ほの暗い庭を降り込める雨の糸が鏡に映じ、その上に浮かぶ赤い蝶。鏡は何枚も、何枚もあって、そのすべてに雨と、雨に濡れる庭の緑と、赤い花びらが映っている。赤い花――赤い蝶――飛び去る赤い小鳥の翼――眩暈《めまい》を起こしたときのように、視界が揺れている。午睡から覚めたばかりで惚《ほう》けていたのだろうか。私を目覚めさせた雷鳴の轟音に、耳の奥がまだ痺《しび》れていた。

場所は私の生まれた家の庭に建つ離れ、そのヴェランダだった。浅い軒から吹き降りの雨が大理石の床を濡らしていた。だが彼の倒れていた場所は一番奥の壁の前で、雨は届いていなかったはずだ。血の紅と大理石の白、その外にあるのは緑。その家はかつてタンロンと呼ばれ一国の首府であった都市の中心部にあり、塀に囲まれた広い庭は森のように生い茂る豊富な植物に包まれていた。むせ返るような花々の芳香、枝に熟《う》れたまま甘い香りを放つマンゴー、そして広い養魚池が放つ泥の匂い。

目を上げれば梢《こずえ》の彼方に広がる空、蒼空を翔《かけ》ていく銀色の雨雲。一時空を暗くして雷を轟《とどろ》かせ、またたちまち激しい矢のような陽射しが還る。その空と塀の中が私の覚えているふるさと、かつて私の全世界であったものだった。

広い敷地の中には木々の間に幾棟もの家が建っていた。多くは瓦屋根を載せた我が国古来の様式で、そのもっとも大きな主屋の中央には祖霊を祀《まつ》る祭壇が置かれ、私や両親が暮らしていた。幾家族かの親戚たちも数多くの召使いも、もう少し粗末な家を建てて同じ敷地の中に住んでいた。幼い頃の私は身体が弱かったので、学校にも行かず教育は何人もの家庭教師によって行われていた。むろん家には親戚の子供たちも、召使いの家の子供らもいたが、私には同年代の男の子は虎のように野蛮で猛々《たけだけ》しすぎて、一緒に遊びたいとは思わなかった。私は本を読んだり、ひとりで池の魚と戯《たわむ》れたり、八歳上の姉と話をする方が好きなおとなしい子供だったのだ。

姉のレ・ティ・ロァンは子供心にも、とても美しく賢い女性だった。とはいってもそれは歌物語に出てくる伝説の美女のような、運命に翻弄《ほんろう》される儚《はかな》い美姫《びき》などではなく、シナの支配に対して反乱を起こしたチュン姉妹を彷彿《ほうふつ》とさせる、生き生きと覇気に満ちた美しさだった。目尻の上がったきつい目は、肉食の獣のような激しさと野性を秘めていた。

ロァンは私の憧れであり、両親よりも愛慕していた存在だった。だが、私は八歳のときに生き別れた姉と、ついに再会することは出来なかった。彼女は早々と我々の祖国を離れ、その後も戻ることを承知しなかったから。

話がずれてしまった。もう一度、私が覚えている情景のことに話を戻そう。それは九月か十月の雨期のことで、昼過ぎからひどい雨になり、数時間滝《たき》つ瀬《せ》のような音を立ててあたりを降り込めた。それだけでなく雷が鳴って、頭の上から巨大な龍か雷神が襲いかかってくるような轟音が繰り返し轟いた。

私は雷が大嫌いだったから、暑かったけれど寝床の中で頭から夜具を被《かぶ》って震えていた。雷鳴の騒がしさとは対照的に、天井の高い主屋の中は静まり返っていた。午睡の時刻だったが、確か両親は朝からどこかへ出かけていた。姉がいる気配も感じられなかった。この激しい雨では、召使いらも仕事の手を休めるしかなかったろう。

私の寝室は横に長い主屋の右端にあったが、そこの窓から外を見ると庭の緑を背景にして、真っ白な砂糖細工のような西洋風の離れが建っているのが見える。この土地には以前はフランス人の商人が家を建てて住んでいたということで、その時代の主屋は我がレ家が手に入れたときに建て替えられていたが、離れだけは壁などは塗り直したものの、フランス人の作ったままのかたちで残されていたのだ。それは我が国の風《ふう》に西洋風やシナ風が入り交じった、いま思えばいささか奇妙でもあり、悪趣味でもあるような建物だった。

漆喰壁に縦長の窓を並べた一間きりの洋室に、同じくらいの広さのヴェランダが付属している。軒の浅い陸屋根《ろくやね》を角柱で支えたヴェランダの三方は壁のない吹き抜けで、三方のそれぞれ中央に四、五段の階段があった。部屋とヴェランダの間の壁にはドアのないアーチ形の戸口に竹の帳《とばり》が下がっていて、その左右には大きな長方形の姿見がかけてある。部屋の狭さを補うつもりなのか、離れは部屋の中にも外のヴェランダにも、やたらとたくさんの鏡がかかっていた。壁には長方形の姿見が何枚も。そして吹き抜けの軒を支える角柱の内側にも細長い鏡が幾枚も下がっていて、それが互いを映し合っていた。

フランスの宮殿には壁を鏡張りにした広間があって、『鏡の間』と呼ばれるのだという。このささやかな離れのことを姉のロァンは、ときどき気取って、あるいは半ばふざけて『鏡のパヴィリオン』と呼んだりした。ミロワール、というフランス語の響きは私の耳にも美しかった。

私は嫌がらずに相手をしてくれる異国からの客人を大好きであったので、彼がいるとわかるとすぐ庭を横切って遊びに行ったものだったが、この日は雷に怯《おび》えて一度も窓から外を眺めなかった。だが顔を出したところで、豪雨でなにも見えなかったろう。その午後の雷はずいぶん長かった。池の水が溢れて、魚が泥の中で跳ね回っているだろうかと私は思った。だがその雨がようよう峠を越し、雷も遠ざかったように思われたとき、私は再びごうっ、というような音を聞いた。それも頭上からではなく、意外なほど近くから。

雷ではなかった。私は部屋から飛び出し、すでに雨の止みかけていた庭を、その音が聞こえてきた気のする離れの方へ走っていった。そして私は見つけた。私の友人でもあった日本から来た青年が、胸を血に染めて壁鏡の下に倒れているのを。それはやはり夢ではなかった。私がはっきりと記憶している、現実にこの目で見た情景だった。

彼がひそかに短銃を携行していることは知っていたから、あの音を聞いたときとっさに彼のことを考えたのだ。私は彼のそばに駆け寄り、膝をついて彼の白い頬に触れた。それはまだ温かかったけれど、彼はもう目を開かなかった。その横顔や乱れた髪に鏡の破片が落ちて、きらきらとひかって、とてもきれいだと私は思った――

いや、いま書いていてやはり私の記憶は改変されているらしいと気づいた。私は直《じか》にこの目で見たことと、後から教えられたことと、想像したことを、ひとつに混ぜてしまっているようだ。幾分かはこの文章で、わかりやすく説明しようとするために。決して意識してのことではなく。いま書いたように私がその場に駆けつけたとき、雨は止んでいて鏡は割れ落ちていたのだ。

だから私が鏡の上に、なにかを見られたはずはない。それこそ夢だったか、空想だったか、あるいは別のときに見たことだったのだろう。

だが私は離れの鏡が好きだった。それもたぶんフランスからの輸入品だったに違いない。細い金の枠のはまった長方形の姿見で、鏡というより知らない世界に向かって開いた窓のように思えた。ありふれた庭の景色もその鏡に映ると、なぜかひどく不思議で深みのある、謎めいたもののように思える。映っている私自身の顔も、実は向こうの世界の見知らぬ誰かなのかも知れない。

一枚の鏡でさえ不思議なのに、合わせ鏡はさらに魅力的で恐ろしい。次第に暗くなりながら無限に続く鏡の回廊。見ていると吸い込まれそうになる。でもいっそ吸い込まれて、ここではない遠いどこかへさまよっていきたくなる。私がそんなことを口にすると、姉のロァンは声を立てて笑ったものだった。「『アリス』ね。でも、向こうの世界から帰れなくなったらどうするの?」と。そういった姉のちょっと意地悪な目の輝き、赤い唇に浮かんでいる艶やかな微笑みを私は覚えている。

その当時私の父は外科医として名声を博し一族を養っていた。それは我が祖国がフランスに植民地支配されていた時代のことで、南のサイゴンとメコンデルタはフランスの直轄地であり、中部のフエには皇帝がいたがそれはフランスの傀儡《かいらい》に過ぎず、北のトンキンは保護国として、ハノイにフランスの総督府が置かれていた。

昔から代々医師として生計を立てていた我がレ家は、医をもって天と人に仕えることのみを家訓としてきた。専門は外科だったが流行病やあらゆる疾患の患者も拒まず、優れた技能ゆえにフエの皇帝家から診療を頼まれることもあれば、ハノイの人々、それも官吏や商人だけでなく普通の庶民をも診療室に迎えた。誰もが父に出来る限りの治療を平等に与えられ、外科手術の苦痛は周到に和《やわ》らげられた。豊かな患者からは相応の報酬を得たが、貧しい者からは治療費を受け取ることはなく、むしろ施しを欠かさなかった。

本来我が国人の医師はフランス人を治療することは禁じられていたのだが、父はその高い技量から、総督府や駐在軍のフランス人を治療することも黙認されていた。それは特権というより、そのことで恩恵を被るのはフランス人の方だったろう。父は彼らとの繋がりで自らを肥やすのではなく、ときには侵略者たちの法を密かに破る危険を冒してまでも、我が国人のために尽くしていた。

だから私のレ家はこうして比較的豊かな暮らしをしていたわけだが、それがフランスに媚《こ》びていた売国奴《こうむ》だ、というような即断だけはどうかしないでいただきたい。その当時子供の私は知らなかったが、父の生き方は決して安全な道ではなかった。総督府の苛斂誅求《かれんちゅうきゅう》に対する不満は絶えずくすぶり続け、独立運動を画策する若者がしばしば捕らえられて無惨に処刑されていた。レ家の親族の中にも、名を変えて海を渡り、革命を夢見て消息を絶った者は何人もいたのである。

にもかかわらずしばしば彼ら革命派の人間は、父をよく知りもせぬまま裏切り者と罵《ののし》り、一方総督府は父が独立運動家に援助を与えているのではないかと絶えず疑いの目を向けていた。一見穏やかな日々の明け暮れの向こうでは、そんな一触即発の危険が我が家の者たちを待ち受けていたのだ。私はあまりに幼くて、なにも知らないままだったが。

日本人の若者の突然の死は、父たちを驚かせ困惑させたものの、それが自殺である以上我が家にはなんの関わりもないことのはずだった。だがレ家を貶《おとし》めようと狙う者たちに対して、どんな口実を与えるわけにもいかなかった。そして少なくともそれは私にとっては、幸せな子供時代の終焉《しゅうえん》だった。姉ロァンが家を去り、こよない話し相手を失った私は美しい花や蝶や小鳥の楽園から塀の外へと足を踏み出し、次第に身体も丈夫になってやがて父の跡を継ぎ家長となり、祖国の困難な時代を通り抜けていくことになる。

そんな変化の節目に起きたことだったから、こんなにもあざやかな記憶となって残されているのかも知れない。血まみれの、無惨な、ぞっとするしかないはずの出来事であるにもかかわらず、あざやかでいながらなぜか夢幻のような曖昧《あいまい》な、鏡の向こうの世界の出来事めいた思い出として。

2

しかし私はその曖昧さを、出来るだけ払うように努めよう。もう一度話を記憶の情景に近いところまで引き戻そう。私が八歳のときの冬、ハノイの家に異国の客人が来てしばらく離れに滞在することになった。日本人だという。日本という国の名前は一応誰もが知っていて、それが西洋に侵略されることなく独立を保っている東の小さな島国で、戦争で清国を破り大国ロシアを破った、というほどのことはわかっていた。

だが日本のことを云々《うんぬん》するのは、いくらか危険な部分もあった。当時の私がそうしたことに正確な知識を持っていたわけではないが、日本に援助を乞うてフランスからの独立を果たそうとする運動を行っている一派がいて、我が国を密出国して日本に留学した若者が二百人もいたらしいのだ。その中にはレ家の血縁も、フエの皇帝の親族もいたという。

だが、状況はふたたび変化していた。フランスと日本が協定を結び、フランスが要求して日本にいる我が国の革命派青年たちを国外追放させた。彼らは戻ればただちに総督府に逮捕される。だからあるいは清国に、あるいはタイにおもむいて活路を探っていた。父はそうしたきな臭い話を私や姉の耳には入れたがらなかったが、家中には多くの親戚も住んでいるし召使いたちもいる。彼らが小声でささやき合うことばの端々を、意味も分からぬままに聞き止めることは当然のようにあった。外の世界の波立ちは私を不安にし、夜の眠りを浅いものにした。

だが日本人をうちに泊めるというのは、総督府を通じてきた依頼だった。当然ながら拒否することなど出来ない。いったいどんな人間が来るのだろうと家中が好奇心と不安をいっぱいにして待ち受けていたところに現れたのは、なんとも意外なふたり連れだった。

ひとりは大学教授で歴史の学者で、小柄な壮年の男で、丸顔の、眼鏡に口髭をはやした、正直にいえばあまり風采の上がらない、その分怖いとか威張っているとかいう印象はまるでない人物だった。失礼ながら着るものを取り替えれば、ハノイの町中を我が国のそれも庶民と混じって歩いていても少しも目立たなかったに違いない。声は小さくぼそぼそとして、それもフランス語は得意でないし、無論我が国のことばは分からないので、私は彼と直接口を利いた覚えはない。だがえらそうな赤ら顔の総督府の役人などと較べれば、遥かに好もしい人物だと子供心にも思ったものだった。

そして通訳であり助手である連れの青年は色白で髪の色が明るく、瞳の色も鳶色《とびいろ》で、フランス人のように見えたが、良く聞くと日本とフランスの混血だということだった。青年の名前は、本名は聞いたかも知れないが覚えていない。私や姉は彼のことを、もっぱらジャックと呼んでいた。私はまだろくにフランス語を使えなかったので、話すのはもっぱら姉の方だったが、そのうちフランス語を教えてもらうというのを口実にすればいいと思いついた。結果的に暇さえあれば離れに入り浸っていた。

もっとも客人は彼らなりに多忙だった。学者先生とジャックは毎朝ジンリキシャでフランス極東学院という研究所に出かけていた。あるいは市内や郊外で、仏寺や道観《どうかん》、儒教の廟《びょう》を訪ねたりもしていたらしい。ジャックは通訳だけでなく、写真撮影や撮影した後のフィルムの整理や、スケッチを元に図面を起こす手伝いをして、家に戻ってきてからも忙しく働いていた。

だが無愛想な先生も、決して私を邪魔にしてはおられなかったと思う。あるとき私が庭先で遊んでいるところを窓からじっと見ていた先生は、急に一枚の紙をつきつけた。そこには蛙をかまっている私が墨一色でさらさらと描きつけられていて、玄人《くろうと》の絵師のようだった。

私がびっくりして「メルシー」と大声でいうと、先生は照れたように少し笑ってそのまま引っ込んでしまった。だがその絵を姉に見せて自慢すると、たぶん自分が描いてもらえなくて悔しかったのではないかと思う。姉はいった。

「でもね、ティン。あの先生、ちょっと変わっているのよ」

「変わっているってなにが？」

「お部屋の机の上に広げている図面の端に、気味の悪い化け物みたいなのが描いてあったの。鳥とも獣ともつかない、にょろにょろっとした化け物よ。それもとてもたくさん」

私は素直にそれはすごいと思ったが、姉は嫌そうに眉を寄せて言い募《つの》った。

「どうしてあんなもの描くのかしら、立派な学者様が。なんだか悪霊にでも憑《つ》かれているみたい」

それから急に怖い顔になって、絶対に先生の机を覗いたりしてはならないと命じた。自分は見たのに、と大いに不満だった私は、当然こっそり部屋を覗き込んで、紙に描かれた化け物の絵を見つけた。気味が悪いというより、私の目にはとても面白いものに思えた。ただの絵ではなく、そのままむずむずと動き出しそうにさえ見えたのだ。もっともあの学者先生がむっつりした顔のまま筆を動かして、こんなものを描きつけているところを想像すると少し変な気もしたが。

学者先生はほんの二週間ばかりで帰国してしまった。だが嬉しい驚きだったことに、ジャックは後に残った。彼はそのまま白い離れに住んで、私と姉にフランス語を教えてくれた。

ジャックはやはりどことなくさびしそうだったので、私はこれまで以上に頻繁に離れを訪れるようになった。それは姉も同じで、私はジャックという気に入りの玩具を姉とふたりで取り合っているようなものだった。

学者先生はジャックに一枚絵を残していったらしい。日本から持ってきたという縦長の紙に描かれていたのは、ジャックの絵だったろうと思う。もっともそれは実際の彼とはあまり似ていない。昔の日本人が着ていたという袂《たもと》の長い着物に袴をつけて、長い髪を後ろでひとつに結んでいた。

ただ、それでもこれはジャックだろうと思ったのは、絵の中の若者の口元にぽっちりとほくろが描かれていて、それがジャックの顔にもあったからだ。絵の中の若者は若い女性のようにほっそりとやさしげで、顔は違ってもどこかジャックらしい雰囲気のようなものは漂《ただよ》っていた。その絵の端に墨で書かれた日本語の文字が縦に連なっていた。

私は総督府が広めようとしていた西洋のアルファベットで綴《つづ》る表記法、クォックグウだけでなく、昔からのシナの漢字を基にした字喃《チュノム》も教えられていたが、その字は崩した筆文字だったし、かなも混じっていたからよくわからなかった。

「我が友、夢野胡蝶之助《ゆめのこちょうのすけ》君に別れに際して贈る、と書いてあるんだよ」

読み上げたことばを、ジャックがフランス語で訳してくれた。

「夢はレーヴ、胡蝶はパピィヨ」

「ユメノ——それがジャックの名前？」

彼は小さく笑って頭を振った。

「あの先生は不思議なところのある方で、特に若いときは目覚めたまま幻を見ることがあったそうだ。ぼくぐらいの歳のとき夜の街で、昔風の若衆姿、つまりこんな着物を着た若者とすれ違った」

それが幻だったのか、と私は尋ね、ジャックはうなずいた。

「明治の御代《みよ》の東京に、こんな昔風の服装髪型の人間はまずいなかったろうからね。それともすれ違ってから振り返ってみたら、もう姿が見えなくなっていたとか、そんなことでもあったのかな。その不思議な出来事を先生は日記に書きつけた。幻の若衆に『夢野胡蝶之助』という名前をつけてね。その若者がぼくと面影《おもかげ》が似通っていたそうで、初対面のとき先生はずいぶん驚かれたよ。君は私の夢から現れたのじゃあるまいね、なんて真顔でおっしゃって」

「なんだか不思議な話」

ロァンがそばから口を挟んだ。

「昔、荘周夢に胡蝶と為る——」

私でさえ聞き覚えのある有名な荘子の一節を口ずさむと、ロァンは私がそれまで見たことのなかった奇妙に憂鬱《ゆううつ》な笑みを浮かべて彼を見た。

「知らず、周の夢に胡蝶と為るか、胡蝶の夢に周と為るか——もしかしたら、ジャック、あなたは蝶に夢見られた人間なの？」

「さあね」

　ロァンの表情が映ったように、彼は暗い笑みを浮かべて肩をすくめた。

「でも人間でいるよりは、蝶になった方が幸せな気もするな」

「たった一夏の命でも？」

「そして死ねばまた、別の世界に目覚めるのさ」

「そう、ね——」

「蝶であろうと、人間であろうと、たぶん大した違いはないいんだ。一夏の蝶の命が五十年に引き延ばされても、永遠から見れば一瞬でしかない」

「人生は夢？　それは日本人の考え方なの、それともフランス人の？」

「ぼくの、だよ」

「ええ——」

「ぼくは、何人でもない」

　そのときの私には理解できない会話で、だからこの通りのことばだったという確信はあまりない。

　取り残されたような気分でつまらなかった私は、絵のもう片端に書かれた日本語はどういう意味なのかと大声で聞いた。ジャックはそれは日本の昔の詩人が書いた、蝶の出てくる有名な短い詩だ、とだけいって絵を筒に丸めてしまった。

　そんな話をして間もなく、ジャックはずいぶん長いことハノイを離れて旅行していた。どこに行ったのか、少なくとも私は聞かされなかった。ロァンとふたりで、主のいない離れのヴェランダに座って、つまらないね、と話していたのは確かその頃だ。

　ロァンはなにか気がかりなことがあるようで、私が話しかけてもあんまり返事をしてくれなかった。離れの机の上に置かれていたあの絵を、広げてじっと真剣な顔で見つめていたことも覚えている。勝手にジャックの持ち物に触ったりしたらいけないんだよ、といっても黙ったまま。そんな姉の様子になにか不吉なものを感じた、といえば物語めいているが、たぶん私はなにも考えていなかった。

　そうしてようやくジャックが戻ってきた夕べ、私は暗くなってから早速離れへ駆けていったのだが、姉が私より先に来ていた。ふたりの様子がなんとなくおかしかったので、私は結局ヴェランダの下で少しの間立ち聞きをしただけで戻ってきてしまった。言い争い、というのとは違う。だがロァンがしきりと早口で繰り返すことばに、ジャックはかぶりを振り続けていた。そこに何度も「パパ」というのが聞こえたので、父のことでなにか話しているらしいとは思ったのだが。

　その翌日のことだった、ジャックが死んだのは。目を閉じればやはり一枚の絵のように、その情景は浮かんでくる。白い床の上に飛び散った火炎樹の花びらのような赤い血、駆けつけた召使いたちの後ろから覗いていたロァンの真っ白な顔、彼女が身につけていた袍《ほう》のあざやかな朱赤の絹、その胸に舞っていた彼女の名前の鳥、鸞《ラン》の金糸の刺繍——

## 3

　いくら書いても話が進まない。読み返してみて自分でうんざりした。同じ様なことばかり繰り返している。私はどうにも、頭にあることを論理的にわかりやすく組み立てて文章にするという才能に欠けているようだ。

　だがそれだけでなく子供時代という、見えるものも限られた立場に戻ってそのときのことを書き記そうとするから迷いもするのだろう。

　仕方なく私は一計を案じた。八歳の私ではなく、うちにいた忠実な召使いのひとりとして、その目に映ったものとして情景を書き記してみよう。その中には後になって知ったことも、また推測もいくらか混じってはいるのだが、とにかく実際に起きたことをわかりやすく説明するのを第一にして、今度こそ余さず書きつけることにする。

このような供述をした召使いが実際にいたというのではなく、文章のための方便だというのはいうまでもない。

「その午後は昼過ぎから、雨の中をひどい雷が鳴り続けていました。外で働くにもあまりに雨が強いので、私たち召使いは部屋に入っておりました。ご主人様たちがお留守でしたので、それを良いことに怠けていたといわれてしまうかも知れませんが。

ようやく雨の音と雷鳴が静まってきたときに、もう一度雷のような音を聞きました。なんの音かはわかりませんが、音のしたのが主屋か、それともお客様のいる離れのどちらかだとはわかりましたので、水を跳ね散らかして走っていきました。

私たちが主屋に行く前に離れに足を止めたのは、そこのヴェランダに上がる五段ばかりの階段の上になにか落ちているものが目に入ったからです。真っ白な大理石の上に黒い汚れのように落ちていた、それは短銃のように思われました。

はい、私は目だけはたいそう良いのです。するとさっき聞いた音は銃の撃たれた音に違いないと思われてきて、さあなにが起こったのでしょう、私たち五、六人は恐る恐る離れの階段の下から中を覗き込みました。

真っ白な石の、汚れひとつない床の上に、赤い血が飛び散っているのが見えました。壁際にあのフランス人のようなお客様が、身体を折り曲げるようにして倒れているのが見えました。

あたりは血だらけでした。壁の鏡は割れていました。かけらが血の上に飛び散ってひかっています。他に見えるのは白い床と血だけです。あわてて駆け寄ろうとしたのですが、そのとき後ろから、

——もう亡くなっているよ。

という声がしてびっくりしました。それはティンぼっちゃまでした。ぼっちゃまがヴェランダの軒を支える柱の下に座り込んでいるのに、それまで私たちは気づかなかったのです。

ぼっちゃまは床に腰を落として、背中を柱につけて、両手のひらを大理石の床についてまっすぐにお客様の方へ顔を向けていました。

——ぼくも音を聞いて駆けつけたら、ああして倒れていて、顔に触っても目を開けなかった。お父様がどこにお出かけなのかは知らないが、使いを出して呼んできておくれ。でも、もう怪我の手当をするのは間に合わないと思う。

私にはいくらか意外に思われたことに、そういうぼっちゃまの声も表情も平らかで、ひどく落ち着いておられるようでした。私ども召使いのいる小屋からここまでより、主屋からの方がずっと距離は近いので、ぼっちゃまが一番に駆けつけられたのはなんの不思議もないことでしたが、他に誰も見ておられませんね？　と私が尋ねると、いまさらのように驚かれたようでした。どういう意味だ、といわれたので、賊が逃げるのを見られはしませんでしたか？と重ねてお尋ねしました。

するとぼっちゃまは、急に真っ青になってがたがた震え出されました。私はようやく、ぼっちゃまが落ち着いておられるのではなく、あまりにびっくりされてしまって座り込んだきり立てなくなっているらしい、と気づいたのでした。

震える手を挙げて、もしかしたら部屋の中に誰か隠れているかも知れない、というような意味のことを切れ切れにいわれました。それで私どももあわてて離れの中に入ってみ、また庭の中や空いている納屋の中などを見て回ったのですが、賊の姿は見つかりませんでした。誰かが入り込んできたらしいような、足跡なども見つかりませんでした。もちろん雨のせいで地面はぬかるんで、足跡があったとしても消えてしまったことでしょうが……」

そう、私は落ち着いてなどいなかった。みっともないことに、その場に腰を抜かして立てなくなっていたのだ。力一杯打ちつけたように、背中と腰と手がひどく痛かった。

ジャックがこちらに来てから手に入れたらしいフランス製の小型拳銃は二発だけ発射されていて、弾のひとつは鏡を割って漆喰の壁に食い入り、もうひとつは彼の心臓を貫通して背から抜けていた。その結果引き起こされた大量の出血が、さほど時間をかけずに彼の生命を奪ったと思われた。

遺書は発見されなかったがジャックの死は自殺として届けられ、火葬された彼の遺骨は日本に送られた。遺骨の受け取り手まではわからないが、決して父やレ家の者たちが、面倒を避けるために彼の死を自殺ということで早々に誤魔化してしまったわけではない。それは妥当な判断だったのだ。

あの驟雨《しゅうう》の中を、我が家の塀を越えてきた賊が開け放しのヴェランダに上がり込み、ジャックの銃を奪い彼を撃ち殺して逃げた可能性が、絶対にないとはいえない。雷の轟くさなかなら私は寝具を被って震えていたから、そんな騒ぎが離れで起きていても気づけなかったかも知れない。

だが私や召使いたちが銃声を聞いたのは、すでに雷が去って雨も止みかけていた頃だ。私たちはその音からあまり時間を置かずに駆けつけた。賊がジャックを射殺してから、誰の目にも触れずに逃げ去れたとは思われない。かといって家中の誰ひとり、彼を殺す理由などない。

離れの部屋はきちんと整頓され、いつ旅立つことも可能なようにノートの類は小さなトランクに詰め込まれていた。学者先生が別れに残した絵は、彼が自分の手で破棄したらしい。破かれた紙の細い端だけが残っていた。それが彼の死のための準備であったろうと父は考え、家人の前でもそう説明して聞かせた。私たちはそれを信じた。

十数年後、父がみまかる一月ばかり前のこと、私は子供時代には知らなかったジャックの一面を父の口から聞かされた。フランス人の父と日本人の母を持つ彼は、我が国で独立運動の支援をするつもりでいたのだということを。

彼のフランス人の父親は我が国を支配する総督府の役人で、休暇に来た日本で日本の女性を見初め、妻にもらい受けた。高貴な身分の人であったともいう。だが彼女は数年で亡くなり、彼は父親に連れられてフランスに渡ったものの、またひとりで日本に戻ってきた。その間に彼の身になにがあったのかはわからないが、なんらかの経験のせいで我が国の独立運動を助けることを自分の使命と考えるに至ったのだろう、と父は語った。それが思うに任せぬ絶望から、行き場を失って心臓を銃弾で撃ち抜いた。だが我が家に迷惑をかけまいと、敢《あ》えて遺書は残さなかったのだろう――

父は明言しなかったが、ジャックは学者先生や父がその独立運動に援助を与えることを期待していたのではないかと思う。だが先生は彼を残して帰国してしまったし、父もまた植民地総督府に迫害される同胞を救うことには心を砕きながら、いわゆる独立運動に積極的に関わることはしなかった。

それがジャックを絶望に追い込んだなら、自分にも彼の死への責任の一半はあると父は考えて、私にそんな話をしたのかも知れない。いまとなってはなにひとつ、確かなことはないのだが。

しかしその頃になっても私は、ジャックの思い出の品を保存していた。両親にも知られぬようにそっと、彼の身辺から抜き取って隠したのだ。彼がいつもポケットに入れていた小さな錦の袋。まだかすかに麝香《じゃこう》のかおりのする小袋は、絶えず手で触れていたようにひどく擦り切れて色褪《いろあ》せていたけれど、表に織り出された鳳凰《ほうおう》のような鳥と、もう片面の蝶らしい図柄は辛《かろ》うじて見て取れた。

私が彼の死について話し合いたい相手がいるとしたら、それはただひとり姉のロァンとだった。彼女はたぶんジャックを愛していたのだろう。私とあの人は前世の縁があるようだ、と一度だけ洩らしたことばの意味を、ずいぶん後になって、この匂い袋を眺めているときに気がついた。

姉の名前は漢字にすれば『鸞』で、それは鳳凰に似た神鳥なのだというから、彼の大切にしていた匂い袋の織り模様の鳥が鳳凰を思わせる、そんな些細《ささい》なことも彼女には嬉しく、たいそう意味があるように感じられたに違いないのだ。

　その男にいきなり自殺されて、姉はそれを裏切りのように感じたのだろうか。彼が死ぬ前夜の口論もあるいは、そのことに関わっていたのか。ならば、私の父もまた？　だからそれきり祖国を出て、この国がようやく独立を果たしてからも帰ろうとしなかったのだろうか。もう一度会えたなら、尋ねてみたかった。だが、彼女とこの世で会うことはすでに叶わぬ夢となった。

　その袋と、学者先生が描き残したジャックの絵姿の裂き残りを私はあり合わせの白木の箱にしまって、紙と糊で丁寧に封をした。そして誰にも見つからないように、部屋の書き物机の引き出しの一番奥に入れた。

　やがて両親の死を見送り、私が家長を継いでからも多くの出来事があった。フランスの支配と我が民族の苦難は終わらず、やがて日本軍の進駐と太平洋戦争、すさまじい数の餓死者を出した北部の飢饉《ききん》、日本軍の無条件降伏から独立、フランスの再侵略による戦争。

　その戦いは我々の勝利で終わったはずだった。だがなぜか我が国は南北に分断され、南には親米政権が、北には人民共和国がハノイを首都とした。このとき私は家長として、判断を誤ったと非難されても仕方がない。言い訳をするならそれは私のみの過ちではなかったのだが、私はデマに怯え、一族を連れて南に移住することを選んだ。レ家のような富裕な階層の者は、人民軍によって粛清されるだろうと信じ込まされて。そのとき同じように多くの人間が、キリスト教徒などがふるさとを捨てて南へ下ったのだ。そして一九七五年に、ふたたびさらなる混乱に巻き込まれることとなった。

ジャックの遺品を収めた白木の箱を、ふたたび手に取って見たのは我が家を離れる直前のことだ。改めて箱を開くことはしなかった。だがその表には八歳の私が書き記した拙《つたな》い手のフランス語が、記憶のままに綴られてあった。

le souvenir de papillon——蝶の形見、と。

私はその箱を油布で巻き、金属の缶に収めて庭に埋めていくことにした。持って歩くことが危険だと思われる書類などとともに、昔父からもらったフランスのナポレオン金貨や、母がくれた翡翠《ひすい》の耳輪などもいっしょにして。

なんでわざわざそんなことをしたのか、自分でもよくわからない。これきり過去を葬《ほうむ》って決別する、というほどの気持ちだったのか。それともまったく逆に、またここに、自分の家に戻ってきたいという願いをこめてのことだったのか。子供時代、宝物を埋めて隠すのは気に入りの遊びのひとつだった。

それからさらに数十年過ぎたいまも、スコップを片手に濡れた土を掘ったときの感触はおかしなほどあざやかに覚えている。内に椰子《やし》の木を巻き込んだ巨大なガジュマルの根方だった。

あの家は侵略者アメリカの空襲にも遭わず、まだハノイに残されているということを、私は今日孫のレ・グォック・マインから知らされた。そして姉のロァンがアメリカで、九十一歳で亡くなったということも。

一九八七年十二月十日　私、レ・ヴァン・ティンがフランス語でこれを書き記した。

その後、彼の孫である私、レ・ホン・ロンが祖父の草稿をヴェトナム語に翻訳した。

# 建築探偵挙動不審

## 1

総武線秋葉原《あきはばら》駅の高架下にある珈琲専門店は、平日の午後だというのにほとんど満席に近い。それでも目聡く待ち合わせの相手を見つけて、

「よおっ。悪い、待ったか？」

椅子とテーブルの間を大股に近づいていきながら声をかけた栗山深春《くりやまみはる》に、

「ううん。ぼくもいまオーダーしたとこ」

蒼《あお》が顔を上げてニコッと白い歯を見せた。ブルーグレーのTシャツに真っ白な綿のジャケットが涼しげだ。

『爽《さわ》やか』を絵に描いたようなその姿とは、俺はあまりにも対照的だなと、口には出さないまま深春は思う。六月に入って東京は連日、梅雨入り前の肌に粘《ねば》つくような湿度の高い日が続いている。安売り電気屋の街からいつの間にかパソコンとオタクの街に変貌した秋葉原は、また一段と気温も湿度も高いようで、汗っかきの深春は駅からここまで来るだけでシャツの中の肌がびっしょりだ。丸い木のテーブルを挟んで向かいにどかりと腰を落とし、

「アイスコーヒー」

メニューを見ることもなく注文を決めると、やれやれとおしぼりで汗ばんだ顔と首筋を拭《ぬぐ》う。効きすぎのクーラーの風がいまだけは心地よい。

「深春、もう日焼けした？」

「最近ガテン系のバイトが多くてな。稼ぎのいいのは有り難いんだが、さすがにこれからの季節はこたえるさ。夏ばてする暇もなさそうだがな。おまえの方はどうだ？」

「うん、最近朝晩ジョギングしてるよ。海岸の方に降りるといいコースがあって」

「おお、健康的だな」

「やっぱり身体には気をつけないとね。あんまり神経質になるのも論外だけどさ。深春もいくら頑丈だからって、無理ばかりしたら駄目だよ」

「はは。まあな」

蒼は今年大学を休学して、千葉県の房総半島も南端近くにあるホスピスに泊まり込んでいる。そこに彼の母親がいるのだ。精神的にきついこともあるのじゃないかと心配だったが、こうして顔を見、声を聞いている限りでは元気そうで、いつもの蒼からひどく違っているようには思われない。

「今日はいいのか？　ここまで出てくるっていっても、かなり時間かかるだろ？」

「確かに時間はかかるけどね、朝は駅まで車で送ってもらったし、帰りも電話すれば忙しくない限り迎えに来てもらえる」

「へえ、そうなんだ」

「それにいざとなれば電話でタクシー呼んでおくから、そんなにあわてて帰らなくても平気。心配しないで」

「免許取っておいた方がよかったな」

「まあね。だけど週末とか夏休みとか、渋滞するとかえって時間が読めなくなりそうだし」

「そりゃそうだけど、これからだって免許はいるだろ。いまからでも頑張ったらどうだ？」

「でも、あそこにいると教習所近くにないからさ。そのために時間使うなら、出来るだけ母さんにつきそっていたいし。門野《もんの》さんは運転手つきの車を常駐させてもいいなんていうから、それはさすがに断ったけどね」

おーお、あのあの成金ジジイめ。

「今日は母さんに頼まれたCDと、オペラのDVD探しに来たんだ」

「その買い物は？」

「もう済ませたから一時間くらいはここにいられるよ。こういうものならネットで注文する方が早いんだけど、たまには息抜きしておいでって主治医の先生にも勧められたし。でも最近の秋葉原ってなんかすごいねえ。人が多くて酔っちゃいそうだよ」

「――おふくろさんの具合、どうなんだ？」

ためらいがちに尋ねたのに、蒼もちょっと視線を外して、

「専門的なことはよくわからないけど、今年いっぱいはこのままいられそうだって」

「じゃ、わりと具合はいいんだな」

「そうだね。いまはもう治療というより痛みを取る方が主だから、調子が悪いとけっこう大変だけど、落ち着いているときはずいぶん話も出来るよ。ときどき記憶が混乱するみたいで、でもやっぱり昔のことはよく覚えていてね。だから母さんが若いときに読んだ本をぼくも読んで、いろいろ感想を言い合ったりとかするんだ」

「そうか」

「うん。意見が一致したら嬉しいし、違えば違ったであああこういうものの見方をする人だったんだなあなんて思って、すごく新鮮」

「なるほどな」

「考えてみたらぼく、これまで母さんとまともに話し合ったことなんてなかったんだよね。いまようやく知り合いになれたっていうか」

ちょっとことばを切った蒼は、

「変に聞こえるかも知れないけど、ときどき可愛いんだ、母さん。小さな女の子みたいでって、わかんないよね、そんなことといっても」

「いや、なんとなく想像はつくよ」

というとほっとしたように笑った。

「ぼくね、母さんとこんな時間が持ててることが、すごく嬉しい。こんなふうに過ごせるなんて少し前までは想像もしてなかったし。なんていうか、神様有り難うございますーっ、て感じ」

「良かったな、蒼」

深春は幾度もうなずいていた。そして口には出さないまま、死に目にも会えずに逝かせた自分の母親のことを思った。父や兄をなじる気持ちはすでにない。呑気に浪人して心労をかけて、親孝行の真似ひとつ出来なかったのは誰のせいでもない、已れの責任だ。そんなに早く死なれるとは夢にも考えず、いつかきっと、とは思いながら照れくささも手伝ってやさしいことばひとつかけなかった。

家を継いだ兄は兄で、そんな深春に不満を抱いていたのに違いない。やさしい兄嫁は『きっと気持ちは通じていたわよ』と慰めてくれる。それでも自分は生きている限り、繰り返し後ろめたさの混じった詫びのことばを、母の後ろ姿に向かって心の中で綴り続けるだろう。

なんとなく黙ってジュルジュルとアイスコーヒーをすすり上げていたら、蒼が口をつけていたカップを受け皿に置いて、

「で？」

と首を傾げた。

「急《せ》かすわけじゃないけど、なにかぼくに相談ごとなの？」

「あっ、いや、別に全然大したことじゃないんだけどな。っていうか、おまえだって大変なのに、しょうもないことで気に病ませたりするのはまずいよなあ。だからまあ、これは」

「なにいってんのさ。水くさいよ、深春」

蒼が真面目《まじめ》な顔でこちらを睨んだ。

「これが深春の何十回目の失恋のぐちとかなら、ぼくも別に無理に聞き出そうとは思わないけど、なんか知らないけど京介のことなんでしょ？　それを聞かせてくれないなんて、かえって気になってかなわないよ。京介の身になにか起きたなら、ぼくだって知りたいさ。大したことじゃないならそれはそれでいいじゃない。違う？」

「そ、そう、だな――」

「独り占めはズルだよ。はい、熊さん。さっさと吐く」

「いや実は、——最近あいつの挙動が不審なんだ。それでな、どうも理由が分からなくて」

蒼は、ん？　というように眉を寄せて、

「ね、深春。こういういいかたもどうかと思うけど、もともと京介って秘密主義じゃない。なにか始めても、よほどのことがない限り説明なんてしてくれないのはこれまでもだったよ。挙動不審ってつまり、そういうことじゃないの？」

「そうなんだけどな。——笑うなよ」

「笑わない、けど」

「あいつが先月からジムに行き始めたんだ」

「ジムって——」

案の定、蒼はとんでもなく理解を絶することばを聞いた、というように、もともと大きな目をさらにぽかんと見開いて、

「あの、運動するジム？」

「スポーツジムだよ、正真正銘の。上野広小路《うえのひろこうじ》のビルの上にあるところに、週一から二くらい出かけていって、マシン・トレーニングと水泳してるんだそうだ」

ちょっと沈黙が降りた。蒼はいつのまにか腕組みをしてうーん、と考え込んでいたが、

「なにか事件とか調査とか、そういうのに必要で、ってわけじゃないんだね？」

「そういうことは俺も考えたがな、違うらしいぞ」

「ミステリだと誰か特定の人物に近づくために、その人の出かける場所に自分も行って、なんてシチュエーションがあるよね」

「だけどあいつは別に、私立探偵やってるわけじゃないからな」

「そりゃそうだけど。理由は聞いてみた？」

「別に、なんとなく——だとさ」

「じゃあ、肩凝り解消とかかなあ。京介も三十過ぎて身体の衰えを意識したから、とか」

そういいながら蒼も、自分のせりふを信じている顔ではない。

「でも、別に悪いことじゃないし——」

「まだある」

「え？」

「最近あいつ昼型になった。朝は七時台に起きてきて、夜は十二時過ぎには寝てる」

「——それは、国会図書館に通う必要があるとか、じゃあないの？」

「家にいても毎日規則的に、だ。あいつはもともと昼型も夜型も切り替え自在だってんで、必要なときにしか昼間起きてなかったろう？」

「うん。翌日午前中からどこかへ出るときは、徹夜してそのまま、だったもんね」

「まだあるぞ」

「え、まだなにか？」

「この一月掃除と洗濯と料理をするようになった」

「自主的に？」

「自主的に」

「うわあ——」

今度こそ蒼は絶句した。深春が友人から谷中《やなか》の豪華なマンションを格安で借り受け、そこに京介が半ば転げ込むような形でルームメイトになったのが、蒼がW大に入学した春、いまから二年前のことだった。それ以来、別に口に出して取り決めたことではないが、家事にたぐいすることのほとんどは深春の担当になってしまっている。

深春はもともと体を動かすのは苦にならない方だし、食い意地は大いに張っているが、外食で味覚の要求を満たしたら破産確実だから、まずいものを食べるより料理は率先してする。後は家事といってもたいしたことはない。洗濯は全自動洗濯機、掃除はフローリングの床に週一度か二度掃除機を転がすだけだ。ひとりがふたりになったところで、仕事量に大した違いはない。それに京介はいたって不器用で、皿洗いなぞさせると心臓に悪いのだ。

　というわけでこれまでは、ほとんど暗黙の了解事項のように、私作ってかたづける人、あなた黙って食べる人、をやってきて別段文句もない深春だったのだが――

「後かたづけも京介がするの？」

「ああ」

「食器壊されたり、布巾でテーブル拭かれたりしてない？」

「ないな、なぜか」

「料理ってどんなもの。インスタント食品？」

「いや。飯炊いて、葱と豆腐のおみおつけに、あじの干物に、シラスおろしと胡瓜もみとか」

「すごくまともだね」

「そんなに凝った料理をする気はないらしいんで、せいぜいが筑前煮とか、酢の物とか、総菜っぽいもんがほとんどだけど、だんだん進歩しつつはあるな。昨日はきんぴらごぼうと、青菜を添えた厚揚げの肉詰めが出てきた」

　ほんとに普通の献立だあ、と蒼はつぶやいた。

「なんだか、普通すぎるって感じ？」

「そう。どう考えても、らしくないだろ？」

「味も問題なし？」

「ああ。作り方と献立《こんだて》の組立はネットで調べているそうだ」

　またしばらく沈黙。

「でも、さ。ぼくが神代《かみしろ》先生のところでお世話になってた最初の頃とか、材料は用意してもらってたけど、京介もご飯の支度《したく》してたし」

「そうだってな。俺はこれまでいっぺんも、喰わしてもらったことはなかったけど」

　深春はだんだん渋い顔になっている。つまり京介にしたところで、食事の支度や身の回りのことくらいやれば出来るということだ。単にこれまではやらなかった、というだけで。だが、それならなぜいまになってやらなかったことをし始めたんだ？

「――深春」

「なんだ」

「なにか京介を怒らせるようなこと、した？」

「ウッ」

みぞおちを殴られたみたいな気分。つまり深春はこれまで、ひとりで放っておけば餓死しかねない生活無能力者の京介の面倒を見てやるってことで、恩に着せたつもりもないが、ある意味大きな顔をしていたわけだ。当たり前のように彼の生活に口を出し、お節介は承知でああしろこうしろと指図した。いわれなきゃおまえはなにもしない、という大義名分が厳然としてあったからだ。それが京介自身が率先して自分の健康にも気を配り家事もこなし、ということは——

（俺は御用済みってことか？……）

「いや。少なくとも俺には、そういう覚えは全然ないんだけどな……」

やっぱりそういうことなのかな、と情けない顔で聞き返そうとした深春だが、

「で、京介の周りには冷気が立ちこめてたりするわけ？」

「いや。いたって普通に、淡々と」

「淡々と、ね」

「どっちかというと穏やかに、機嫌も悪くない、感じはする」

「どうしたとか、聞いた？」

「最初飯が出てきたとき、どうした風の吹き回しだよっていったら、別に、ちょっとやってみたくなったんだ、論文も書き上がって暇だし、って」

「うん——」

「やってみりゃ料理も面白いっていうから、これはいいやと思ってたんだが、だけどそのうち気がついてみれば朝はちゃんと起きるし、ジム通いも続いてるし、もういっぺん聞こうかとは思ったんだが、なんか時機を外したって感じでな」

「まあ確かに、なんて聞けばいいのかってところもあるよね」

「そうなんだよな。だけど、どう考えても挙動不審だろ？　なんか悪いもんでも喰ったのかとか、天変地異の前触れかとか、いいたくなるだろ？」

「うーん。ひとつずつならともかく、それだけいろいろ揃うと、確かにねえ……」

蒼は腕組みして考え込んだが、

「だけどねえ、深春。もしかしてぼくたち、すごく馬鹿馬鹿しいことで悩んでない？」

「んッ？」

「だってさ、どんなきっかけがあってそういうふうに変わったのかはわからないけど、不健康でひとりで置いとけないような生活していた京介が、自分で身体のこと考えるようになって、衣食住にも気を回せるようになったってことでしょう？

深春の負担も軽くなるし、その上別に機嫌も悪くないし、毎日普通にしてるんでしょう？　それならばさ、変だ変だって心配するのもかえって変だってことにならない？」

「そ、それは」

深春は言い返そうとしたが、うまくことばが見つからない。いや、それはつまり蒼のいうことこそ正論だ、という証拠じゃあないか。

「この前、朋潤会アパートの事件が決着した後から、ぼく、けっこう気にしていたんだよね。京介のことは」

「ん？　それはどういうことでだ？」

「だって京介ってよく、なんかの事件に関わった後はしばらく暗く落ち込んだり、機嫌が悪くなったりしたじゃない」

「ああ──」

「そうでなくてもここしばらくはぼくも京介と会う回数は減るし、今度はどうなんだろうって思わずにはいられなかったんだよね。事件のこと以外でも、朋潤会の建物はどんどん建て替えが進んじゃうし。でも先月の末に取り壊し前のアパートの中庭で顔を合わせたときは、わりとほがらかっていうか」

「そうだな」

「神代先生にも聞いてみたけど、別に平気だろ、今度はあいつの前で誰か死んだりもしなかったしって。先生もそれなりに気にして見ていてはくれたみたいで、そのへん危ないところではあったけど、結果はオーライだったしね」

「うーん。つまり俺のアホな気の回しすぎってことかあ？」

「そう考えてもいいんじゃないかって、いうだけのことだけど、変化もいい方への変化なら歓迎すべきことなのかも知れないよ」

「おまえのいう通りかなあ――」

深春はふうっとひとつため息をついて、短く刈った髪に指を立ててばりばり引っ掻く。

「いわれてみりゃあそんな気がしてきたわ。どーも俺はあの馬鹿のことになると、いまいち客観性を欠くとこがあるんだ。これじゃ今度京介が、おまえのこと心配し過ぎても笑えねえな」

「でもぼくはそういう京介の『変化』を自分の目で見てるわけじゃないからね、それがいい変化なのかそうでないのか、本当のことはわからないよ。深春がマジで気になるなら、思い切って正面から問い質《ただ》して、京介の反応を見るというのもありだと思うけど？」

少し考えて、頭を振った。

「いやあ、それは止めとくわ。あいつがポーカーフェイス決め込んだら、その裏を見抜く眼力なんざどうせ俺にはないからな。飯作ってもらえるのは俺も助かるし、いつまで続くか知らないが、へそ曲げられて元の木阿弥《もくあみ》になるより、せいぜい楽させてもらうさ」

「ぼくも食べてみたいしね、京介の手料理。谷中まで顔見に行ければいいんだけど、いま外泊はちょっときついから。ごめんね」

「なにいってんだい。おまえこそ大切なおふくろさんにたっぷり孝行してやれよ」

「うん。でもなにかあったらぼくにもメールしてよ？　聞くだけでなにも出来ないかも知れないけど、変に遠慮してぼくにだけ内緒にしたりしたら、本気で恨むからねッ？」

「わかったわかった。ちゃんと報告するさ」

2

繰り返し念押ししてようやく腰を上げた蒼を総武線の改札口で見送った深春だったが、その晩にはさらなる驚きが待っていた。

京介の料理は依然着々と進歩を遂げつつあって、今夜は見事な出汁巻《だしま》き卵が大根下ろしを添えて登場したが、それはともかく。

夕飯のテーブルを囲みながらさりげない口調で彼が切り出したのだ。

「来月早々、また京都に行く」

「へえ。最近わりと立て続けだな」

「四条家の蔵にある資料が、だいたい先月で整理を終わったんで、日本建築学会の博物館にまとめて寄贈することになった。その手続きも終わったんで、所有者に報告をね」

ふーん、とあまり気もなくうなずいた。だが京介はそれに続けて、

「時間が取れるようなら、一緒にどう？」

「へ、どこへ？」

「京都」

間の抜けたことを聞いた深春に、京介は別段皮肉もいわず、

「祇園《ぎおん》祭が始まる前だから、そんなに混んではいないと思う。一泊二日、バイトは休めないかな」

「いや、二日ぐらいならたぶんどうにでもなると思うけど——」

「じゃあ、考えておいてもらえる？」

「写真が要るとかドライバーが必要とか、そういうのか？」

「いや、それはない。だからバイト代は出ないけど、向こうが君にも会いたがってるから足代とホテル代は不要だよ」

「向こうって——」

「それは行けば分かる」

「おい」

「別に面倒なことにはならないと保証するよ」

深春は内心首をひねっている。初めて出会ってからいい加減長いつきあいで、その間一緒に旅行したことがなかったわけではないが、それは京介の専門分野である近代建築の調査のための旅だった。

調査に便乗するような形で、蒼やときには神代教授までが面白がってくっついてきて、半ば物見遊山《ものみゆさん》のようになったこともあるが、そんなときでも深春は決まって撮影の用意をし、車を使うならハンドルを握った。調査という理由抜きの旅は、ほとんどした覚えがない。まして京介とふたりだけで、というのは。

「まあ、無理には勧めないよ。晴れれば暑いだろうしね。でも料理なら鱧《はも》がシーズンだ」

「あれはどこがうまいのか、いまいちわからないんだよな」

「それなら鴨川《かもがわ》の床で生ビールなんていうのも、悪くないと思うけど？」

「むむッ——」

正直な話、そこでかなりぐらっと来た。さすがにこっちのツボは心得てやがる。それでもこいつがそうまでして連れ出そうとするからには、絶対なにか魂胆があるなとは思ったが、

（まっ、いいさ。それならそれでのってやろうじゃん——）

待てよ。前にもなにか似たようなこと、なかったか、という思いが胸の底をかすめないではなかった。だが旅の空となれば気分も変わる。もしかするとその京都行きで、京介の『挙動不審』の理由が見えてくるということもあり得ない話ではない。

もっとも蒼と会ってそんな相談をした、いらぬ心配をさせたなどと知られれば、母親のことだけでも大変なのにというので、飛んでくるのは嫌みだけでは済まないかも知れない。彼は蒼のことになると人が変わるのだ。深春はトイレでポケットから携帯を出して、蒼にメールを送った。

『七月初め一泊二日で京介と京都へ行く。なんでか知らないが誘われた。ただの旅行らしいんだが、土産の希望はあるかい？』

翌朝蒼からの返事が届いた。

『おみやげはいらないから、ちゃんと京介を見ていてよ』

そうして月が変わった七月の第一週の午後一時、新幹線で京都に着いた深春と京介は烏丸《からすま》口のロータリーでバスを待っている。梅雨はまだ明けておらず、雲が一枚かかった薄青い空だが、むっとくるような湿気と暑さだ。

「深春、これまで京都に旅行に来たことは？」

「いやあ、全然だ。駅に下りるのだって中学の修学旅行以来じゃないかな」

「それはずいぶん久しぶりだ」

京介がおかしそうに肩を揺する。

「どこへ行ったかは覚えている？」

「いやあ。飛鳥《あすか》に泊まって、奈良に泊まって、鹿にせんべいやって大仏とか見てからこっちに移動して、どっかで坊主のつまんない説教を聞いたのと、清水寺《きよみずでら》と、後は旅館の飯がひどかったのと枕投げして騒いだことと。それくらいしか覚えてねえな。

——おまえは？」

「修学旅行は、高校は九州一周だったから」

「ちぇっ、私立高はリッチだ」

「バブルの頃は海外に行く修学旅行も珍しくなかったじゃないか」

「そうそう。成田で制服のガキの団体に出くわしてびっくり、なんてのもあったな」

「中国で列車事故に遭った学校が出てから、海外への修学旅行もやらなくなったそうだね」

いつの間にか話を逸らされたらしい、と気がついたのはバスに乗ってからだった。いまさらのように考えてみると、京介が大学に近い私立W高校に三年間在籍したことは確かだが、それ以前のことを聞いた覚えがない。ただの一度も。中学のことはもちろん、いうまでもなく親のことも実家のことも、話題に上ったことはない。

深春自身が実家と疎遠なまま大学時代を過ごしたことも、蒼がそうしたプライヴェートな部分を外には出さぬまま生きていることも、京介に対してもまたその種の詮索をしないでいるのを不自然には思わぬ理由だったかも知れない。神代教授も実家は江東区に健在だとはいえ、養子に入った神代家の養父は疾うに病没し、養母である実姉は実家に帰ってしまうというかたちで、周囲に血縁のいない生活をしている。


昔、大学の一年のとき京介と出会った、大学近くの下宿屋のことを思い出した。そこもまた家族とは縁の薄い若者たちが、ひとつ屋根の下に暮らす場所だった。自分を守ってくれる殻を失った、だがひとりで生きていくというには危うい未熟な人間が、ひととき心を寄せた砦《とりで》。ほんの数ヵ月共に過ごしたあそこでの記憶が、いまにしてみると鼻の中がツンと痛くなるほど懐かしい。

自分の感傷に深春はこっそりと舌打ちする。輝額《きがく》荘《そう》は疾うに地上から消えた。だが深春も実家にはここ数年盆の墓参りにだけは帰るようになり、兄とは依然折り合いは悪いながら、我慢して法事の昼食くらいはつきあっている。蒼は別れていた母親と再会し、いま死に向かう彼女から離れない。京介が自分の親とどんな経緯があり、絶縁してきたのだとしても、関係の修復が不可能なことはあるまい。そんな前向きの変化の兆《きざ》しが、『挙動不審』の理由だとしたらこんなにめでたい話はないのだが。

「まだ時間が早いんで、ぶらぶら歩いていっていいかな」

京介が再び口を開いたのは、京都会館美術館前というバス停でバスを降りてからだった。コインロッカーは使っていないが、たった一泊だからふたりとも荷物は少ない。歩くことは少しも苦にはならないし、深春に異論はなかった。

早い午後の陽射しが照りつける道はあまり有り難くはなかったが、それも一キロばかり東に向かって歩き、木々の茂りの濃い南禅寺《なんぜんじ》の参道に入ると嘘のように涼しくなる。

「ずいぶん立派な寺みたいだな」

「うん。といっても僕も、まともに南禅寺の建築を見てはいないんだけど」

「近代建築以外はアウト・オブ・眼中か？」

「まあね。ただここしばらく通っていた旧堂上公家の本邸がここの近くにあって、ときどき気晴らしに散歩に来ていた。特に、ここへ」

真っ直ぐ東に向かっていた参道を南に折れた林間に、深春はかなり意外なものを見た。——おっ、と思わず低く声を漏らしてしまう。時寂びた寺を包む林の中に見るには、あまり予想しなかったもの。それは半円アーチの連なる赤煉瓦の構築物だ。近づくに連れて水の流れるごうっという音が、頭の上から鈍く伝わってくる。

「水道橋か？」

「ご名答。琵琶湖疏水《びわこそすい》だよ。トンネルを介してこの南の蹴上《けあげ》に流れ込んだ琵琶湖の水が、アーチの上を流れて北上する。明治の事業だけど水道水の供給としては現役だ」

「へえっ。確かにかなり風格がある眺めだな」

古代ローマの水道橋などと較べれば、ずいぶんささやかな、いっそ愛らしいといいたいほどの規模ではある。それでも濡れたように濃い緑の茂りと、時の流れにほどよく色褪せ沈んだ煉瓦積みの朱赤の対比が、素晴らしく印象深い。

「絵心のある人間なら、キャンバスを立てたくなるような景色じゃないか」

「建設当時は、景観の破壊だという反対も受けたそうだけどね」

「それをいうならエッフェル塔だって、最初は醜悪だっていわれたんだろ」

「気の毒に、京都タワーは何年経っても誉められることはあまりないようだ」

「あー、ありゃあ駄目だぜ」

そんな雑談を交わしながらぶらぶらと北へ向かった。途中で小川のような水路の脇の、石畳の小道に出た。水音が涼しい。

「ここがいわゆる『哲学の道』。右手を流れているのが、さっきの水路閣の上を流れていた疏水分流で北白川《きたしらかわ》まで続いている」

「ほーっ。『哲学の道』ってここのことだったのか。名前だけは聞いたことがあるぜ」

「そう？」

「ああ。よく聞くから、もっとけばけばしい土産物屋なんかが並んだ、鎌倉の小町通りみたいなとこかと思ってた」

「幸いそれほどでもないだろう」

暑さのせいもあるのか、道を行き交う観光客もあまり多くはない。だが勢い良く流れる水と、頭上にさしかけられる木々の影が涼しさを与えてくれ、むしろ散策にはもってこいだ。それでもときおり今風の和風喫茶や手作りの店が姿を見せ、若い娘や中年女性のかん高い笑い声が聞こえる。

「僕が京都に来ていたのは、伊東忠太関係の資料がその旧公家の蔵に残されていたからなんだけど、その話をしてもいいかな」

いつになく遠慮がちな申し出だ。

「ああ。といっても俺は伊東忠太っていえば、インドのお寺みたいな築地本願寺《つきじほんがんじ》を建てたってのと、ユーラシア大陸を驢馬で単独旅行した変人建築家ってイメージしかないけど？」

「そのイメージは、あながち的外れではないと思うよ。伊東は学生のときに誰より早く法隆寺《ほうりゅうじ》の実測調査を行い、大学卒業早々京都の平安神宮の設計を委《い》嘱《しょく》され、その後内務省の依頼を受けて日本全国の神社建築を調査し、三十六歳のとき帝国大学の教授になるにはヨーロッパ留学が不文律だった時代に、師辰野金吾と文部省を説得してアジア建築探訪旅行を承知させ、東洋建築史のパイオニアとなった。

設計主要作品は朝鮮神宮などの神社建築、築地本願寺のような仏寺、美術館である大倉集古館、キリスト教バジリカの平面に唐破風屋根を載せた震災記念堂、ロマネスク様式を再現した東京商科大学兼松講堂など。昭和に入ってからは建築界の一大権威として数々のコンペの審査員となり、芸術院会員に迎えられ、文化勲章を受章した」

たぶん、聞き逃さないようにということだろう。よどみなく、だがゆっくりと京介が並べ立てた伊東の肩書きに深春はあんぐりと口を開けた。


「すげえ経歴だな。変人どころか、大ボスじゃないかよ」

「そう。彼は結果的に、建築界の大ボスとなった。同世代の中でもっとも長生きした、という単純な理由もあったのだろうけれど、天皇と綽名《あだな》された辰野金吾亡き後、ボスと呼ばれるに足る存在となったのは彼だけだったろう。

将来の日本建築はいかにあるべきか、というテーマは明治後半から盛んに議論されていたけれど、昭和初期になって公共建築のコンペが多く行われるようになると、そこで求められたのは『日本趣味を表現する建築』で、洋風鉄筋コンクリートの壁体に瓦屋根を載せるという下田菊太郎の帝冠併合式に良く似た意匠が多く採用された。

下田の提案を『奇形の捏造物』『国辱』とまで酷評した伊東は、皮肉なことにそれら多くのコンペで審査員長を務め、若手のモダニズム建築家たちには倒すべき旧時代の悪しき権威として敵視された」

「変節したってことか?」

「彼が晩年の自分をどう考えていたかは、なにも書き残していないからわからない。ただ伊東は、建築家となったからには日本銀行と東京駅と国会議事堂を設計したいと公言していた辰野のような、野心的なタイプではなかったし、コンペの審査員長というのも年長者として頼まれれば引き受けた、というだけのことらしい。

明治を生きた人間として国家の価値観を内面化することにためらいは持たなかったろうが、彼が同時に紛《まぎ》れもない変人で、幻視家であったことも事実なんだ」

「幻視家?」

「後年執筆した絵物語風の回想記に、子供時代の自分は病弱で、幻視を見ることがあった、母親には見えない鳥や蛇を指さしてそれを捕らえてくれとしきりにいって困らせたと書き記している」

「へえ……」

「ただ寝ぼけていたようにも読めるけれど、わざわざそうして絵と文章にしているということは、彼にとってはそれなりに意味のある記憶だったということだろう。

帝大の学生になってからも、自分は空想に耽《ふけ》る癖があって勉学の妨げになってしまうが、それを制限してしまえば木石のようだ、酒色を節するより難しい、とか、空想画を描くことは『持病』だとか日記に書いているそうだ。子供時代、よくおとぎ話をしたり草双紙を見せてくれた母親の影響もあって、尾《お》崎紅葉《ざきこうよう》の小説を好んで読み、創作を試みたこともあるらしい。

壮年になってからも数十年後の未来の情景を夢に見た話や、妖怪論のエッセイを発表しているし、遺品の中から『怪奇図案集』と題されたオリジナリティ溢れる妖怪画が見つかって、ヒエロニムス・ボッシュの怪物をもっと陽気に可愛らしくしたような魑《ち》魅魍魎《みもうりょう》が数多く描かれていた。

彼の設計した建物のいくつかには、そうして産み出されたのだろう怪物や幻獣が取りついているよ。隅の方にひっそりと、ときには堂々と。藤森照信《ふじもりてるのぶ》教授のことばを借りるなら『妄想体質の人』だった。ちょっと面白いだろう」

「面白いっていうか——」

深春は、爪の先で頬をぽりぽり掻きながら戸惑い顔だ。

「一大権威で幻視家で冒険家か？　日本趣味建築のコンペの審査員長で、併合した朝鮮に神社と来れば大日本帝国のファシズム・イデオローグ、侵略の尖《せん》兵《ぺい》みたいだけど、築地の本願寺はヒンドゥー教の神殿クリソツで、その上ボッシュの妖怪画だあ？　なんなのかな、そいつは。全然統一したイメージが湧かないぞ」

「そうなんだ。それが伊東忠太の奇妙で面白いところさ。もっとも学問研究の対象にするには、かなり厄介な人物だとはいえるけれどね」

「で？　なんでその伊東の資料がお公家さんの蔵にあったって？」

「その話はこれからするよ。ああ、そろそろ銀閣寺道だ。良かったな。君の忍耐が尽きる前に、一休みして血糖値が上げられる」

　喫茶店にでも入ろうということらしい。だがそれはそれとして、京介の楽しげな口調に深春はなんとはなし安堵めいたものを覚えていた。得意の弁舌で上手に人の気を惹いておいて、舌先三寸でこちらをじらしたり、はぐらかしたりはいつもの京介の遣り口だ。

　料理や掃除をされるのが不快なわけではないし、毎週欠かさずジムに出かけて汗を掻いてくることが悪いはずもない。だが知り合って以来の京介の生活習慣があっさり覆されると、馬鹿なことをいうようだが、大地震の前触れに出会ったような尻の据わりの悪さを覚えてしまう。しかし当然ながら、そんなのはただの気のせいだってことだ。

(別に京介自身はなんにも変わっちゃいない、これまで通り、だよな――)

3

疏水に沿って北上していた散策路が、ここに来て左に大きく折れながら一気に幅を広げる。右手の小道に入っていけば銀閣寺はすぐらしい。だが京介は観光人力車が客引きをしている道を西へ歩き、洋館風の建物が木々の間に建っている喫茶店の門をすたすたと入っていく。ケヤキだろうか、かなり大きな木が二本立った奥は赤いスペイン瓦に蔦《つた》の絡んだ壁の二階建てだ。

「ふうん、ここもちょっと古そうな洋館だな」

「隣で記念館になっている日本画家の家と、同じ敷地に建っているんだ。昭和の初めに建てられた画家のコレクション・ルームだったそうだけど、今日は外のテラスに座ろうか」

洋館の右横に建て増しされた新しい平屋の外にテラスがあって、椅子と丸テーブルがゆったりと配置されている。屋根で陽射しは遮《さえぎ》られ、風は吹き抜けるから空調の利いた屋内よりむしろ快適だ。さすがこのところ何度も京都に来ていただけあって、気の利いた店を知っているなと深春は素直に感心する。もっとも煉瓦の門柱にハーブや花の植木鉢というしつらえは、どちらかといえば女の子向きの雰囲気だった。

深春はケーキ・セット、京介はコーヒーだけを頼んで、伊東忠太に関する講義が再開される。

「大谷光瑞《おおたにこうずい》という名前は、知っているかな」

「ええと、どこかで聞いた気もするけど――」

「京都西本願寺の門主で、関係のあることだけを話せば、仏教の源流を求めて中国西域に三次にわたる探検隊を派遣した。その探検隊の一部である日本人青年ふたりと、伊東は偶然雲南《ユンナン》で出会った」

「へえ、雲南で！」

深春は思わず声を上げている。

「伊東忠太ってそんなとこまで行ってるんだ」

「中国からビルマを南下して、ラングーンから海路インドに入り、ボンベイから紅海、スエズ運河を抜けてエジプトと中東。ヨーロッパは最後にロンドンに出て、大西洋を渡ってアメリカ経由で帰国した。一九〇二年三月から一九〇五年六月まで、ほとんどが単独行の三年を越す大旅行だ」

「文字通りの世界一周じゃないか。くそう、いいなあ——」

知らず知らずにうらやましげな声になってしまうのには答えず、

「その雲南での出会いが縁になったのだと思う。伊東は帰国後西本願寺を訪ねて門主と交流を持つようになった。その結果伊東の設計になるという浄土真宗本願寺派関係の建築と、計画案がいくつか残されている」

「それが築地の本願寺か？」

「そのひとつではある。ただ築地本願寺の着工はそれから二十数年も後のことでね、伊東が設計者に選ばれたのは光瑞の縁だったとしても、そのときはすでに光瑞は門主の座を退いていた。そのためもあってか、伊東の当初の構想は実現案ではだいぶ妥協させられて矮小化されているらしい。

それより前、比較的早い時期に大谷光瑞は神戸六甲山麓に別荘と寄宿制の私立中学校を建てている。別荘は二楽荘という、写真で見る限りインドはムガールのマハラジャの宮殿と西洋建築を折衷したような奇想天外な建物だった」

「それもインド風かあ」

「光瑞の探検の動機は仏教の源流を求めることで、彼自身西域からパミール高原越えでインドに入っているからね。旅行中父親の前門主が病没して急遽《きゅうきょ》帰国せざるを得なかったが、インドへの思い入れは深かったんだろう」

「その別荘に伊東が関わってたのか？」

「彼の生前刊行された『伊東忠太建築作品』というう本のリストには、設計、として二楽荘の名前が挙がっている。だが設計図やエスキースは見つかっていない。現在比較的手に入りやすい光瑞の伝記は二種類あるが、そのどちらにも二楽荘についての記述はかなり詳細にあるにもかかわらず、設計者伊東の名はまったく出てこない」

「そりゃなんで」

「伝記はどちらも光瑞という稀代の天才でカリスマの人物像を英雄的に描くことを主眼にしているからね、インド風イスラム風中国風イギリス風と各室ごとに内装を変えた風変わりで贅沢《ぜいたく》なインテリアや、光瑞と来客のためだけに使用されたケーブルカーといったものを面白おかしく語ってはいるが、すべて光瑞の発案になるもの、という書き方だ」

「そんな凄い人物だから、これほど珍奇な建物を考えつけた。建築にも一家言を持っていて当然だ、というわけだな？」

「少なくとも外観に関しては、二楽荘は素人離れした纏《まと》まりを見せている。玄関の車寄せ屋根にアジャンタの石窟寺院を思わせる尖頭アーチを載せ、西の突出部上にはサンティのストゥーパのような伏せ鉢形のドーム、南にはムガール風の吹き抜け楼のある八角塔、と賑《にぎ》やかな意匠を破綻なく調和させた腕は凡手じゃない。施工責任者の名は残されているが、それも西本願寺の棟梁で西洋建築の設計をした経験はないらしい」

「伊東ならインドの建築も自分の目で見ている。そんな建築家は外にいない。状況証拠としてはやはり彼の関与が考えられるってことだ」

「藤森照信教授が『伊東の強い指揮下でデザインされたと考えてまちがいない』と断言しているのも、当然かも知れない。しかし伊東自身は『多少の助言を試みた』『参考の図書を示した』としかいっていなくてね」

「そりゃ、ずいぶん控え目だな」

「伊東の評価は『流石《さすが》に大谷伯の気宇《きう》を現したる』『本邦無二の珍建築』だが、『そのプランは取り立てて言うべき特点なき』『内部各様式の装飾には物足らず思わるる節少なからず』『印度室の装飾はことごとく印度式手法印度式紋様等をもって経営されたるにもかかわらず、何となく未だ充分に印度の空気に接するの感想を生ぜしめざるは如何』……」

「誉めてないな」

「しかし室内の写真を見ると、伊東の指摘もあながち的外れではないように思われるんだ。イスラム風の部屋には屋内噴水とアラベスク模様、インド風には虎皮の敷物に細密画、エジプト風には古代神殿調の附け柱を立ててピラミッドの風景画を飾ったりしているんだが、洋館の内壁にそれぞれの装飾要素を貼り付けただけ、という印象が強い。推定されている平面図も凡庸で魅力に乏しいし」

「もともとひとつの建物の中に、あちこちの様式を突っ込むのが無理なんじゃねえの？」

「まあ、そうだね」

「設計に大して関わったわけじゃないから、平気で貶《けな》せたのか。実は関わったのに出来たものがいまいちだったもんで、自分は手出ししていませんって誤魔化したってことも考えられるかもな」

「意地の悪い見方をすれば、ね」

京介は口ではそういったが、たぶん同じようなことを考えていたに違いない、と深春は思う。

「その変な建物、まだ残ってるのか？」

「いや、光瑞は西本願寺の財政問題や部下の疑獄事件の責任を取って二楽荘竣工の三年後に門主を辞任し、主を失った別荘は一九三二年に焼失した」

「残念。残ってたらシュバルの理想宮くらいの見物だったろうにな」

深春は南フランスの、郵便配達夫がひとりで築き上げた奇妙な宮殿の名前を出した。写真で見たことがあるだけだが、あれも明らかに東洋風の、素人が空想したインドの神殿のような形をしていた。

「そう、較べるにはシュバルの宮殿は適当かも知れない。どちらも近代のエキゾチシズムを背景にした個人的な夢想がある」

「ユーラシア大陸の東と西から発動した異国趣味が形作ったのは、結局どちらからも遠いインド風だったってわけか」

「自分でコンクリートをこねて拾った石を積み上げたシュバルと、費用を顧みず贅を尽くした光瑞では、かけられた金額についてもそれこそ対照的ではあるけれど」

「光瑞ってそんなに金遣いが荒かったのか――」

「門主辞任の理由も、つまるところ彼が好き勝手をして西本願寺の財政を傾けた、その責任を取らされたわけだから。といってもそれで没落したわけではなく、大陸に渡って依然悠々自適の活動を続けたらしいが」

「なるほど。そりゃいかにも伊東忠太のパトロンにはふさわしい怪人物だな」

「――で、今回四条家の蔵から発見された書類の中に、どうも二楽荘のエスキースらしいラフスケッチが何枚か見つかった。サインはなかったし、まだなんの確証もないんだが、その線の感じが伊東の手によるのではないかという印象を持った」

なんでもないことのような京介の口調だったが、え？　と深春は目を見開く。

「おまえ。それってかなりすごい発見なんじゃないか？」

「さあね。四条家は明治期に浄土真宗本願寺派とはかなり親密な関係にあったようだから、資料の残り場所として理屈に合っているとはいえる。だが僕にはそれ以上のことはわからないから、資料は丸ごと建築博物館に寄贈されて、今後の研究を待つということになるだろう」

「おまえは関わらないのか？　発見者なのに？」

「ああ。適任者は他にいくらもいるだろう」

「二楽荘には興味なしってことか」

「まあ、建築史的に見て重要とはいえないだろうな。どちらかといえばゲテものの方だ」

「おまえは和洋折衷なものには、みんなそれなりに興味があるのかと思ってたよ。そうでなくたって、ずいぶん欲のない話だな」

京介はちょっと肩をすくめた。口元を曲げて皮肉な笑いを浮かべると、

「伊東が二楽荘の設計者だったと証明されても、科学的な発見や発明とは違う。人類に幸福をもたらす気遣いも、ましてや社会的名声をもたらすようなものでもないよ。四条家の蔵の整理をしたのは、たまたまの行きがかりというだけの話だ」

「だけどおまえ、ずいぶんせっせと京都に通っていただろうが、ここのところ」

「だからそれが行きがかりさ。望まない仕事でも、一度依頼されて引き受ければ最後までやらなけりゃならないのは君のバイトと同じ」

「そりゃ、そうだろうけどな」

なんとなく釈然としない気分でいるのに、

「それより深春、まだ思い出さないのか？」

「へッ？……」

京介がなにを仄《ほの》めかしているのか、さっぱりわからないまま深春はまばたきする。

「修学旅行以来一度も、京都に来たことがないわけじゃないだろう？　たぶんろくでもない思い出だから、無意識に頭から追い払ってしまったというくらいのことなんだろうが」

「ええっとお——」

馬鹿にされているらしい、ということはよくわかる。覚えていてしかるべきことを忘れている、といわれていることも。京都？　ん、待てよ——

カッ、カッというヒールの音が近づいて来ていた。喫茶店の門からテラスに続く石張りの地面を、足早に近づいてくるのは女性のようだ、と目は上げないまま深春は思う。

美人らしい足音なんてものがあるのかどうか、よくわからないが、なんとなくこれはそういう想像をそそる音だ。リズミカルでよどみがなく軽やかな。たぶん自分たちのいるテーブルの横を抜けていくのだろうその女性の方を、ちらっとでも見たい気はするが、京介の冷ややかな顰蹙《ひんしゅく》を浴びせられそうだとも思う。

足音が止まった、すぐそばで。凛《りん》とした中にも、柔らかさを失わぬ声がする。

「桜井さん、お待ちになりました？」

えっ？

「いいえ。南禅寺から歩いてきたので、ここでゆっくり一休みしていたところです。今日はおひとりですか？」

「ええ。見ていてくれる人がいるので、息子は北白川の方へ残してまいりましたの。やはりこちらは緑が濃くて、夏といっても暑すぎなくて心地ようございますわね」

深春は首を巡らして、そこに立っている女性を見上げた。象牙色のサマースーツに淡いラベンダーのブラウス、真珠のネックレスを二巻きした細い首の上にこの髪型はおかっぱじゃなくショート・ボブってやつだよな。つややかな黒髪に囲まれた小さな顔が微笑んでいる。化粧は無論していないということはないのだろうが、ほんのりとしたナチュラル・メイクだ。ピンク色の唇がこちらに向かってはっきりと笑みを浮かべ、

「ご無沙汰しております、栗山さん。その節はいろいろとお世話になりましたのに、いままでお礼はおろかご挨拶もせぬままで来てしまいまして、本当に申し訳ありません」

深々と頭を下げられて、いよいよ狼狽《ろうばい》する。

「えっ、ええっと、あの——」

「せっかくお招きいただいたのに、あなたの顔を見てもわからないらしいですよ。失礼にもほどがある。いまから追い返しましょうか？」

「まあ……」

美女は口元に手を当てて、淡く色づくように笑いを洩らした。それから京介の引いた椅子に、上体を真っ直ぐ立てたまま腰を下ろすと、深春の顔を覗き込んで、軽く怨ずるような口調でささやいた。

「本当に忘れてしまわれましたの？　私、そんなに変わってしまったでしょうか？」

「いやっ、その、すみません」

なんかこう記憶の底がうずうずするような気分はあるのだが、このシチュエーションでは落ち着いて考えろという方が無理だ。すると彼女はいくらか声の調子を変えて、もう一言ささやいた。

「お願い」

「あっ！――」

思わず声が出た。記憶がいきなりフラッシュバックした。「お願い」。同じように見つめられ、同じことばを聞いた。あれは――

「彰子《あきらこ》姫！」

深春の大げさな驚きようがおかしかったのだろう。彼女は肩をすくめるようにして笑い出し、京介は憮然たる口調でつぶやいた。

「この、超のつく鈍感熊――」

# 緑蔭の愁い

## 1

京介に引っ張り出されたバイトで、ツアーの手伝い兼用心棒として栗山深春がヴェトナムを訪れた、あれは一九九七年の三月。手配ツアーの客は京都のお嬢様短大をその春卒業する女の子たちばかりで、四条彰子もその中のひとりだった。

そこでなにがあって、京介が深春をそれに一枚加えた理由がなんだったかというようなことは、いまさら繰り返すこともあるまい。ともかく一別以来、深春は堂上公家の末裔《まつえい》だという彼女とは会わなかったし、名前を聞くこともなかったのだ。

「あー。そういやあ四条家の保管していた資料がどうこうって、あんときもいってたっけ？……」

「いっていたし、この半年ばかり京都に行くときはいつも、四条家の名前は繰り返していたと思うんだが？」

「それはまあ、聞いていたけど、あのときのこととは別に結びつけなかったしさ――」

他にどういう言い訳も考えつかなくて、深春は片手で頭を掻く。実際さっき京介がいった通り、そのときの顚末《てんまつ》はあまり彼にとって楽しい話ではなかったので、敢えて思い出さなかったということもある。だが当の彰子の前で、当然ながらそういう言い方は出来ない。

「すみませんね、四条さん。わざわざお声をかけていただきましたが、この通り頭の作りの雑駁《ざっぱく》なことにかけては右に出る者がいないような有様で」

「うるせえな。――ええと、いまはヴェトナムに住んでおられるんじゃないんですか？」

「先週から京都に戻っておりますの。春先に父が軽い脳梗塞《のうこうそく》を起こしまして」

「それは、大変ですね」

「いえ、加減はそう悪くはないのですけれど、自分が生きている内に孫の顔を見せろとうるさいものですから、ちょっと里帰りに参りましたの」

（そうか。お姫様もいまや二十四歳の人妻で、子持ちってわけだ——）

彼女は日本に留学してきていたヴェトナム人青年と恋をして、向こうに嫁いだのだ。あれから四年以上になる。それは子供も産まれるだろう。だが四条彰子ってこんなに美女だったっけ？　と深春は内心首をひねっている。顔の作りが変わったわけでもないのだが、印象は百八十度違う。なにより別人のように表情に力がある。これではわからなくても無理はないと言い訳させてもらおう。

「しかし南禅寺のご本宅の方に、戻られたわけではないのですね？」

横から口を挟んだ京介に、ええ、とうなずいて、

「父は退院した後は山科《やましな》の山荘におりますし、私もそちらに泊まるようにといわれたのですけれど、少し不便ですからいまは北白川におりますの。昔K大の教授の方が建てたお宅をうちが買い取って、そこが空いていたものですから。下がリビングと食堂に和室が一間、上が寝室二間に書斎。こぢんまりとした二階屋に庭もあって、でも手入れが困るほど広くはなくて、とてもいい家ですわ」

こぢんまりというが、いまどきならけっこうな広さの邸宅だ。そんな不動産がホテル代わりにあっさり使える自分の家のものだというのだから、やはり彼女の金銭感覚は結婚したいまも『姫君』なのだろう。もっとも相手のヴェトナム人も、日本に留学していたくらいなのだから、決してその日暮らしの庶民などではなかったわけだ。

「もしかしたらしばらく北白川の方に、住むことになるかも知れません」

「すると、やっぱりお父さんの具合が良くなさそうなんですか？」

「いえ、そういうことではないんですけれど、息子を日本で教育することも考えておりますし、私も出来ればもう一度大学に行きたいと思うことがありますの。短大の二年というのは、なにを学ぶにもあまりに短すぎますわね」

「あー、確かに最近短大というのは、あんまり流行《はや》らなくなりましたね――」

深春はイテッ、と声を上げそうになってこらえた。テーブルの下でいきなり京介が、こちらの向こうずねを蹴飛ばしたのだ。てめえ、なにしやがんだよと睨んだが平然と黙殺され、

「なにか、僕たちにご相談があるということでしたが？」

「――では、北白川の家に来ていただけますか。この疏水沿いを歩けばすぐですから、どうぞ」


歩き出した四条彰子の足取りはかなりゆっくりとしていた。そして彼女の話はその足取り以上にゆっくり、というかなかなか本題に入らない。そして人の足を蹴飛ばしたのは、話を進めたいから世間話はいい加減に切り上げろという意味だろうと深春は思ったのだが、京介は特に急かすこともなく、彼女の歩調に合わせて横を歩きながら、一向に本題に入らない会話につき合っている。

再び北へ方向を変えた疏水の脇、東側は遊歩道になっていて、街路樹や灌木《かんぼく》の植え込みが続き、散歩するなら格好の道だ。時折ベンチも置かれている。遊歩道の背後は戦前から続いていそうな住宅街で、北へ上がるほどに高級そうな雰囲気を増し、東京でいえば成城《せいじょう》か松濤《しょうとう》か、といった感じだ。西側には平行して車の走れる道が通っており、こちらは対岸とは対照的にもっと庶民的な住宅や比較的新しい二階建てアパートといった建物が並ぶ。深春は一言断って橋を渡り、そちらの道を歩き出した。

遊歩道では三人で横に並ぶほどの幅がない。かといって前や後ろをひとりで歩くのはつまらない。それくらいならこちらから、美女の横顔を観察する方がまだ楽しい。相談といっても彼女の話は、やはり京介の研究分野と関わることらしい。それなら別に急ぐことはない。差し支えないと思えば、彼が後で教えてくれるだろう。

京介と並んで歩く彰子を遠目に眺めながら、深春はつくづく思う。結婚して、子供を産んで若いときよりきれいになる女性というのはいるものだなあ、と。記憶にある二十歳の彰子は精気に乏《とぼ》しい、作り物のような美少女で、なるほど平安朝のろくに陽にも当たらないやんごとなき姫というのはこういうものかと感心こそすれ、見とれることはなかった。深春の女性に対する趣味はいたって健康的で、跳ねっ返りなくらい元気なタイプの方がいい。だから彰子の現代離れしたいかにもなお姫様振りには、驚いたもののそこ止まりだった。

もっとも深春が見たのは、父の支配から逃れて恋を成就《じょうじゅ》させるために敢えて無表情の仮面を被り、本当の顔を隠していた彼女だったのだろう。だがハノイの国旗掲揚塔の上で向かい合ったとき彰子は、その仮面を脱ぎ捨てようとしていた。死んだ人形か鏡の中の影のような白い顔から、蛹《さなぎ》が蝶に孵《かえ》るように、なにものにも矯《た》められぬ本来の強さ、激しさが輝き出そうとしていた。

カメラは持ってこなかったので、指で作ったフレームで囲ってその横顔を眺める。白い額、切れ長の瞳、小さな鼻。その視線はためらいもなく対象を見つめ、顔の筋肉のどこにもあのときのような不自然な強張りはない。体つきこそ処女のときのまま細さを保っているものの、成熟しつつある女性の凜としたしなやかさを感じる。いくらかふくよかになった頰の線が、なおのこと印象を変えているのだろう。だが、また深春は思った。

(彼女、なにか悩みがあるんじゃないのかな……)

頬が青ざめているように見えるのは、頭上の枝葉を透かす陽射しが緑色の影を落としているせいには違いない。それでもふとした拍子に、目元に淡く愁《うれ》いの翳《かげ》りが漂う。口ごもるようにうつむく唇が、寂しさをこらえているように微笑む。

愛し、愛された人と結ばれて、子供が産まれて四年目。本来なら影も曇りも知らぬ幸福に晴れ晴れと照り輝いていても不思議はないはずの若い女性が、なにを悩み愁えているのだろう。彼女の京介への相談ごとというのには、その悩みが関わっているのだろうか。だから彼女はそれを口にしようとしながら逡巡し続け、ああして進まぬ足取りをたゆたわせているのだろうか。

しかしたとえばそれが、ひとり異国に嫁いだ女性の家庭問題なのだとしたら、他人に出来ることなど知れている。ましてやまんざら知らぬ相手ではないといって、京介が関わり合いになることを好むとは思われない。

もともと生身の人間より、三度の飯より古い建築が好き、他人の問題になど可能な限り関係したくないと口に出してもいい、態度でも示し続けてきた彼のことだ。そしてその気持ちを深春も無論、理解できないではない。なまじ世の大半の人間より深く、あるいは遠くものが見える目を持ってしまったことで、京介はしばしば人の死やあらゆる負の感情に向き合わされ、苦痛を味わい、ときには生命の危険に晒《さら》されさえした。

だが、彼が得たものは災いだけではなかったはずだ。もつれた謎の中に分け入り、掴み取った真実を白日《はくじつ》の下に晒すことは、関わり合う者の救いともなり得る。なによりその目があったからこそ、京介は蒼を救い得た。他の誰でもない、京介だけが。傷つき怯え、人と視線を合わせることさえ出来なかった病んだ子供は、いまや自分の脚でしっかりと立ち上がり、名を呼べばいつでも特上の微笑みを返して、深春をまでも幸せにしてくれる。

（そうさ。それだけでも、充分すぎるくらいの報酬じゃないかよ——）

（おまえのおかげで蒼は生き延びられただけじゃなく、もうじき死んでいくしかないんだろうおふくろさんのそばにいられて幸せだって笑えるくらい、強い大人になれたんだぜ——）

「伊東忠太はヴェトナムを訪れていますよ」

そんな京介の声が疏水越しに聞こえてきて、深春は、おっ、と我に返る。

「確か明治の末年ごろです。旅行期間はごく短くて、踏査したのはハノイとその周辺だけだったと記憶していますが」

「ハノイに来たことは、あるんですのね……」

話がようやく本題に入ったのだろうか。ちょうどそこにかかっていた橋を渡ってふたりに近づくと、遊歩道の途中で足を止めた彰子がハンドバッグを開こうとしていた。


「あの、これを見ていただけますか？」

彼女が取り出したのは一枚の写真だ。京介が受け取ったそれを、深春も早速覗き込む。

「絵、ですか——」

掛け軸から剝がしたような縦長の、ひどくよれよれになった紙が、ガラス板で押さえて机の上に伸ばされてある。日本の伝統画法、というより浮世絵風のタッチで描かれている人物像だ。背景はない。墨一色の線描《せんびょう》で、長い袂の着物に袴《はかま》をつけ、男女いずれともつかない引き目鉤鼻の顔。だがどちらかといえば男、優男《やさおとこ》らしい顔立ちをした元禄風のお小姓、とでもいったところだろうか。

刀は差していないし、月代《さかやき》を剃っているわけでもないが、額に切りそろえた前髪がかかり、頭の後ろで結んだ髪が長く垂れている。身体を斜めにして、右手を腰の前に、左腕を下に伸ばしてこぶしを握っているのも、歌舞伎の見得《みえ》を切っているポーズに見える。

「夫の大伯母の遺品だそうですの。とても大事に、肌身離さず秘蔵していたもので、故国を出るときから持っていたらしいのですが、日本の文字が書かれているので日本人の描いたものではないか、と」

「しかし、なんだって伊東忠太なんですか？——」

いくら実家の蔵に伊東関係の資料が眠っていたからといって、唐突な話じゃないか、と深春は怪訝《けげん》な表情もあらわに彼女を見たが、

「夫はハノイの歴史博物館に勤めておりますの」

「ああ、なるほど」

それで京介にはなにかわかったらしいが、説明されなくては無論なにがなにやらだ。

「ハノイの歴史博物館の前身はフランス極東学院という、植民地総督府が創立した研究機関なんだ。伊東はハノイ滞在中、ここに通って文献を読んだり資料を写真撮影したりしている」

「つまりこれと似た伊東の絵が、その博物館に残っていたということか？」

「そうかも知れません。私の実家に伊東という建築家の資料があって、今度建築学会に寄贈するという話をしましたら、夫が私に日本でわかりそうな人がいたら尋ねてみて欲しいと」

「署名はないんですね？」

尋ねた深春にうなずいて、

「ええ。絵の左端は無理に裂いたようで、もしかしたらそちらにあったのかも知れませんが」

「右側にも文字らしきものが見えますが？」

「それも日本の字らしい、と」

おや、と思った。

「四条さんも現物は見せてもらっていないんですか？」

「はい。この写真を預けられただけで、そういう絵が夫の手元にあるというのも今回初めて聞かされたことなのです」

「ご主人は、大伯母上という方からはなにも聞かれていないのですか？」

「そのようです」

彼女のことばはどれも奇妙に曖昧だ。

「なんて書いてあるんだ、京介？」

右手で写真を持ったまま左手で眼鏡を引き外し、前髪を振り払って写真に顔を近づける。深春も覗き込んで、暗い！　と邪険に押しのけられたが、京介は間もなく眉間《みけん》に縦皺を刻んだ顔を上げた。

「これでは写真が小さすぎて、文字までは読み取れませんね。絵の方は肉筆浮世絵風で、伊東自身の画風と矛盾はしませんが」

「妖怪画と回想記の話は聞いたけど、伊東忠太はそういう絵も描いたのか？」

「子供時代は美術家になりたかったのを、父親に反対されて断念したそうだ。それでも調査旅行中のフィールドノートには大量のスケッチや漫画風の彩画があるし、大正から昭和の戦後まで毎日一枚ハガキ大の紙に時事漫画を描き続けている。その数およそ四千枚」

「うへーっ」

他になんといえばいいのかわからない。

「それ以外にT大の建築学科に一枚肉筆浮世絵の女性像があって、それが伊東の作品だという言い伝えがあるらしいんだが、僕は実見していない。ただ、フィールドノートや時事漫画の絵はどれも素人離れしているといっていいくらい巧みだし、描き慣れている感じもあるよ」

「だからこれくらいの絵は、描いたとしても不思議はないってことか」

「そう。可能性としてはね」

深春にはそれだけ答えておいて、

「写真でいえることは、それくらいですが」

「ええ、有り難うございます」

返された写真をバッグに仕舞いながら、彰子の表情にはいっそう愁いの影が濃い。

「四条さんが結婚した方の家というのは、ずっとハノイなんですか？」

深春が尋ねると、

「ハノイの名家だったそうです。でもその絵を持っていた大伯母という方は、早くに国を出ておられたということでしたけれど」

彼女も口にした以上のことは聞かされていないらしい。やはり夫婦の間にはいつからか、充分な意思の疎通が出来ていないのだろうか。そのことで京介に助けを求め、だがそれは得られなかった？　あるいは写真で見せられた絵は単なる付け足しで、本当の悩みはまだ口に出来ていないということなのかも知れない。

風俗も習慣も違うだろう異国の地で、嫁となって暮らすというのは楽な話ではないはずだ。その愚痴を聞いて気晴らしさせてあげるくらいのことなら出来るだろうに、京介はなにも気づいていないという顔で口をつぐんでいる。やっぱりこいつは女に冷たい、と深春は肩を揺する。だがいざとなると、なんとことばをかければいいのか。

彰子がもう少し取り乱した様子でも見せればともかく、下手をすれば相手を傷つけただけということにもなりかねない。さもなきゃどっかの噂好きオバサンみたいな、鉄棒《かなぼう》引きのお節介野郎とでも思われるか。

（なにせ相手は誇り高き姫君だもんなあ——）

知らぬ振りを決め込む京介に不服ではあっても、じゃあどうすればいいのかわからない自分が情けない。だがそのとき、ハンドバッグの口金を閉じて歩き出そうとした彰子は、また足を止めた。振り返って京介と深春の顔を、等分に見上げる。

その目がまだためらいに揺れながら、唇は助けを求めることばをこぼし出そうとしている、と深春は思った。京介も敢えて邪魔はせずに、無言のまま彼女が打ち明けようとしているその瞬間を待っているようだ。

だが——

「——メ・オーイ！　ママン！」

かん高い子供の声が聞こえた。彰子は、ハッとしたように振り返る。緑濃い生け垣の間、遊歩道に向かって開いた門の中から、何歳ぐらいだろう、小さな男の子が飛び出してくる。膝を折って両手を広げた胸に、吸い込まれるように駆け寄ったその子を彼女はしっかりと抱きしめた。

首にしがみつく息子の背をなでながら頰ずりしていた彼女は、しかし少しすると腕をゆるめて鼻の頭をやさしくつつきながらささやく。

「スナオ。日本では、おかあさま」

「おか、あ、ま」

真っ黒な髪と大きな目が印象的な男の子だ。まだ下膨《しもぶく》れの幼児らしい顔立ちだが、小作りな鼻や口元は母親と良く似ている。

「おかあ、ま」

バイリンガルの道も楽ではなさそうだ。長いまつげをまばたきさせながら、それでも一生懸命口真似をする様子に、深春は頰をゆるめた。

「ははッ。可ッ愛いなあ。お人形みたいだ」

「うん――」

「なんだか昔の蒼を思い出さないか？」

「君が会った蒼は十一歳だ。あれほどの幼児じゃない」

京介の返事はにべもなかったが、母親を一心に見つめるそのまなざしが良く似て見えたんだから仕方がない。

「息子さんですか？」

「ええ。レ・ヴァン・トゥー、日本名は直《すなお》といいます。ごあいさつは？」

母親が耳元でヴェトナム語をささやいていたが、子供は見ず知らずの男ふたりをぽかんと見上げているばかり。深春は子供が嫌いではないので、よっ、と片手を上げて笑いかけてみたが、怯えたように後ずさられてしまう。これはまあ、蒼にだって最初は怖がられているとしか思えない状況だったのだから、と自分を慰めた。

そこにまた新しい声がした。

「やあ、こんにちは！」

その途端トゥーは身をひるがえして、

「チュー・ロン！」

嬉しそうに呼びながらそちらへ駆けていく。門の中から眼鏡の青年が現れていた。身長はこちらより十センチは低いが、均整の取れた体つきに若々しい顔立ちをして、どことなく子供とも似ている。彼が父親だろうか？

「桜井さんと栗山さんですか？　初めまして。ぼくは名前はレ・ホン・ロンといいます。彰子義姉《ねえ》さんの夫のレ・ヴァン・タンは一歳上のぼくの兄です。ぼくはハノイで医者をしています。いまは休暇で義姉さんと初めて日本に来ました。よろしくお願いします」

　いっそ嫌みなほど、といいたくなるくらい巧みな日本語だった。

## 2

　ヴェトナムから義理の弟が一緒に来ているとは予想もしなかったし、まして彼がほとんど母国語のように日本語をしゃべれるとは意外の一語だった。おまけになかなかまめな人物のようで、深春たちを庭を眺めるリビングの椅子に座らせると、さっさと台所に行って冷たい麦茶を用意する。彰子とふたりが話しているのはヴェトナム語らしく、無論まったく意味は分からないが、

『すみません、私がいたしますから』

『いいから義姉さんは先に着替えてきたら？』

　というような会話だろうというのは、充分想像出来た。トゥーはふたりの後をついて回っていたが、母親が二階に上がっても叔父のそばを離れない。リビングで彼が向かいに腰を下ろすと、膝にまで上がり込んでくる。

「ずいぶんよくなついてるんですねえ」

ほほえましい気持ちでそういった深春に、

「ええ。兄の忙しいとき、父親代わりです」

「それにしても日本語がお上手ですね。留学でもされていたんですか？」

「いいえ、兄は日本に留学していましたが、ぼくはそうではありません。医者としての留学はフランスとドイツに行きました。でも兄が日本から奥さんを迎えるというので、新しく家族になる人と日本のことばで話したいと思って勉強しました。ことばは文化と思います。ですから新しいことばを覚えるのはぼくの趣味です」

発音も語彙もほとんど完璧だ。ことばに不自由ないまどきの日本人よりはよっぽど。語学習得に天賦の才能を持つ人間というのはいるらしいが、レ・ホン・ロン氏もそういうひとりなのかも知れない。あまり他人をうらやんだりはしない深春だが、こればかりは心底うらやましい。

「日本語の人称代名詞はとても種類が多くて、使い分けるのが外国人には難しいです。『私』と『ぼく』と『俺』と、どう違う。いつ、どれを使うのがふさわしい。よくわからない。『おまえ』はていねいな呼び方だと思っていたので、そうではないと聞いてとても驚きました」

「だがヴェトナム語の人称代名詞も独特で複雑だ、といいますね」

京介が穏やかに応じる。

「会話する相手との年齢差によって、一人称と二人称が変化すると聞きました」

「はい。それがヴェトナム語での敬語の代わり。日本語のような複雑な敬語はないです」

「へえ、具体的にはどういうふうになるのかな？」

そのへんの知識はまるでない深春が尋ね、

「ぼくとあなたなら、ぼくの方が年下でしょうから、あなたを兄と呼びます。アイン・クリヤマ、ぼくは弟でエム・ロンです」

「しかもその場合、一人称もそれに一致させなくてはならない」

「って、いうと？」

「ロンさんと深春の間ではロンさんは自分をエム、深春は自分をアインで呼ぶ」

「へえ……」

彼と会話するときは、自分のことを「俺は」じゃあなくて「兄は」というわけか。

「ぼくがトゥーを呼ぶときは、甥を意味することばをつけてチャウ・トゥー。トゥーはぼくを叔父の意味で、チュー・ロン。その場合ぼくの一人称はチュー。これは年齢差の呼び方ではなく、文字通りの叔父と甥ですが」

「チュー・ロン！」

膝の上から嬉しそうに直が繰り返す。

「あれ。だけど一対一でなくて、家族や他人が複数いるともっと複雑なことになりますよね？　それに三人称なんかはどういうことになるんですか」

「そういうときは原則として、その場にいるもっとも年少の者の呼び方に合わせます」

「ええっと——」

だんだん頭が混乱してきたぞ。

「日本でも一家の主婦を呼ぶのに、家族全員が『おかあさん』といったりするじゃないか。夫も妻をそう呼ぶ。子供に合わせているわけだろう。それほど不思議なことじゃない」

と京介。それはまあそうだが。

「ぼくと桜井さん、栗山さんだけの会話でしたら、アインとエムでOKです。トゥーが会話に加わるならぼくたち三人とも彼を甥のチャウで呼び、トゥーからはぼくはチューで、おふたりは親より年上ということで伯父、バックで呼ばれることになります。その場合は栗山さんの一人称も三人称も、バックになるということですね。彰子義姉さんのことをここで話すなら、トゥーに合わせて彰子母さん、メー・アキラコとぼくたち全員が呼びます」

「で、直君が話の輪から外れたら、またエムとアインになるわけですね？」

「はい、そうですね。ふたりで彰子義姉さんのことを話すときは、あなたもぼくの方に合わせて『姉』をつけてチ・アキラコと呼ぶことになります」

深春はうー、とうなりたくなった。ひとつひとつ順を追って考えれば納得できないこともないが、会話のような瞬間瞬間にそんな複雑な公式を使いこなせるものだろうか。

「基本的に、他人でもお互いの年齢差で、兄姉・弟妹、叔父叔母、伯父伯母・甥姪などを名前につけて使う、と」

「そうです。純然たる一人称としての『トイ』ということばもありますが、それは同時に、――あなたと私にはなにも親しい関係はありませんよ、という意味を含んでしまうので、失礼な、冷たい感じを与えます。ですから少しでも知り合った後には、それは使わないです」

「だけど、相手の歳がわからないなんてことだってあるでしょうに」

「後から訂正することもよくありますよ。ヴェトナムでは、女性に年齢を尋ねるのは失礼なことではありません」

「あなたたちでも、わけがわからなくなったりしないんですか？」

「でも、ぼくたちはほんの小さいときからそうしてことばを覚えます」

おかしそうにいわれて頭を掻くしかない。ヴェトナム語は発音が難しいと聞いていたが、こっちも外国人にはかなりの難関になりそうだ。今度は京介が質問した。

「しかしあなたと彰子さんの場合は、実際の年齢ではあなたの方が上ですね？」

「そうです。でも兄、姉、ということばには敬意があるので、ぼくは彼女を彰子義姉さん、チ・アキラコ、と呼ぶのが普通です」

「すると年齢で全部が決まるわけでもない――」

「はい。実際の年齢より上の呼称で呼ぶのは、敬意の表現です」

そのへんは日本でも同じだろう。兄の嫁さんは、歳が下でも義姉さんと呼ばないとおかしい、とは感じるから。

「同じように夫婦の関係では、奥さんの年齢が上でもお互いに兄と妹、アインとエムで呼び合います。女性を下に見ているというのとは違うと思います。年上の呼び方にあるのが敬意なら、年下の呼び方には親しみがあります」

そういえば万葉集なんかだと、恋人同士は兄妹と同じ、『背《せ》』と『妹《いも》』で呼び合ったんだよな、などと深春は思い出す。紛れもない同母姉弟だったはずの大津皇子《おおつのみこ》と大伯皇女《おおくのひめみこ》の呼びかけ合いの短歌が、妙になまめかしく色っぽく感じられたのはそのせいだったんだろうな、などと久しぶりに高校時代の古文の授業を回想してしまった。

「ホー・チ・ミン主席は確か、バック・ホーと呼ばれていましたね？」

「はい、ホー伯父さんと。親しみと敬意のバランスが『バック』にこめられています」

京介の質問にそう答えたロンは、氷の溶けた麦茶のグラスを一息で空にすると、さりげない口調で話題を転じた。

「桜井さんは彰子義姉さんに、イタリア語を教えていたと聞きました」

「ええ、ほんの半年ほどですが」

京介も意外に思ったふうもなく応ずる。

「しかしあなたは東京に住んでいて、彰子義姉さんは京都にいたのではないですか？」

「僕が定期的に京都に行く用事があるので、そのついでに個人教授をする、と四条さんの家には伝えてあったはずですが」

「兄と義姉さんが会う口実に使われていた、ということでしょうか？」

そんな話は初耳だ、と深春は驚きの目を見張ったが、京介は依然淡々と、

「僕は頼まれたときに口裏を合わせただけです。そのとき彼女がなにをしていたかまでは、尋ねたこともありません」

「しかし、なんでいまさらそんな話をするんですか？」

深春は聞かずにはおれなかった。こちらを見ているロンは相変わらず穏やかな微笑を浮かべていたが、心なしか、そこにあまり感じの良くない底意のようなものが漂い出している気がしたのだ。

彼は深春の問いに答える前に、膝に寄りかかって怪獣の人形でひとり遊びをしていたトゥーを抱き下ろした。耳元で小声でなにかいうと、わかった、というようにうなずいた子供は廊下から玄関脇の階段をよじ登り出す。

「母親のところに行かせました。ことばはわからなくとも、なにか伝わるのは良くないです」

「あの子に知らせたくないようなことを、俺たちにいおうってわけですか？」

我知らず深春も、口調が荒くなってしまう。ロンはたじろいだように口元から微笑を消し、軽く顎を引いたが、

「あなたたちは彰子義姉さんのために、力になってくれることが出来ます。彼女は、ハノイではひとりぼっちです」

「ひとりぼっちって、あなたの兄さん、彰子さんの夫がいるんでしょうが」

「ですが彼女はときどき、不幸せそうに見えます。さびしそうです。栗山さん、あなたはそう思いませんでしたか」

あまりに正面切っての質問だったものだから、深春はどう答えればいいのだろうと迷ってしまった。代わりに尋ねたのは京介だった。

「ふたりの愛情が冷えている、という意味ですか」

「ジャルゼ——ああ、つまり嫉妬です」

「はあ?」

「兄は、彰子義姉さんを愛していると思います。とても熱烈に、心の底から愛している。それだけは間違いありませんと思います。ただ愛するあまりに、いろいろなものを疑ってしまうことがある。彼女が日本に行きたいといえば、日本に未練があるのかと思い、いやそれよりも、もしかしたらそこに恋しい人がいて会いに行くのではないか、そんなことまで思う」

(そりゃ、少し病気なんじゃないのか?……)

深春は思ったが、さすがに初対面の相手に向かってそこまで口に出すのはためらわれる。だからその代わりにいってやった。

「だって彰子さんは、彼と結婚するために父親に逆らって、ずいぶん大変な思いもされたはずですよ。その彼女を疑うなんて、あんまりじゃないかと思いますがねえ」

「ぼくもそう思います」

ロンは白い歯を覗かせて少し笑った。笑うような場合でもない気がしたが、ヴェトナム人の感覚は違うのかも知れない。

「ただ、彰子義姉さんはヴェトナムの女性と大変に違います。感情が見えない。ヴェトナムの女は家族にもっと正直です。夫が遊んで自分だけが働いていても平気ですが、浮気をすれば包丁を持って追い回します。兄は、不安なのだと思います。自分が愛されているのかどうか」

「それは、しかし、なあ——」

民族や文化の差だけでなく、人それぞれの性格というものもある。日本にだってそういう真似をする女はいるだろうが、四条彰子に長屋のおかみさんみたいな感情表現を求めたって無理というものだ。

しかしどうやらこれで、彼女の横顔に感じられた愁いの理由は分かった。愛し合った恋人同士が、障害を乗り越えて結ばれてめでたしめでたし、では終わらないのが現実の人生だ。

可愛い息子に恵まれながら、どうやら彼らの結婚生活は危機に瀕している。それも夫のいささか病的な嫉妬のせいで。

（だけど、理由が分かったからって、じゃあどうすればいいのかっていうと、うーん……）

「だから日本に戻る彼女に、あなたがつきそってきたということですか？　お兄さんの、いわば代理人として。嫌なことばですが、彼女が浮気したりしないことを見届けるために」

相変わらず淡々とした口調で京介が問う。ロンは軽く肩をすくめる。

「そうかも知れません。ただ――」

「ただ？」

「ぼくは兄を良くわかっていません。あるいは兄がぼくを、というべきでしょうか。ぼくたちは外見はとてもよく似ています。一歳しか歳が違わない。いまもふたり並んで立てば、双子のように見えると思います。ですが性格は全然違います。育ち方も全然違います。ぼくたちは三歳と四歳のときに別れ別れになり、再会したときは十五歳と十六歳でした。ぼくは兄をわかりたいと思った。兄もそう思っていたと思います。けれどそれはうまくいかなかったのです。そうしてぼくたちはずっとそのまま、いまもそのままなのです」

ヴェトナムのいい家の息子だとは聞いていたが、なにがあったんだろう、と深春は内心首をひねったが、京介は、

「エム・ロン、あなたは何歳でいらっしゃいますか？」

「ぼくは一九七二年に、兄のタンは七一年にサイゴンで生まれました」

「では、サイゴン陥落のときに？」

今度は彼の口元に浮かんだ笑みの意味するものを、深春も理解できた。やっとわかったのか、と、たぶん彼はそういいたかったのだ。

「レ家はハノイで代々医師を営み、豊かな暮らしをしてきました。ですが一家は一九五四年、ジュネーブ協定が発効して我が国が南北に分断されたとき、難民となって南に逃れました。北の共産主義政権下では、キリスト教徒や富裕層は弾圧されるといわれて信じたからです。ですが一族でも北に残った者も、後から国境を越えて戻り、南との戦いに加わった者もいました」

「その後がいわゆるヴェトナム戦争ですね」

「そうです。ぼくたちが生まれたのは戦争の末期でした。アメリカは大量の武器兵器を残してすでに国土から撤退し、圧倒的な物量の差にもかかわらずサイゴン政権は死にかけていました。誰の目にもすでに北の勝利と、全土解放は時間の問題となっていたのです。南に来た一族も次々とつてを頼って国外に逃れ、しかしぼくの両親はまだ迷っていました。長老である祖父が、祖国を捨てることを嫌がっていたからです。

最後の崩壊はあっという間でした。ぼくの一家は混乱の中でばらばらになり、父は行方不明となっていまも消息が知れません。母と兄はアメリカ大使館の屋上に降りた最後の数台のヘリコプターに乗り込むことが出来て辛うじて脱出し、小児喘息で寝ついていたぼくと、つきそっていてくれた祖父は結果的に取り残されました」

深春は我知らず、ゾッと背筋に鳥肌の立つような思いを味わっていた。昔雑誌で見た記録写真の一枚が記憶に浮上したのだ。飛び立とうとするヘリに、文字通り鈴なりの人の群れ。必死にしがみつく痩せたヴェトナム人の男を、頭が禿《は》げて太い腕をした白人が拳で殴りつけ、突き落とすその瞬間。まるで地獄に下ろされた蜘蛛の糸だ。獣性を剝き出しにした人間の醜さ。だがもしも自分がそこにいたなら、獣にならずに済んだ保証など少しもない。

「それから——」

ロンは一息つくとことばを続けた。

「ぼくたちの祖国は、戦争が終わっても長い苦しみの時期を過ごしました。十年以上が経ってようやく国を離れた在外同胞との連絡の道が開かれ、行き来が可能になり、母はすでに亡くなっていましたが兄は帰国しました。一族の一部はいまも、フランスやアメリカに住んでいますが」

ヴェトナム戦争ってやつのことを、忘れていたわけではない。深春が生まれたのが六九年の三月で、戦争の終末であるサイゴン陥落、北の戦車が南の首都に突入したそのときはまだ六歳だから、リアル・タイムの記憶があるとはいえないが、少なくとも太平洋戦争よりはずいぶん自分に近いわけだ。知識としてはある、一応は。

四年前にヴェトナムを旅行したときには、戦争博物館で破壊されたアメリカ軍の戦闘機なども見た。土産物屋にはコーラやスプライトの空き缶で作ったファントム戦闘機や、アメリカ兵が持っていたジッポの偽物がまだ売られていた。

それでも自分より年下の相手が、その戦場となった街に、その瞬間に居合わせたということを、想像も出来なかったくらいには実感がなかったのだ。ヴェトナム戦争がそんなにも、紛れもない同時代に起きていた事件だったということが。サイゴン陥落が二十六年前、四半世紀は経過したという言い方も出来るが、その瞬間に立ち合った相手は深春よりも若い――

「三歳のときに別れたんじゃあ、お兄さんの記憶はほとんどなかったでしょうねえ」

胸にこみ上げる罪の意識めいたものを、そんなものになんの意味がある、と深春は頭を振って外へ追いやりながら、無理やり会話を繋ぐ。

「そうです。再会したときぼくたちは、鏡の前で途方に暮れる小さな子供のようでした。すぐ近くに見えていても、お互いは同じ側にはいない。彼は向こうにいる。顔がそれほど似ているからこそ、なおのこと戸惑ったのです」

ロンは片手を伸ばして、リビングのガラス窓に指を触れてみせた。

「声は聞こえるのに、返事は返ってくるのに、心が通っているという気がしない。お互いの顔は見えるのに、手を差し伸べ合ってもなにも触れない。あるのは冷たいガラスの感触だけ。それは奇妙な夢のような、悪い夢を見ているような気持ちでした。

そんな気分はあれからずっと、続いている気がします。アイン・サクライ、アイン・クリヤマ、ぼくは兄に憎まれ疑われているという気持ちから抜けられないのです」

「疑われている?」

思わず深春は鸚鵡《おうむ》返しに聞き返し、ロンは薄く笑いながらうなずいた。

「兄はきっと誰よりも、ぼくを疑っているのです。忙しい自分より長く彰子義姉さんのそばにいて、日本語も兄より上手に話せて、義姉さんも心を許しているぼくが、もしかしたら——」

「——エム・ロン!」

廊下からふいに彰子の声がした。高く張りつめた声音だった。三人は一度にそちらを振り向いていた。彼女が階段を下りてくる足音を、聞いた覚えがなかったので。

だが彰子はそこに立っていた。黒に近いほど濃い藍の単衣《ひとえ》の、裾回りには白く流水を抜き、半幅の帯は落ち着いた露草色。一目見たときはずいぶん地味な装いだと思ったのだが、足袋《たび》に包まれた真っ白な爪先を運んで彼女が音もなくリビングに入ってくると決してそうは見えなかった。彼女の白い頬には薄く紅色が浮かび、目は張りつめたようにきつく見張られていた。

息子が後をついてきた。甘えかかってしがみつくのに身を屈めて優しく、それでも繰り返しささやいて和室の方に連れていくと、ふすまを閉ざす音がして戻ってきた顔に微笑はない。彼女の表情の意味が読めなくて、深春は戸惑っていた。

「ロンのいうことを真に受けないで下さいね、おふたりとも」

　義弟が引いた椅子にはかけぬまま彰子はいう。口元は薄く笑んではいたが、口調は硬い。

「この人はときどき真面目な顔で、とんでもないことをいってよその方をからかうんです。うっかり本気にすると、とんでもないことになりますわ」

　思わずロンの方へ目をやると、彼は無言のまま小さく肩をすくめている。口元には薄く笑いが浮かんでいて、彰子のことばを肯定しているとも、否定しているともつかない。

「あなたにいいものを見せてあげましょう、エム・ロン。私の家に代々伝わっている習わし、母から娘へ嫁ぐときに贈られるものなのよ」

　彰子は前を向いたまま、きっちり合わせた襟元《えりもと》に深く挿し入れてあったものを抜き出した。あざやかな朱赤と金が目を射る。錦の布で作られた細長い袋の口を、房のある朱の紐が巻いていた。

「これがなんだかわかります？」

「いいえ、義姉さん」

　彰子は右手で紐を解く。中から出てきたのは一振りの白鞘《しらさや》の短刀だ。

「嫁ぐ娘に懐剣を贈るのは公家の作法ではないけれど、いつの頃からか我が家にはそんな習わしが出来ました。袋はそのたびに作り替え、織り文様は必ず女紋の向かい蝶とお印の朱雀《すざく》。あなたは誤解しているようだけれど、日本の女もおとなしいばかりではありません」

「じゃあ、やはり夫が浮気をしたらそれで殺してしまうんですか？」

　おどけた調子で聞き返すロンに、彼女はきっぱりと頭を振った。

「いいえ、そうではありません。日本の女は操を汚されたときには、これで自分の命を絶ちます。懐剣はそのためのもの。夫のためでも誰のためにでもない、己れ自身の誇りを守るために」

彰子は静かに鞘を払う。一点の曇りもなく研ぎ澄まされた鋼《はがね》が、午後の光を映して冷たく輝いた。そこに一瞬流れた紅が血の色に見えて、深春はぎょっと息を呑む。だがそれはテーブルの上に落ちた、錦の袋の色が映ったに過ぎなかった。

3

その晩、深春と京介は鴨川に迫り出すテラスの上で生ビールのジョッキを傾けていた。これが京懐石の店ででもあればいわゆる『床《せ》』というやつだが、古びた中国飯店の外に作られたテーブル席だからどちらかといえばビヤガーデンだ。

夜になっても気温がさほど下がるわけではない。むしろ盆地の熱気はアスファルトに覆われた大地の上に重ったるく淀んでいるのだが、音立てて流れる水の上にだけはさすがに涼風が通い、顔や腕に当たる空気はどうかすると涼しすぎるほどだ。

同じ西の川沿いには和洋中さまざまの飲食店がテラスを連ねるが、足元の河原には夕涼みの若いカップルが川に向かって等間隔に座り、対岸はまだ消え残る夕明かりの中を散歩する人々の姿、その向こうには京都南座のイルミネーションが皓々と輝いている。そんな京都らしい眺めも結構だし、無論冷えた生ビールに北京《ペキン》風の馬鹿でかい蒸し餃子も悪くはなかったが、深春の胸には昼間から、このいまも、釈然としないものがつかえていた。

ただならぬ彰子の様子であの場に漂った妙な緊張感は、ロンに電話がかかってきた上に和室では昼寝しろといわれた子供がぐずり出して、なしくずしにどこかへ消えてしまった。京介が席を立って、ではこのへんで、というと、引き留められはしたがそれも礼儀の範囲という感じで、そのまま北白川の家を辞してきたのだが。

（なんだかはっきりもすっきりもしないぞ。もやもやのむらむらで落ち着かないぞッ——）

大ジョッキを一息で三分の一ばかり空けると、またぞろそれが腹の底から戻ってくる。そうなったらもう深春は黙っていられない。

「なあ、京介？」

「うん」

「いったいさっきのあれはなんだったんだ？」

京介はすぐには答えない。箸《はし》の先で滑る蒸し餃子を持ち上げて、ひどく慎重にそろそろとたれの小皿に移す作業を行いながら、それでも「あれって？」などとはぐらかすことはせずに、

「深春もある程度のことは、推測しているんじゃないのか？」

「まあ、彰子姫とヴェトナムの王子様は、せっかく結ばれて可愛い息子もできたのに、あんまりうまくいってないのかなー、とは思ったさ。だからおまえに、そのへんの相談を持ちかけるつもりだったのかなあ、とか」

「それは、そうかも知れない」

「あの伊東忠太かも知れない絵の写真なんてのは、結局おまえと会うための口実だろ？」

京介は小皿の縁からはみ出すほど大きい餃子を、たれの中から再び持ち上げることは断念したらしい。皿を口元まで寄せて、ようやくその端に噛みつきながら、

「ご主人から頼まれた、ということまでが嘘ではないと思いたいけどね」

「興味はあるんだ」

「なくもない。それにそうでないと、わざわざ京都まで来た僕が馬鹿みたいだ」

「馬鹿みたいっていうなら、俺の方がもっとだぜ。そのおまえのおまけなんだから」

「そうとは限らない。むしろ本命は深春だったのかも知れない」

「へえッ？——」

予想外のせりふに目を剝いた。

「そりゃどういうこった い」

「四条彰子は、栗山さんも是非ご一緒にといったんだよ。家庭的な悩み事なら、僕などより深春の方が遥かに親身になってくれそうだと思っても不思議ではないだろう」

「まあ確かに、キャラからいやあそうだな」

「なんにせよ彼女は僕らになにか相談したいことがあった。あの絵の写真を見せた後で、それを持ち出すつもりでいた、のかも知れない」

「それはしかし義弟のロンには聞かせたくないことだった、というわけだな」

「無論そうだろうね」

いくらゆっくり歩いても、銀閣寺前から北白川は目と鼻の先だった。どう切り出していいかわからないまま足を運ぶ内に家の側まで来てしまい、息子が飛び出してきて、その後にロンがやけに愛想のいい声をかけてきたのだ。だが家の門前でお互いを紹介し合うときから、彰子の表情は抑え難く曇っていたようだった——

「あいつ、もしかして彰子姫に気があるなんてことは、ないかな」

兄の妻に対する病的な嫉妬を口にし、兄と自分の不仲を打ち明けた後で、彼が自分と彰子との関係を疑っている、と意味ありげな口調で匂わせた。あれは根も葉もないことを勘ぐられて困っているという意味ではなく、実際彼女に心を惹かれているという仄めかしではなかったのか。

もしも本当にロンにそんな気があるなら、女房とふたりで日本に来させた夫こそとんだ間抜けだが、さっきの彰子の様子は明らかに普通ではなかった。彼女も身の危険を覚えているからこそ京介たちに相談しようとしたのだし、彼のことばを聞いてしまったからこそ懐剣を抜いて、日本の女は身を汚されれば自殺する、などと大時代なせりふを口にし、万一の事態を牽制しようとしたのではないか。

「こりゃ、やばいぞ。京介」

「やばいかな」

「彼女の父親は病気らしいし、そうでなくても結婚するときの事情が事情だ。他に相談する相手もいないんだろう。向こうへ戻ればなおさらだ。まさか見殺しにはしないだろうな」

　京介はハアッとため息をついた。大きすぎる餃子をようやく一個食べ終えて箸を置くと、

「いくら彼女の結婚に多少の関わりがあったたって、家庭問題の相談をされても困るんだが――」

　その口調がいつもの冷徹な、取りつく島もないというのと違って、心底困惑しているような調子なのに、深春は内心オッと思う。これは脈ありって感じじゃないか。

「女に泣きつかれて、力を貸さないなんて男の風上にも置けないぞ」

「泣きつかれた、わけじゃないだろう」

「それはそうだけどさ、話すに話せないことを察してやるのも親切の内だろ？　口に出そうとしたところを、ロンに邪魔されただけなんだとしたら」

「明日の午前中までは京都にいるといって、携帯の番号は教えてある。彼女にその気があるなら、連絡してくるんじゃないかな」

　おお、親切だ。どうした心境の変化だい、と肩でも叩いてやりたいが、へそを曲げられると困るからここは我慢しておこう。だがどうやら京介の『挙動不審』はいまだ継続中で、しかも変化は基本的にいい方向に向いているらしい。お節介焼きは彼の日頃の信念に悖《もと》るとしても、たまにはいいじゃないかと深春は無責任に思う。

「だけど、心配だなあ。彰子姫はいまも、あの野郎とひとつ屋根の下にいるんだろう？」

「彼が実力行使に出るかも知れない、と？」

「あんまり考えたくないけどな」

「――ただ、ロンが本気でそのような不埒《ふらち》を企《たくら》んでいるのだとすると、さっきの彼の言動にはいささか不自然な点がある」

「そうか？」

「僕らにそんな意図を気取らせることは、彼にとって百害あって一利なし、だ。なんといってもここは日本で、僕たちは彼女の知人で同胞なわけだ。そんな気配が感じられれば、当然僕らは彼女に味方するだろう。しかも兄の妻に横恋慕するなどということは、どこの国でも肯定される振る舞いじゃあない。分が悪いのは完全に彼の方だ」

「だけど、俺たちは結局なにもしないままだったわけだし」

「同じことだよ。彼が僕らに向かって、四条彰子への欲望を仄めかす理由はない。それくらいの計算もできないほど、頭の悪い男には見えなかった」

「うーん、それは……」

深春は腕組みしてうなる。確かにあの日本語能力だけでも、馬鹿のはずはない。

「じゃ、あれは文字通りの意味しかないって?」

「それに答えを出すには、あまりにもデータ不足だな」

深春は考え込んだ。だがどうも、ロンの彰子に対する態度には不自然なものがあるという印象が拭えないのだ。妙に馴れ馴れしいというか、単なる姻戚関係というにはべたついているというか。しかし、待てよ。それはあの「義姉さん」ということばの印象かも知れない。

彼は「チ・アキラコ」というヴェトナム語の二人称を直訳して、日本語でも「彰子義姉さん」と呼んでいるのだろう。だが日本人の場合、義兄義姉ということばはあっても、それは血の繋がった兄姉弟妹と完全に同一ではない。

深春も兄嫁を「義姉さん」と呼ぶことがないではないが、なんとなく照れくさい気分がつきまとう。だから兄などとの会話の場合三人称として「道子《みちこ》義姉さん」を使うことはあっても、二人称なら「道子さん」と名前で呼ぶことの方が多い。人によって感じ方は違うだろうが、その方がやや距離があり、礼儀正しいという気がする。

「ヴェトナム人と日本人では、家族に対する距離感がたぶん全然違っているんだろうね」

京介が深春の思いを見抜いたようにいう。

「赤の他人に関しても、兄姉、叔父叔母、といった家族の呼称を使う。人間関係の基礎に家族があり、家族の枠の中に相手を迎え入れています、というのが好意の証《あかし》になるわけだ」

「そうか。日本人だと馴れ馴れしくしすぎるのは失礼だ、って感じの方が先に来るもんな。お客様はお客様で上にたてまつるのが礼儀で、身内扱いは必ずしも好意にはならない」

「それだけ彼らにとって家族というものは重要で、その紐帯《ちゅうたい》は強固なんだろう。血縁の者が国外に移住してもそれは変わらない。切るに切れない繋がりがあるとわかっているからこそ、思い切って海外へ出ていくということも出来るのかも知れない」

「そういやあ、ボート・ピープルなんてのもあったっけな」

ヴェトナムが南北に寸断されたことで、血縁同士が戦う悲劇も生まれたが、南が北によって「解放」されると今度は共産主義政権を嫌って海を渡る難民が大量に発生した。台風に遭えばひとたまりもないような老朽船や小舟で海へ乗り出す姿は、日本でも一時期盛んに報道されたものだったが。

「そうして国を捨てた人々はしばらく裏切り者扱いされていたが、いまはドイモイ政策によって彼らの一時帰国や、国籍再取得も容易《たやす》くなっているそうだよ。それも在外ヴェトナム人からの外貨送金が、ヴェトナム経済を左右するほどの巨額に上って無視し得なくなったことがひとつの要因だそうだ」

なるほど。それでサイゴン陥落直前に亡命したロンの兄も、帰国できたということなのだろう。

「だけどそんな濃密な家族関係の中に、外国人がひとり結婚して入っていく、ってのは確かに大変だろうな。おまえも昔、国際結婚の破綻率は高いなんていったけど、それも当然か」

「まあね。それでもふたりの間にまだ愛情が存在しているなら、他の理由で結婚関係が破綻するようなことがなければいい、とは思う」

おお、いよいよ京介らしからぬ親切な発言だ。ついニヤニヤしてしまったら、たちまち眉が険悪に吊り上がった。

「なにか文句でも？」

「いや、蒼にも聞かせてやりたいと思ってな」

「なぜここで蒼の名前が出る」

おっと、やばい。口が滑った。

「さてはふたりだけで会ったな？」

「いやあ、そんなことはしないって。あいつ、いま忙しいんだし——」

ふん、と京介は鼻を鳴らした。

「なんの話をしたかくらい、想像はつくけどね。どうせろくなことじゃないだろう」

「悪口はいってないぜッ」

ふうっとわざとらしいため息をひとつ。

「君は絶対に犯罪や、非合法活動に手を染めるべきではないね」

「な、なんだよ。それは」

「そういうのを『語るに落ちる』というんだよ、栗山深春君。あるいは『雉《きじ》も鳴かずば撃たれまい』かな」

そこで幸いというべきか京介の携帯が振動して、話が逸れて深春はほっとした。だが電話をかけてきたのは、予想に反して彰子姫ではなかった。待つほどもなく現れたのは義弟レ・ホン・ロンの方で、予想外のことにその晩は三人で遅くまで飲み歩くことになってしまった。

彰子の学生時代の友人である女性たちが料理や花を持ってそろってやってきて、ホームパーティのような形になってしまったので、彼女らに気を遣わせないようにと自分は席を外してきたのだ、とロンはいう。

そうしてつき合う分には彼は礼儀正しい青年で、気持ちのいい会話の相手だった。やっぱりあの疑いは根も葉もないことで、彰子姫はなんかの理由でナーバスになっていただけなんだろう、と深春は思い直す。だが、だから放っておいていいというものでもない。何軒目かの店で、京介がトイレに立ったときに深春は率直に質問をぶつけてみた。彰子さんはハノイのあんたんちでちゃんと受け入れられているのか、難しいことはなにもないのか、と。

「そうですね、ぼくたちにしてみればなにも難しいことはないと思えます。彼女は家族の一員です。でも、義姉さんが本当にどう感じているかはわからないです」

「あんたさっき、彼女はハノイでひとりぼっちだといったろう」

「そのように見えるのです。ヴェトナム語もずいぶん上手になったのに、義姉さんは外に友人を作ったり、社会活動をしようとしないのです」

「ヴェトナムでの生活に馴染《なじ》めないわけか？」

「ええ、そうかも知れないです」

四年も経って子供もできたのに、と思うのは他人の勝手な考えかも知れないが——

「やっぱり夫婦の間のことか。他に問題はなさそうなのか？」

「それは、いってくれないとわからないです」

「いえないから辛いってこともあるだろう」

「でも、やはりいってもらえないとどうすればいいかもわからないです」

そう言い切らずに、察する努力ぐらいしてみろと思わないでもなかったが、生まれも育ちも違う人間なのだ、それも無理な注文に過ぎるか。仕方がないので質問を変えてみる。

「日本だと、お嫁さんは夫の両親との関係で悩んだりすることが多いんだけど」

「お嫁さんは義姉さんのことですね。つまり、ええ、嫁姑の問題、ですね？」

「それぞれ」

「でも、ぼくらのうちでは姑はいません。ぼくらの父はたぶん死にました。ぼくらの母はアメリカで亡くなりました」

「そうか。だけど、他の家族は？」

「兄たちを別にするとあとは五人です。ぼくらの祖父であるレ・ヴァン・ティンが九十七歳ですが健在でいて、従兄といっても二十歳以上歳が離れているので『伯父《バック》』と呼んでいるレ・グォック・マイン、その妻、そして娘がふたりです。

バック・マインは政府の高官で、伯母は会社を経営していて、娘は大学生と高校生です。みんな忙しいです。誰も義姉さんをいじめたりしませんよ。ヴェトナム人はみんな日本の人が好きですし、トゥーは誰からも可愛がられています。祖父にとっても初めての男の曾孫ですから」

「家族はそれだけなんだな？」

「後は手伝いの人がいます、何人か」


じゃあ、やっぱり問題は夫婦の関係ってことか。そうなるとますます他人が口を挟めることじゃないし、弟からでもうまくないだろうなあ。ましてその兄貴が嫉妬深いタイプなら。

「——お祖父《じい》さんが九十七歳でいらっしゃる」

戻ってきた京介が口を挟む。こういうときはまったく地獄耳だ。

「はい」

「サイゴン陥落で離ればなれになった後は、そのお祖父さんと一緒に暮らしていたのですか？」

ロンはすぐには答えなかった。

「——アイン・サクライは、ヴェトナムの歴史には詳しいようですね」

やがて聞こえた答えは、これまでの彼の口調とは微妙に変わっている。はきはきとした、わざとらしすぎるほどの明快な口調が、どことなくためらいがちなものになった。

「ぼくが九歳のときにバック・マインが、ぼくと祖父の身を引き受けてくれたのです。彼はジュネーブ協定の後で南へ下ったレ家の一員でしたが、その後北へ戻って人民軍に入り、解放後は国防省の役人として出世していました。ですがレ家の長男は医師になるのが伝統でしたから、自分がその伝統に背《そむ》いてしまったことを気にしていました。ぼくはそのために医師を志すこととなり、それからは生活になんの不安もなく、充分な教育を受けさせてもらうことが出来ました」

京介の問いに対する答えにしては、少しずれている。だが京介はなにもいわない。

「でも、祖父とふたりの生活も嫌ではありませんでした。祖父はぼくの先生で、同時に読んでも読んでも終わらない本のような人でした。小さい頃にはずいぶん、いろいろな話をしてくれました。その中には、日本人の話もありましたよ。良いことも、あまり良くないことも」

「良くないこと——」

「はい。ですが良くないことは話さないにしましょう。昔の怨《うら》みをいつまでも何度も繰り返すのは、それよりもっと良くないことですね」

「まあ、そうですよね」

しかしアジアでは日本は加害者だった場合が圧倒的だし、こちらからうっかり「いつまでも古いことばかりいうな。そういうのはとっとと忘れてくれ」なんてはいえないわけだ。それでもヴェトナムに関しては、幸い沖縄がアメリカ軍の補給基地になったくらいで、自衛隊が直接出ていったわけじゃないからと深春は思ったが、そんなこちらの思いをあっさり見抜いたように、

「日本の人はいまはもう覚えていないそうですね。昔、日本の軍隊が我が国に攻め入ってきて、たくさんのヴェトナム人が飢えて死んだ、というようなことは」

「ええ、それっていつのことですか？」

豊臣秀吉《とよとみひでよし》とか、山田長政《やまだながまさ》がタイに行ったとか、そういう時代の話だろうか。

「そんなに古い話ではありません。一九四〇年に日本軍はヴェトナム北部に進駐しましたね。ヴェトナムから徴発した食糧は、東南アジアを南進する日本軍に回されて、そこに悪天候と洪水が重なって、飢饉が起きました。餓死者は二百万人ともいわれています」

「二百万人ッ？」

あまりに突拍子もない数字に、鸚鵡返しにした深春の声がひっくり返る。

「人数は多すぎる、という人もいます。でもたくさんのヴェトナム人が飢えて死んだのは本当です」

「そんなことが――」

知らなかった。あったんですかと聞こうとしたが、すかさず京介にテーブルの下で足を踏まれた。今日はもう、これぱっかりだ。横から睨んだが京介は平然とした顔で、

「もっと古い話はありませんでしたか。お祖父さんが子供の頃の」

「ありましたよ。祖父が小さい頃、ハノイの屋敷に日本人の学者が来て、しばらく滞在していたそうです。絵のとても上手《うま》い人で、祖父もスケッチを描いてもらったということです」

（あれっ。そこでもしかしたら伊東忠太と話が繋がるのか。ハノイに来た伊東はレ家に滞在していたんだって？――）

深春は思わず京介の顔を覗き見、京介は驚いたふうもなくうなずいた。四条彰子の夫が伊東忠太の絵を持っていたのはそういう理由だったのではないかと京介は推測し、その推測はあっさり裏付けを得たわけらしい。

「その学者の名前はわかりますか？」

「いいえ。ですが、それよりもっと不思議な話を聞きましたよ。学者が帰国した後も残っていた助手の人が、当時の屋敷で死んだそうです」

「死んだ――」

「はい。その死に方が不思議だった。まるで、そう、ロマン・ポリスィエのようです」

いきなりフランス語らしいことばを使われて、

「えっ、なんのようですって？」

深春は思わず聞き返してしまったが、京介がそばからぼそりと補足する。

「日本でいうミステリか推理小説」

「そうですね。彼はピストルで胸を撃って死んだ。そして遺書はなかったけれど、自殺だということになったのです。なぜならそれは屋敷の広い敷地の中で起きたことで、よそから人が入りこんだようには思えなかったから。それともうひとつ。銃声が聞こえてすぐ、子供だった祖父も家の者たちも駆けつけたので、犯人がいたなら逃げる暇はなかったはずなのでした。でも、誰もどこにもいなかった。それは間違いないといいます」

「はあ――」

「でも祖父の話を聞いていると子供心にも、どうもそれはおかしいのではないかという気がしてならなかったのですね。なぜなら彼が自分を撃ったピストルが、彼の倒れていた場所からはずいぶん離れた場所で見つかったというのです。広い部屋というか、テラスのような場所で、彼は壁の前に倒れていて、ピストルは階段の方に落ちていた。たぶん直線距離にしても十メートル以上」

ずいぶん広いテラスらしい。

「何度も聞いて、そのときの様子は地面に描いてもらったこともあります。そうしてぼくは映画を見るように、頭の中にそのときの情景を繰り返し描いては考えました。心臓を撃っただけなら、その人はすぐには死ななかったかも知れない。最後の力でそれを投げるかどうかして、自分から遠ざけることは出来たかも知れません。でも、わざわざそんなことをする理由がなにかありますか。おかしいと思わないですか？」

それはまあそうだが。

「祖父はぼくに話しながらあれは自殺だったと繰り返し、ぼくが疑うと怒りました。彼は死ぬ前に鏡を撃っていた。彼は日本人とフランス人の混血で、当時ヴェトナムを植民地支配していたフランスからの独立運動に力を貸そうとして、失敗して死んだ。彼はきっとフランス人のような自分の顔が嫌で、最後に鏡を撃ったのだ。あれは彼の遺書代わりだった、と」

「なるほど。自殺の動機、らしいものは一応あるってわけか」

「自殺を他殺に見せかけようとした。あるいは他殺を自殺に。そうした可能性はどうです？」

深春のことばには軽くうなずいてみせたロンは、京介の問いに対しては、

「それはぼくも考えたことはありますが、なんというのでしょう。えーと、そう、中途半端です。違いますか？」

「自殺を他殺に見せかけるなら、せめてピストルをその場から消すくらいのことはする必要があった。他殺を自殺に見せかけるなら、遺書の用意くらいはしてあってもいい。だが残された状況は曖昧で中途半端だ。そういうことですね？」

「そうです、桜井さん。それに他殺だとするとやはり、犯人がどうやって逃げたかがわからないです。それがわかれば、他殺の可能性はもっと高くなるとぼくは思います」

ことばを切ったロンは、じっと京介を見つめる。なにかを期待している目だ、と深春は思う。京介はなにもいわない。視線も返さない。手元のグラスを上げて、とっくに氷が解けてしまった水割りを口に運ぶ。

「アイン・サクライ。彰子義姉さんから聞きました、あなたは『名探偵』だと」

京介の眉間に不快げな縦皺が刻まれる。だが、彼がなにかいうより早くロンはことばを続けた。

「ロマン・ポリスィエの中の探偵は、犯人が仕掛けた謎を解きます。でもあなたは、義姉さんが私の兄と結ばれるために謎を作ったとも聞きました。つまりあなたは謎のスペシャリステです」

「勝手なことを！」

京介がいつになくきつい口調で吐き捨てたが、ロンは平然と薄笑う。

「九十年前にハノイのレ家で起きた事件の謎は、小説の中のそれのように興味深くはないかも知れません。でも、私と祖父にとっては身に刺さった小さな棘《とげ》のように忘れられないものなのです。

そしてそれは、彰子義姉さんにとっても無関係ではないです。アイン・クリヤマ。あなたはさっき聞きました。義姉さんにハノイでなにも問題はないのか、と。ぼくはさっきわざと答えませんでした。いまは正直に答えます。はい、問題はあります。祖父です」

「なんだって？——」

「祖父は兄から最初日本人と結婚すると聞いても、反対はしませんでした。でもいまは彰子義姉さんと顔を合わせても、ほとんどなにも話しません。祖父はたぶん日本人が嫌いです。理由はわかりません。しかし原因には必ず九十年前の事件があります。なぜならそれ以外のときに、祖父は日本人と会ったことはないはずだからです。だからあなた方が彰子義姉さんを心配するなら、この謎を解いて下さい。どうぞ」

# 昇龍《タンロン》と呼ばれた都

## 1

　その年、二〇〇一年の夏から秋にかけては、栗山深春にとって大過無く過ぎた。

　世界史的に見れば二〇〇一年は、なんといっても九・一一の同時多発テロの年であり、テレビ画面の中で崩れ落ちていく高層ビルの黙示録的な情景には戦慄《せんりつ》させられたものの、目を身の回りに戻してみれば申し訳ないほど平穏無事な日常がそこにあった。春の東京を震撼させた爆弾事件の記憶もニューヨークを襲った惨禍《さんか》と較べれば、日本という国の平和さ加減を強調しているとしか思われなかった。

　京介はその後も夜型に逆戻りすることなく、料理や家事、ジム通いも止める様子はない。しかしなにもかも押しつけてしまうのは深春も気が進まなかったので、家事については随時ふたりで分担することで話がついた。京介が食事の用意をしたときは深春が皿を洗う。ゴミ出しは深春が出がけにする。洗濯は乾燥機を使えば夜でも終わらせられるので、どちらがしてもいい。もともと男ふたりの暮らしでは、家事といってもこれまでは深春ひとりで充分片づけられた程度の仕事だ。

　最近の京介はあまり外出もせず、優雅な休日を満喫している。目を覚ましているほとんどの時間、どんな表情でいてもその下にはぴんと張りつめた神経を感じさせた彼が、そんなものはどこかに置き忘れた呑気な顔でソファに寝転がり、区立図書館で借りてきたミステリのページをめくり、クラシックを聞く。その見慣れぬ情景に深春が感じた違和感も、数カ月経つ内に消えてしまった。

ここ数年かかりきりになっていたらしい論文が書き終えられたとは聞いたが、どこかへ発表するとか本を出すとかいった話は一向に聞こえない。だが寝室の壁際に置いた机の周囲から、クローゼットの大半を埋めていたおびただしい資料の山は、いつの間にかきれいさっぱり姿を消していた。

「なあ。ロンがいった九十年前の事件ってやつ、どう思う?」

あるとき雑談のついでに水を向けてみたが、京介は気のない口調で、

「限定条件が甘すぎる。あの話だけでは結論の出しようがない」

「それはまあ、そうだよなあ——」

ジャックが負傷してから死ぬまでどれくらい時間がかかったのか。彼が自殺を図ったとして、ピストルを発見された場所まで投げるなり滑らせるなりすることはどの程度難しかったのか。他殺だとしたら本当に犯人は逃げることは不可能だったのか。

「まだある。発見されたピストルは彼を死なせた凶器に間違いなかったのか。死亡推定時刻と発見時刻の間にはどの程度の開きがあったのか。床の上に不審な痕跡はなにもなかったのか」

「うん——」

「むしろ問題なのは、なぜロンがそんな事件を持ち出してきたのか、そっちだろうな」

「だけどそんな奇妙な事件がじいさんの子供時代にあったからって、それでじいさんが孫の嫁をいびる理由にはならないだろう?」

「ならない」

京介はむっつりとした顔で吐き捨てた。

「だがレ・ホン・ロンはおそらく、そんなことは百も承知でわざと短絡をしてみせている。彼のことばがどこまで真実を語っているのか、それがそもそもわからない」

「なんだかあいつ、おまえの気を惹きたがっているみたいだったよな」

口に出してしまってから、それもおかしな話だと深春は肩をすくめる。京介もしばらく不機嫌な表情のまま口を引き結んでいたが、

「あの男がなにを考えているにせよ、出来るだけ関わり合いにはなりたくないな。四条彰子には気の毒かも知れないが」

それだけいって読みかけのミステリに戻ってしまい、話はおしまいになった。深春にしても、いいのかなあ、といささか気になりはしたものの、なにせ問題が問題だ。こちらから、どうなりましたと聞けるほど親しい仲でないのも事実だった。

美杜《みもり》かおるの病状は一進一退で、しかし当初の見通しからすれば奇跡的、といっても過言でないほど安定を保っているらしい。最近は食欲もあるし意識もはっきりしているということで、蒼も以前よりはずっと落ち着いて谷中のマンションにも顔を出すことが出来た。

「——本当に、主治医の先生もびっくりするくらいなんだよ」

十一月には神代教授も共に、京介の手料理の食卓を囲みながらそう報告する蒼の笑顔を見ていると、深春も心から願わずにはいられなかった。

(起これよ、奇跡——)

と。

(いいだろう、起こったたって——)

全知全能の神なんてものがいるとしたら、そいつは絶対手のつけられないほどひねくれた、最悪の皮肉屋に決まってる。だけどそんなやつだって蒼にならば、奇跡のひとつやふたつ恵んでくれたくなっても不思議はないだろう。この、とびきり極上の笑顔のためにならば……

忘れるともなく記憶から遠ざかっていた名前が、いきなり深春の頭に再浮上したのは、月が変わって師走《しわす》の良く晴れた朝の電話からだった。

なにげなく受話器を上げて、

「はい、もしもし？」

いいかけた深春の耳に、低く押し殺した女の声が聞こえてきた。

「私、四条です。四条彰子です」

「ああ、どうもしばらくでした。栗山です」

その後お元気ですかと続けようとしたのを待たずに、彼女は沈んだ口調で続けた。

「栗山さん——私、ハノイを出ることになると思います」

「すると、日本に？」

「ええ、たぶん」

そういえば大学に行きたいといっていたな、と思い出す。だが彼女の声の調子はひどく暗い。それに出る、ということばは、大学に勉強に来るというふうには聞こえない。

「心を決めましたの。夫と別れて、息子を連れて戻るつもりです」


声は低かったが、彰子の口調にためらいはなかった。くどくどと余分な説明をしよう気配もない。自分の夫婦関係が破綻しかけていたことは、深春たちも疾うに承知でいるだろうと思っているらしい。こちらにしてみればあまり嬉しくない予想が的中した格好だが、決心したというものをいまさら他人がどうするわけにもいくまい。

「なにか俺たちに、お役に立てることがありますか？」

「ええ。お願いがあります。私たちを捜さないで欲しいんです」

「は？」

意表を突かれた。

「私が直を連れて家を出れば、ロンはたぶんあなた方へも連絡をしてくると思います。でもお願いですから、そっとしておいて下さいませんか。関わりになりたくないと、きっぱり断っていただければそれで終わりますから」

「待って下さい。四条さん、それじゃあなたはいきなり家出するつもりなんですか？」

「離婚の手続きは、一度日本に戻ってからいたしますわ。仕方ないんですの。そうでもしないと私、直と引き離されてしまいますもの」

「まさか――」

「お信じになれなくても当然ですわ。でも、これは本当のことです」

深春は返すことばを失った。ロンも確か、彰子が生んだ男の子は九十七歳の長老が持った初めての男の曾孫だ、とはいっていたが。

しかしアメリカあたりでも、離婚した妻が連れていった我が子を父親が誘拐する、といった事件は無数に起きているらしい。とすれば家族の絆の強いヴェトナムで、外国人の妻が離婚したいなら仕方ないが、直系の曾孫はこの家のものだから置いていけ、といわれるのはあながちあり得ない話でもないかも知れない。

「お願いしたいことはそれだけですの。ご迷惑をおかけするつもりはありません。でもいつか、またお会いできればと思いますわ」

深春は焦った。理屈ではなく、このまま手をこまねいていて本当にいいのか。自分ひとりでは判断がつかない。

「ちょ、ちょっと待って下さいよ。いま京介は近所まで出ているんで、戻ったら電話させますから。いいですねッ？」

「いいえ。そんなことをされたら、家の者に気づかれてしまいます。すみません。やはり電話など差し上げるべきではありませんでしたわね。どうかお忘れになって、なにも聞いていないことになさって下さい。それでは」

「もしもし、もしもしッ！」

切れてしまった受話器を摑んだまま呆然としていたところに、コンビニまで牛乳を買いに行った京介が戻ってきた。

「おまえ、遅いよ」

「どうした、電話持ったまま血相変えて。また女性に振られたのか？」

「なにがまただ。少なくともここ何年も振られた覚えはないぞ、俺はッ――」

呆れたように首を傾げてみせた京介は、深春の説明を黙って聞いていたが、

「取り敢えず、いますぐ僕らに出来ることはなさそうだね」

「まあ、な」

「ひとつ問題は、彼女と直君が家を出た後で連れ戻す手伝いを頼まれたりした場合だが」

「俺はそういうことはしたくないな。旦那が女房に未練があってやり直したい、とでもいうならまだしも、家のために跡取りだけは取り返そう、なんてのは時代錯誤だ。違うか？」

「僕はどちらでもいい」

「おい」

「こういうことは当事者の言い分を両方聞かないと、正確なことはわからないさ。破綻の真の原因はなんなのか。夫婦は充分に話し合ったのか。修復は不可能なのか。周囲の思惑で動かされていないか。そしてなによりも、どうすることが子供には一番幸いなのか。責任を持って正しい回答をすることが、僕らに出来ると思うか？」

いわれて深春は腕組みしてうなってしまう。

「うーん。確かにそりゃあ、殺人事件の犯人を特定するより難しい問題かもしれないな」

「弁護士でも家庭裁判所でもない赤の他人が、そこまで関わる必要もないし、関わっていいかどうかもわからないだろう？　たぶん深春なら、母子にかくまって欲しいと泣きつかれたら手をこまねいてはいられないだろうが、そうでもない限りは彼女が望んだように不干渉、無論レ家から要請されても探す手助けはしない。それしかないだろう」

「やっぱり冷静だなあ、おまえは」

「悪いか？」

「いやまあ、おまえのいうのが正しいんだろうさ。だけど、皮肉なもんだなあ」

ため息混じりに愚痴らずにはいられない。

「俺たちは、あのふたりが結ばれるのにいわば一役買ったわけじゃないか。それがたった四年で破局を迎える。そのことを真っ先に知らされちまう羽目になるってのも、なんだか妙な気分だよ」

「奇跡でもない限り恋も愛も永遠ではない、ということだろうね」

そういうなって。俺なんざ、その永遠でないやつにもろくに恵まれちゃあいないのに、と深春はますますため息をついたが、

「僕たちは当然のように奇跡を求め、当然のように裏切られる。九十九パーセントあり得ないからこその奇跡だろうに、それでも夢を見たくなる。何度裏切られても繰り返し。その性懲《しょうこ》りのなさがたぶん、人間のパワーの源なのさ」

「それってかなり救われないぞ」

「そんなことはない。深春なら、性懲りのなさだけはたっぷり持ち合わせがあるんじゃないか」

「まったく身も蓋もないな、おまえは」

望んだわけでもない続報はその晩、ふたたび電話の声となってふたりのマンションを訪れた。受話器は今度は京介が上げ、深春は台所で皿を洗っていたので気づくのが遅れた。声がするのでキッチンからリビングに顔を突き出すと、

「――ちょっと、考えさせていただけますか」

そう答えている口調がどことなく硬い。

「しかし、ヴェトナム入国にはビザが要りますね。――そうですか。はあ、わかりました。では、かけなおしていただけますか。一時間後で結構です。はい、それでは」

「何事だよ、京介。いまの電話は誰からなんだ？」

エプロンで手を拭きながら近づいた深春に、

「ハノイのレ・ホン・ロンからだ。四条彰子が失踪した。今日の昼間に」

「もう、やっちまったのか——」

「ああ」

「だけど、おまえヴェトナムに行くつもりか？」

「僕が行くつもり、ではなくて、ロンからぜひ急いでハノイに来てくれといわれたんだ」

「彰子姫を捜してくれって？」

「そういうことだ」

「なんで断らないんだよ」

今朝決めたことと話が違うじゃないか、といいかけるのに押し被せて、

「彼女はひとりで消えたんだ、息子は連れずに」

深春は声を呑み込む。それはまた、予想外の事態だった。

「彼女が家を出そうだということは、うすうす気がつかれていたらしい。それでロンは直君から目を離さないように気をつけていた、といっている」

「だから仕方なく彼女ひとりで家出したって？　それもなんだか不自然な話だな」

「細かい状況までは聞かなかった」

「それにひとりなら子連れより身軽だから、もう国外に出ているかも知れないだろう」

「いや、パスポートも残っていたそうだ」

そこまで聞いて深春は、ひどく嫌なことを考えてしまった。

「なあ、失踪したといって実は……なんてことはないだろうな」

「殺されて埋められている、とでも？」

「さもなきゃどっかに監禁されているとか」

「それならわざわざ僕らに、ハノイまで来てくれという必要はないだろう」

「だから、それは失踪の事実を強調するためにさ。この通り彼女はハノイにいないし、捜すのにも手段を尽くしましたって」

「心理的なアリバイ作りだって？」

「そう、それ」

京介は眉間に縦皺を刻んで考え込んでいる。単なる可能性のつもりで最悪の想像を口にしたのに、それが否定されないことで深春はますます不安な気分になってしまう。

「ロンの話によると、彼女はここしばらくほとんど被害妄想に陥っていたそうだ。レ家の人々が自分から息子を取り上げて、自分ひとりを追い出そうとしている。そんなことまで口走るようになっていて、危なっかしくて困っていたと」

「そんな、今朝の電話じゃ被害妄想なんてふうには聞こえなかったぞ」

深春は声を荒らげて言い返す。

「声は暗かったし、周りに聞かれないようにしているみたいだったけど、話し方はしっかりしていておかしいところはどこもなかった」

「しかし子供の養育権を巡って話が紛糾すれば、母親が取り乱しても不思議ではないいな」

「そりゃそうだろう。ことばだって百パーセント通じているのかどうかわからない、誰も自分に味方してくれないとなったら、彼女からすれば子供を取り上げられて自分だけ追い出される、ってのは妄想でもなんでもない。事実だ。彰子姫が本当にひとりで失踪したんだとしても、被害妄想云々《うんぬん》はたぶん息子を彼女に返さないための布石だぜ。そんな状態の母親に子供を任せるわけにはいかない、なんてふうに話を持っていこうとしているんだ」

「それは確かにね。殺害や監禁はさすがに極端だとしても、色眼鏡をかけて見ればノイローゼだとも映るだろう。そんな母親と引き離すのも子供のため、ということで悪意はないのかも知れないが」

「悪意がなけりゃあなにをしてもいい、なんてことにはならんだろうが」

「もちろんさ。だが己れの善意を信じている人間ほど厄介なものはない」

「だな」

「それに、ロンのいったことがある程度事実なら」

「じいさんが彰子を嫌っているってやつか」

「理由はなんであれ一家の最年長だ。その意見は当然尊重されるだろう。しかし――」

と、少し考え込む顔で、

「それならロンは、僕らになにをさせる気だろう」

「彰子姫を見つけて、日本に連れて帰ってもらいたいんだろうさ。無論息子は置いて」

「ああ、なるほど。それなら話の筋は通る」

深春はムウッとなって京介の白い顔を見返す。そのやけに冷静な口調が、いささか面白くない。まったくおまえはどっちの味方だ？　いや、ここで京介を責めてもなんにもならない。それよりも問題なのは――

「彼女の夫はどこに行ったんだよ。お姫様が恋して日本を飛び出した、その当の相手はさ。じいさんがなんだ、家長がなんぼのもんだよ。だいたい結婚だ離婚だってのは男と女ふたりの問題だろうが！」

口に出している内にどんどんむかっ腹が立ってきて、エプロンを引き外すなり丸めて足元に投げ捨てた。踏んづけて、蹴飛ばした。ただの八つ当たりである。もっとも差し障りのない、なにも壊さない、後かたづけも要らない形でのというのが我ながら情けないが。

「ふたりで話がもつれて困ったら、初めて親だ兄弟だ家族だ友人だって、第三者が出てくればいいんだろうが。それをなんでえ。嫁さんが消えても電話してくるのは弟だってか？　それじゃ彰子姫が逃げ出したくなっても無理ねえや。おまえだってそう思うだろうッ？」

今度ため息をついたのは京介だった。

「至言だ。彼女いない歴ン十年の栗山君の発言とは思えないな」

「おまえなあ――」

深春は思わず知らず凶暴なうなり声を上げたが、京介は涼しい顔で、

「確かに、彼女の夫の影が妙に薄いのは、状況からいっても面白くない」

「そいつ——名前はなんだっけ——姫君の夫になったやつとはおまえ、会ったことはあるのか？」

「名前は確か、レ・ヴァン・タンだ。いや、直接の面識はない」

「京都で会ったとき彼女、配偶者についてはなにもいってなかったよなあ」

「離婚に繋がりそうなことはね。だが逆に、なにも語られないことに問題がある、ともいえる」

「今朝も説明は一切抜きだったぜ。いきなり、心を決めました、だ」

「…………」

「ヴェトナム人ってのはなにより家族を大切にするんだろ？　向こうにもワーカ・ホリックはいるのか。仕事にかまけちまって、嫁さんが婚家で疎外されてても気がつかないのか。それとも大事なのは血が繋がっている親族で、嫁さんは別かよ？」


「まあ、ここで推測はいくらでも出来るが、あまり意味はないな。いや、どっちにしても他人が口を挟めることじゃない」

京介は話を切り上げたがっているようだったが、

「岡目八目《おかめはちもく》。他人の方が冷静でよくものが見えるってこともあるぜ」

深春は踏み込んだ。

「行くしかないだろう。彼女、関わらないでくれとはいっていたけどな、本当の気持ちは逆だったかも知れない。おまえに助けを求めていたのが、正直なところだったって気がするんだよ。やばい目に遭わされたんじゃないならいい、ともいえない。息子を取り返そうとして彼女の方がなにかやらかす、ってことだってあり得ると思わないか？」

「だからといって、行ってどうしろって」

依然まったく気が進まない、という口振りの京介だ。確かに離婚トラブルの調停なんてのは、絶対建築探偵の営業品目には入っていないだろうが。

「姫君の亭主と会えば、例の伊東忠太作らしき絵の正体だけはわかるんじゃないか？　それならまんざらおまえの専門分野に無関係じゃないぜ」

京介は憮然と黙り込む。そんなものじゃとても引き合わない、といいたげな顔だ。

「ま、これも元はといえばおまえが四年前、俺をだしにして四条彰子の手助けなんかしちまったからさ。好きこのんで作った縁のおかげで、いまさら知らん振りも出来ないってわけだ。男らしく諦めて、せいぜい頑張るんだな」

ソファに腰を下ろしていた京介が、そのときいきなり立ち上がった。腰に両手を当てて、

「なにを他人事みたいな言い方をしている」

「ヘッ？」

「さっきもちゃんと『僕らに』といっただろう？　航空券は用意するし、政府のコネクションを使ってビザも空港で発給するそうだ。というわけで行くとしたら当然君もだよ、栗山深春君」

「そんな――いつから」

「向こうは来てもらえるなら明日からでも、とにかく早い方がいいということだ」

「無理だ！」

深春はわめいた。

「俺はそんなに暇じゃない。行くならおまえだけ行けばいいだろうッ」

「四条彰子と縁があるのは僕だけじゃない。むしろ心配していたのは、僕以上に君の方じゃないか」

「そんなことは――」

「たったいまもあれだけ熱弁を振るっておいて、よもや否定はすまいね」

うっ、とことばに詰まる。さては。

（はめやがったな、京介ッ！）

「そっ、それにしたって今日が何日だと思ってるんだ。師走だぞ。バイトの予定は目一杯詰まってるんだよ。いまから休みなんか取れると思うか？　今度こそ馘首《くび》になっちまう」

「自分に正直になったらどうだい。口ではそんなことをいっているけど、ここで知らぬふりをして彼女の身になにかあったら、気が咎《とが》めて胃に穴を開ける羽目になるに決まっているさ、君の性分はね。後でぐずぐず後悔するより、いま決断してしまう方が結局は楽だよ」

妙に見透かしたような口調に顔が赤くなったが、否定はできそうもない。

「なにもないように、おまえが頑張ってくれればいいんだろッ」

それでもせいぜい嚙みついてやったものの、

「家庭問題は専門外だ。人は向き不向き。ここは君が、男らしく諦めて頑張るんだね」

ついさっきの深春のせりふをそっくり繰り返して、京介は唇の端に人の悪い笑みを浮かべた。

で、そういうことになった。

なってしまった。

栗山深春は今度という今度こそ、非情にも鉄面皮《てつめんぴ》にもなりきれない自分を悔やんだが、持って生まれて三十年を越えた性格をいまさら塗り直すことも出来ない。ここ数年仕事させてもらっているイベント会社の社長は、「美しい人妻と彼女の四歳の息子の幸せがかかってるんですよ」という深春の説明を、胡乱《うろん》げな表情でそれでも最後までさえぎらずに聞いてはいたが、

「止めたって止まらない顔だな」

ため息をついた。

「勝手にしろよ。ただし復職の保証は出来ない」

「はあ。それは覚悟してます」

「戻りはいつごろになる？」

「それはちょっと。長くなっても年内には戻れると思うんですが」

「二十日頃には少しばかり、ボーナスも支給出来ると思っていたんだがね」

「あっ、そっ、そうですか……」

自分でも情けない顔になるのを抑えられない。懐の中を寒風が吹き抜ける気分。まったく、歯を食いしばって泣きたくなる。

「若いんだなあ、君も。そこまで惚《ほ》れてしまった、というわけかねえ」

感に堪えぬという調子でいわれて、さすがにあせる。ですから人妻なんですってば、と繰り返してもなおのこと話がこじれそうだ。誤解されるのは仕方ないとしても。

「い、いや。社長、これは色恋じゃなく男の信義の問題なんです！」

社長は上目遣いに深春の顔を見て、もうひとつため息をついた。

「まあ、打ち明けた話はまたいつか聞かせてもらうとして」

「はい――」

「栗山君。君もしかして、悪い女にでもひっかかっているんじゃないのか？」

どっちかっていうと悪い友達に、というべきだと思います、とは腹の中だけの返事にしておいた。

2

四年前には日本ヴェトナム間の直行便は、関西国際空港からホーチミンシティへしか飛んでいなかった。いまは成田にも就航しているが、まだハノイへの直行便はない。だがヴェトナムの国内線に乗り継ぐより、香港経由のキャセイパシフィックの方が早く着ける。

桜井京介と栗山深春がハノイ、ノイバイ国際空港に降り立ったのは、二〇〇一年十二月十日月曜日の午後四時過ぎのこと。ビザの用意はなかったが、出迎えた空港職員に誘導されて他の乗客より早く入国審査は終わる。ふたりとも小さなバッグは機内持ち込みだったので、ターンテーブルの周囲で待つ人々の後ろを抜けて到着ロビーに出た。

「この空港、なんだか初めて来たみたいな気がするぞ。こんなにきれいだっけ？」

「今年改修が終わったそうだよ」

「そうか。四年も経ちゃあなんでも変わるよな。だけど——ええっ？　ずいぶん涼しいぜ」

　無論十二月の東京よりは高温であるに決まっているが、それでも空気は予想外にひんやりしていて、目につくところにいるヴェトナム人は誰もみなコートやセーターを着ている。深春は機内で手回し良くブルゾンの下のニットを脱いでいたのだが、これは気が早すぎたか。

「沖縄より台湾よりずっと南なのになあ」

「ハノイの十二月の最高気温は平均二十二、三度だ。ああ、ロンが来ている」

　ローマ字で客の名前を書いたプレートを突き出す出迎えのガイド、というのはどこの国でも見慣れた国際空港の到着口の風景だ。その人垣の向こうで片手を上げている姿を京介は目聡く見つけていた。

「行こう。こんなところで立ち止まっていたらはた迷惑だ」

　京介に急き立てられて、その場でセーターを引っ張り出すのは諦めたが、

「わざわざ有り難うございます。桜井さん、栗山さん」

　白い歯を見せてそう声をかけてきたレ・ホン・ロンに返事をしようとした途端、大きなくしゃみが出てあわてて手で押さえた。ぶあっくしょい！

「ハノイ、寒いでしょう？　気をつけて下さい。風邪引きます」

　旅行ガイドのようなせりふを口にしながら、にこにこと愛想良いロンに、そんな呑気なことといってる場合じゃないだろと噛みついてやりたかったが、口を開くとまたくしゃみが出そうだ。風邪を引きかけているとしたらハノイの気温のせいより、休みを取る前にせめて、と徹夜で働いてきたつけが回ってきたのだろう。

いつもの深春なら風邪ぐらい、と笑い飛ばすところだが、今回は気楽な観光旅行でもなし、万が一にも体調を崩すわけにはいかない。

「――ちょっと待ってくれ。セーター着る」

床にしゃがんで、ショルダーバッグの中から服を引っ張り出す深春の頭の上で、京介とロンが話をしている。

「その後、彰子さんの行方についてはなにか？」

「いえ、わかりません」

「彼女が行きそうな心当たりの場所は？」

「フエやホーチミンシティにいる日本人の方には、電話で頼みました。なにかわかったら連絡を下さいと。でも、いまのところはないです」

「彼女の夫のレ・ヴァン・タン氏はどうしておられるのです？」

「兄はいま、仕事が大変に忙しくて――」

「そうですか」

「ですからぼくが代わりに捜しています」

なんてやつだ、と聞いているだけで深春はむかついてくる。いなくなったかみさんを捜すより仕事だと？　博物館の学芸員が、一昔前の日本のモーレツ社員並みに忙しいなんてのは到底信じられない。ということは、彼の妻に対する気持ちはとっくに冷めているのだろう。

（たった四年でどうでもよくなるような男と、彼女をくっつけるために俺らはあんなドタバタをやらされたのかよ――）

無論男女の仲のことは、他人にはわからない部分もある。悪いのは男だとは限らない。だが離婚するしかないならないで、それを自分の口からはっきりさせず、弟に押しつけて仕事に逃げるというのはどう考えても卑怯者だろう。そんな男の風上にも置けないようなやつは、断固として許せん。一発どやしつけてやるのが相応だ。

（よーし、いざとなったらこの俺が、坊やをかっさらって彰子姫とふたり日本に連れ帰ってやる！）

むんっ、と気合いを入れて立ち上がった深春だったが、そこで思いがけないアクシデントが起こった。といっても最初は、なにが起きたのかよくわからない。深春の肩にぶつかりそうになって体を退いたロンの後ろから、きゃっ、というかん高い悲鳴と、なにかが倒れたような音がして、振り向くと床の上に座り込んでいる子がいた。

カットしたショートヘアは明るい栗色、ジーンズのブルゾンにミニスカート、ヒールの高いサンダルという服装で、そばにえらく大きなスーツケースが横倒しになっている。どうやら彼女は後ろからそれを転がしてきて、ロンにぶつけた拍子に自分まで転んでしまったらしい。

「あっ、あのお、すみません。ごめんなさい——」

たったいままで泣いていたように、目元が赤らんでいる。上がってこちらを見た顔はせいぜい十八、九。か細い声でごめんなさいを繰り返しながら、立とうとする膝が震えている。

「怪我をしましたか？」

ロンに話しかけられて、びくっとなった。

「あ、いえ。ごめんなさい。ぶつかったりして」

「ぼくは平気です。なんともないです。でも、あなたは怪我をしているようです」

「いいえ、平気ですッ」

床に両手を突いて立ち上がろうとした彼女は、しかし右脚に力を入れた途端、

「痛いー」

小さく声を上げてまた座り込んでしまう。

「捻挫《ねんざ》したのか？」

「そう、かも」

深春の問いにうなずきながら、もうべそをかいている。

「あなた到着しましたか。出発ですか？」

「いえ、いま着いたばかりで、でも出迎えのガイドさんがいなくて、ぐるぐる捜し回っていたところだったんです……」

「では、ハノイにいていいのですね？」

「それは、はい。一週間ハノイだけのツアーの予定ですから」

「ぼくたちこれから市内に行きます。あなたを病院に連れていきましょう。大丈夫、安心して下さい。ぼくは医者です」

「えっ。でも、あたしガイドさんを見つけないと。それに、お金も替えてないし」

「手当をするのが先です。それから泊まるホテルまで行って、そして旅行会社に連絡しましょう。両替もホテルに行ってすればいいです。ぼくは車を回してきます」

「スーツケースは僕が運ぼう。深春は彼女を」

「抱いていこうか？」

「そんな、大丈夫です。歩けますから。ごめんなさい、本当に」

今度は右脚に力を入れないようにして、どうにか立ち上がったのに腕を貸して、

「パスポートや金はそのポシェットの中？」

「あっ、はい、そうです」

「じゃあそれだけは気をつけて、身体の前に回して片手で押さえる。ひとりで歩くときは、ブルゾンの中に入れて見えないようにした方がいい。ゆっくり行こう。ショルダーは俺が持つから」

彼女は恐縮しきっている。深春はロンの親切さに内心いくらか驚いていた。やたらと大きなスーツケースを片手で持ち上げた京介が、なにを考えていたかは少なくとも外面からはわからない。

片脚を引きずりながら歩く彼女を間に挟んで、空港ロビーを出た。確か九七年に関空から着いたホーチミンシティの国際空港は、いかにもアジアの空港らしい雑然とした空気と人混みに満ちていたと記憶するが、いま目の前に広がっているのは成田とも大して違わない、タクシーやミニバスが行き交うロータリーだ。空は曇り空で、やはり空気はひんやりと冷たい。

「すみません、本当に」

「なあに、困ったときは相身互いだ。おっと、俺は栗山深春でこいつは桜井京介、ふたりとも東京在住でW大文学部時代からの腐れ縁のダチさ。いま車を回してくるっていってたのは、レ・ホン・ロンってヴェトナム人。まあ、知り合いだ」

どっちも定職無しというのは、初対面の女の子に対してあまり聞こえのいい話じゃないな、というわけでさくっと省略することにする。まあ少なくとも嘘はひとつもいってないわけだ。

「あっ、すみません。あたしは河村千夏《かわむらちなつ》っていいます。東京の女子大生です」

深春も名前は聞いたことがある、ということはそこそこ有名なのだろう女子大の一年生だと名乗った彼女だが、

「いきなりガイドとも会えなくて、怪我までして、アンラッキーだったね」

「いえっ、親切にしていただいて助かりました」

「ひとりでヴェトナム旅行？」

京介がさりげなく横から聞くと、その表情がいきなり硬くなった。噛みしめた唇が震えている。目の縁に涙が盛り上がってくる。タイミング良くロンが回してきたベンツの後部座席に三人並んですわって、河村がべそを掻きながら聞かせた事の次第というのは、少なくとも第三者にとってはかなり馬鹿馬鹿しいような話だった。

大学生の恋人とふたりで冬休みのヴェトナム旅行と洒落《しゃれ》こむはずが、行きの成田エクスプレスの中でつまらないことで喧嘩になって、意地になった彼女は自分ひとりでも行くといってきてしまったというのだ。河村としては彼が後ろから追いかけてくることを期待したのだが、そうはならなかった。

「その喧嘩の原因が馬鹿みたいなんです。あたしが彼のお兄さんをすてきっていったら、急に怒り出して、前からおまえは兄貴の方が好きだったんだろうなんて！」

そのときの悔しさがよみがえってきた、というように河村は顔を赤くして言い募る。彼女のご機嫌を取ってこのチャンスにナンパ、とでもいうつもりなら、ここで慰めるせりふなりなんなりあってしかるべきだよな、とは思うものの、そんな色気は一向に湧いてこない。

（ちぇっ。俺も三十過ぎていよいよ枯れてきちまったかな――）

いや、そういう問題でないことはわかっている。彼女と別れたら、無言でポーカーフェイスの横顔をこちらに向けている京介と答え合わせをすることになるだろう。たぶん思い過ごしではないはずだ。

空港から、民家もろくに見えない緑の草地の中を市内に向かう高速道路はまだ未完で、途中からは橋脚下のスラムのようにさえ見える泥道を走り、名前通りどこか赤みを帯びた水の流れる紅河の上を橋で越えた。

車窓に見える街は人とバイク、自転車、その前に客席をつけたシクロがおびただしく行き交う、アジア的混沌の相を見せ始める。ハノイは一〇一〇年、ヴェトナム最初の長期王朝となった李朝《リーちょう》が昇龍《タンロン》の名で都を置いて以来の王城の地だ。李朝初代皇帝李太《リータイ》祖《トー》が、紅河で黄龍と出会ったことを吉兆とし、その名をつけたという伝説がある。

一七八八年には、ヴェトナム最後の王朝となった阮《グエン》朝の皇帝によって、首都の座は中部の順化《フエ》に奪われ、昇龍から河内《ハノイ》と改名されるが、十九世紀末からフランスによる植民地支配が始まり、ハノイにはフランス領インドシナ総督府が置かれて、パリのような直線道路にフランス風の公共建築や西欧人の住宅、その意匠を真似た商店建築などが建ち並んだ。スクラップ・アンド・ビルドの進むホーチミンシティと較べれば、いまもフランス統治時代の古い建築が数多く残って、それが活用されているのがこの街の魅力だ。

だが四年前の記憶と引き比べれば、バイクと自動車の数がずいぶん増えてきただろうか。深春の問いかけにロンは前を向いたまま、

「ええ。ドイモイ政策の開始から十五年、ヴェトナム経済は順調に発展しています。我々ヴェトナム人は本来勤勉な民族です。政策採択の八六年に二百ドルだったGNPは、二〇〇〇年には倍の四百ドルに達しました」

すらすらと淀みなく、政府のスポークスマンのようなことをいう。

「共産党一党支配は国の団結力を高め、集団指導体制は個人崇拝の危険を排除し、宗教におけるヴェトナム的伝統の復活と経済活動の自由化が、人民の生きる意欲を高くしています。

九七年のアジア通貨危機も、一時ヴェトナム経済の伸びを弱めましたが、それもすでに克服されました。二十一世紀の地球で我々が果たす役割は、大きなものになります」

「エム・ロン、するとあなたはヴェトナムにおける共産党一党支配は、今後も変わることなく続くと思われますか？」

久しぶりに口を開いた京介の問いにある皮肉な響きは、彼にも伝わったのだろう。ロンは小さく肩をすくめたようだったが、

「それはなんともいえません。ですが、アイン・サクライ。我が家の門の中ではその話題は、止めにしておく方が良いです」

「その理由は」

「我が尊敬すべき従兄、レ・グォック・マインは国防省の高官という地位にあるからです。当然党員でもあり、思想的には保守派です。――ああ、着きました。桜井さんたちはここで降りて下さい」

外を見ると真っ白な車寄せに制服のボーイがいて、うやうやしく車のドアを開く。まさかこんな大邸宅か、とびっくりしかけたが、それはどうやらホテルだった。

「あんたの家に行くんじゃないのか？」

「取り敢えず今夜はこちらに泊まって下さい。このクーポンをレセプションに出せばわかるようになっています。ぼくはこの人を病院へ連れていったら、ホテルに行きますので待っていて下さい」

「おい。俺たちは観光に来たわけじゃないんだぞ。おちおちホテルになんか――」

「後で説明しますから」

そういってロンのベンツは、心細そうな顔の河村千夏を乗せて出ていってしまい、わりとこぢんまりしたロビーに導かれる。いまどきのホテルとしてはレセプションも決して広くはないが、焦げ茶色に塗られた木の床に白壁の古風なインテリアは、確かに悪くはない。

「さすがいい雰囲気ね、メトロポール」

「天井のシーリング・ファンもすてき！」

「これが本物のコロニアル風ってやつよね」

「写真撮ろう、写真！」

はしゃぐ女の子たちの日本語を片耳に聞きながらチェックインを済ませた。

「メトロポール？」

「現在はソフィテル・メトロポール。フランスの植民地時代からある、ハノイで一番格式の高いホテルだな」

なるほど、日本人受けするホテルってわけか。だがふと気がつくとロビーの向こうから、さっきの女の子たちがこちらをちらちら眺めている。そりゃまあ身長百八十超の野郎ふたりが、連れ立って泊まるには似合わない場所かも知れないが、俺が自分で選んだわけじゃないぞ、自分でッ。

だがチェックインを済ませて部屋に向かう間にも、彼女らの視線と日本語のささやきが背中を追いかけてくる。むずむずっとして少しうそ寒いこの感触には、なんとなく覚えがある。断じて自意識過剰じゃない。

「俺、旧市街の安宿に逃げ出したくなった」

「遊びに来たわけじゃない、と自分でもいったじゃないか」

わかってるよ。ちょっとばかり愚痴を垂れてみただけだ。

3

ふたりが導かれたのはどうやらスタンダードの客室ではないらしく、ベッドルームの手前にテーブルとソファを向かい合わせたリビングルームがついている。ベッドはセミダブルが二台横につけて置かれていて、だがまあこれはフランスやフランス系のホテルではありふれたことなんで仕方がない。

荷物を下ろした京介は、洗面所で顔を洗ってくると、

「ロンが来る前に、お互いが気づいたことを確認しておこうか」

「――それは、河村千夏のことか?」

なんだ、気がついていたのかというような、人の悪い笑みが京介の唇をかすめる。深春はその顔に押し被せるようにして続けた。

「彼女のいっていることにはいくつか嘘がある。そうだろ? 日本からのツアーなら、俺たちが乗ってきたキャセイパシフィックの香港乗り換えでなければ、ホーチミンシティから国内線でハノイに来るしかないはずだ。

だが、国内線ならたぶんターミナルが違う。いくらガイドと会えないからって、そう離れた場所までひとりでさまよい出ては来ないだろう。といってキャセイなら、まだ客の大半はターンテーブルの周りで荷物が出てくるのを待っていた。そしてあのサイズのスーツケースは、機内持ち込みにするには大きすぎる」

「そう。空港がさほど混雑していたわけでもなし、ガイドとはぐれたというのもわざとらしい。向こうはプロだ。客を見逃したら仕事にならない」

「ということは？」

「日本人であることには間違いなさそうだったが、彼女は今日ハノイに着いたわけではない。それにあのスーツケースは、柄が大きいわりに不自然なほど軽かった」

「ああ――」

京介が荷物を持ってやったんだっけな。

「だけどあの娘、捻挫は大げさだとしても怪我してなかったか？」

「くるぶしを擦り剝いて、血が出ていたな」

「嘘をついているとしても、女の子がわざと怪我してまでってのは、そう簡単な話じゃないだろう」

しかしそれなら彼女は、なんのために怪我をして恋人との喧嘩などという嘘をついてまで、こちらと関わりを持とうとしたのだろう。その理由というやつが、皆目見当もつかない。

「深春は、身に覚えはないんだな？」

「なっ、なんだよ、それは」


「どこかで女性の恨みを買って、刺客を差し向けられるような覚え、とか」

「馬鹿臭い。俺がそんな艶福家《えんぷくか》かどうか、おまえが一番よく知っているだろ？」

自分でいいながら、思わず吹き出してしまう。

「それに刺客なんておまえ、あんな細っこい女の子になにが出来るっていうんだ」

「別に暴力を振るう必要はない。たとえば君のポケットの中に、ヘロインの1パケットでも滑り込ませてから公安に密告の電話をする」

「普通の女の子が、なんでヘロインなんか持ってるんだよッ」

「それがたとえ小麦粉のダミーだとしても、君を不愉快な目に遭わせるのは日本国内でよりずっと簡単だ。ヴェトナム政府は麻薬取り締まりに躍起《やっき》になっているそうだからね。よしんばなにかの間違いで、有罪にでもなったら」

「国外退去か？」

「それならラッキーだろうな」

「止めてくれよなー」

深春はげんなりした気分で、それでも一応自分のポケットと荷物の中を点検した。幸い怪しげなものはなにも見つからなかったが。

「目的が俺たちでないなら、ロンか？」

「そうだね」

「あいつが気がついていないなら、警告してやるべきかな。それとも――」

京介は黙って、深春がことばを続けるのを待っている。だがそのときドアのチャイムが鳴って、話はそこまでになった。ルームサービスのコーヒーの盆を捧げたボーイを従えて、レ・ホン・ロンがやってきたのだ。

「お待たせしました、桜井さん、栗山さん。コーヒーをどうぞ」

ボーイを出て行かせて、自分の手でカップにコーヒーをつぐロンに、

「あの日本人の女の子はどうなりました？」

「河村さんはハイバーチュン通りの、インターナショナルSOSという病院に連れていきました。そこには日本人医師が勤務しています。日本の旅行保険の会社とも提携しています。ぼくもまた連絡しますので安心して下さい」

深春と京介は視線を交わして、取り敢えず千夏嬢の件は横に除けておこう、という互いの意思を確認した。いま俺たちが関心を持たなくてはならないのは一にも二にも四条彰子のことで、あの女の子にどんな事情や意図があるとしても、かかずらわっている余裕は実のところない。

「それから兄はこの後、こちらの部屋に来るといっています。おふたりがわざわざ日本から来てくれたというので、大変驚いています」

「ああ、やっとお兄さんとお目にかかれるんですか。そりゃあ良かった」

深春はつい、嫌みな口調になってしまう。

「いくら仕事が忙しいからって、奥さんが突然いなくなったのに捜そうともしないんじゃあ、あんまりだと思いましたからね」

ロンは唇の端を上げて声を立てずに笑った。なんとなく底意ありげな、屈折したものを感じさせる笑い方だ。縁の細い眼鏡をかけた清潔な顔立ちは、好意以外のものなど感じさせないはずなのに、この表情には反射的に反感を覚えてしまう。

「ぼくも本当をいうと、兄の様子には大変驚いているのです」

どういう意味だ、という顔になった深春に、

「ぼくは、兄は大変彰子義姉さんを愛していると考えていました。だから義姉さんが家を出れば、きっとあわてて捜し回るだろうと思いました。でも、そうではありませんでした。兄はなにもせず、仕事ばかりしています」

「それはつまり、やはり彼の方では愛情が無くなってしまったということですかね？」

「どうしても、そんなふうにしか見えないのです。――悲しいことです」

目を伏せてつぶやいた、後のことばはただのつけたし、というふうにも聞こえる。

「しかしあなたたちの方では、彼が日本人女性と結婚するのは、あんまり歓迎出来ないことだったんでしょう？」

「そんなことは、ないです。ぼくたちはうまくやっていると思いましたし、ずっとうまくやっていけると思っていました」

「この前、おじいさんが日本人を嫌っているといったでしょうが」

「でも祖父も、表立って兄の気持ちに反対はしませんでした。だからぼくは本当に、兄と彰子義姉さんが仲良くハノイに暮らして、何人も子供を産んでくれることを心から願っていました。ぼくたちがあのひとを嫌ったのではありません。あのひとがぼくたちを嫌いになったのだと思います」

ロンの口調は淡々としている分、深春の胸には重く響いた。燃え上がる愛の情熱は、その一瞬国境も育ちの違いも容易《たやす》く超えるかも知れない。だが京介がいった通り、激しい愛情であるほどそれは長くは続かない。後に残るのは、気候風土趣味嗜好風俗習慣といった強固で抜き差しならぬ、骨がらみの感覚の方だ。

深春にしてもアジアの雑踏をほっつき歩くのは好きだが、そこで一生生きられるか、異国の女性を伴侶に選び、仕事を見つけて骨を埋められるかといわれれば即答は出来ない。やってきてまた帰る旅だからこそ、異境に惹かれるのかも知れない。たとえ何年帰らなくても、結果的には帰れずに横死する羽目になっても、あるいは生活の場をそこに持ったとしても、死の間際に想いが寄りつくのはやはり生まれた土地の記憶ではないかという気がする。

「そういうことについては、俺らはなにもいえないけどな……」

「僕たちは彰子さんと多少関わりを持ってしまった他人として、せめて彼女の無事を確認し、離婚しなくてはならないなら理性的にそのための話し合いが出来るよう、手助けしたいと思います。それは難しいことだとはわかっていますが、誰にとっても必要なことなのではありませんか」

京介が横からきっぱりと、深春の気持ちを補完した。

「他に取るべき道はないでしょう。彰子さんが行方も知れないという現在の状態は、望ましいことではないはずですね？」

「はい、それはそうです」

ロンはむっつりと、首を縦に振った。

「お願いです。彰子義姉さんを見つけて、日本へ連れて帰って下さい」

「いや、そりゃまあそうなるにしても、まずは夫婦で話し合ってもらわないと」

「ですが、トゥーは渡せません」

その口調が刃物で切りつけるように鋭かったので、深春は一瞬息を呑んだ。

「渡せませんって、あんた、子供はまず親のもんだろう」

いや、もちろん子供は子供自身として人権はあるわけだが、四歳の子供はひとりでは生きられない。それなら虐待とか、貧乏とか、特別のことがない限りは、親が手元に置いて育てるのがやっぱり一番いいことじゃないか。

「しかし私たちにはトゥーが必要です。トゥーは、レ家の跡取りになるべき子供です。祖父がそれを望んでいます」

一点のためらいもない口調に深春はたじろいでいた。まさかここまで真正面から、「離婚は仕方ないが子供は母親には渡せない」と言い張られるとは、正直なところ予測していなかった。日本のような家庭裁判所の制度はなくとも、一応ふたりの話し合いの結果で結論が出ると思っていたのだ。

「だが、あなたの家の家系からして、直君が唯一の直系ということではないでしょう。レ・グォック・マイン氏もまたレ・ヴァン・ティン氏の孫で、年齢は上だ」

京介が平静に指摘し、だがロンは頭を振る。

「血が繋がっていればいい、というわけではありません」

「マイン氏のお子さんはふたりともお嬢さんでしたね。そのことが問題になるのですか？」

「いいえ。自分の娘たちが祖父の後を継ぐかたちになることは、バック・マイン自身が望んでいないのです」

よく意味が分からない、と深春は思う。

「つまりふたりは仲が悪いってことですか？」

「いいえ。バック・マインは一族の最長老である祖父に対して、常に敬意を払っています。ですが、そうではあっても彼は国防省の高官で、祖父は」

そこで彼は一瞬ためらったようだった。

「『バッキー・ナムトゥー』ですから」

ヴェトナム語だろうか。だが、は？ という顔になったのは深春だけで、京介は予想していたようにうなずいている。

「桜井さんはご存じでしたか？」

「そのことばは知りませんが、レ・ヴァン・ティン氏とその一族は、ヴェトナムが南北に分裂させられた一九五四年のジュネーブ協定のときにハノイを離れて南に下られたのでしたね。そうした人々を指していうのでは？」

「はい、その通りです。普通はホーチミンシティで、『バッキー・バイラム』ということばと較べて使われます。バッキーは北の出身ということ、ナムトゥーは五四で、バイラムは七五です」

「ああ。つまりバッキー・バイラムはヴェトナム戦争が終わった後で、北から南に来た人間って意味なのか……」

ようやく深春にも話の筋が見えてきた。

「はい。そしてバッキー・ナムトゥーは、コミュニズムの政府が嫌いです。そして政府はバッキー・ナムトゥーを嫌います」

ロンの顔は硬く、声もつぶやくほどに低くなっている。

「サイゴン解放から二十六年経ちました。戦争を知らない若者が増えています。けれどあの戦争に原因のある差別が消えたわけではありません。もちろんそれは少しずつ少なくなっているし、外国人には気がつかれないだろうことですが」

「差別？」

深春もつられて小声で聞き返したが、

「解放前、南にいた人間はその経歴によって差別されます。進学や就職の面接では、解放のとき親や親戚はなにをしていたか聞かれます。南の政府で役職に就いていた、ジャーナリストで反コミュニズム的な記事を書いた、資産家だった、地主だった、どれも大きなマイナスです」

「レ・ヴァン・ティン氏は、再教育キャンプに入れられたのですか？」

低く尋ねた京介に、ロンはまた唇の片端をゆがめるようにして笑ってみせた。さっきは底意ありげなと思えた表情が、いまは相反する感情《こと》を糊塗するための不器用な仮面に見えた。

「そうです。祖父は七十を過ぎていたのに、政府は彼をキャンプに送りました。祖父とその一族は、昔ハノイで有名な医者で、資産家で、南に行ってからもやはり名前を知られた医者でした。南で良い地位にあったと考えられた者、それでいながら国外に逃げずに解放を迎えた者は、ほとんどが同じような待遇を受けた。そこで彼がどんなふうに暮らしていたか、ぼくは知りません」

こちらの質問を封じるために、そういったような気がした。知りたいと思えば、後で京介に尋ねればいい。どちらにしろ『旧支配階級の思想改造』を目的にした場所だ、居心地のいいはずはない。


「祖父は四年でキャンプから出てこられました。身体は無事でした。これは幸運なことです。それから二年足らずでバック・マインが、ぼくと祖父を見つけてくれ、ハノイに引き取ってくれたのです。おかげでぼくは高い教育を受けて、留学もして医師になれました」

「医師を代々家業にしてきたあなたの一族で、マイン氏は高級官僚になってしまったから、あなたがそれを引き継いだ、といわれましたね。そのような伝統を重んじておられるにもかかわらず、家を継ぐことはマイン氏にとっては望ましくないことなのですか？」

「バック・マインにとっても、祖父にとっても、ということです。祖先を祀る祭壇を守り、墓を守り、血族を助けることはヴェトナム人にとっては大切な務めですが、伯父には政界に進む野心があります。祖父がバッキー・ナムトゥーであることは、出来れば忘れてもらいたい事実なのです。

そして祖父は、伯父に助けられているからなおのこと、コミュニストである彼に家督を譲ることはしたくないと考えています。祖父は二度結婚して子供は四人産まれましたが、そのうちふたりは早くに死んでいます。孫は最初の妻との息子の子であるバック・マインと、南に行ってから結婚した二度目の妻との息子の子であるぼくたち兄弟だけなので」

あっ、そうか。政府のえらいさんのマイン氏と、このロンは従兄弟同士なのに、親子ほども歳が違うというのは、そもそも親の世代で年齢が離れているからなんだな。あわてて頭の中で家系図のようなものを描いて、ふんふんとうなずいていたら、

「ぼくたちには跡取りとしてトゥーが必要だということ、おわかりいただけたでしょうか」

いきなりいわれて深春はぎょっとなってしまう。こっちは当事者でもないのに、わかってもどうにもならないだろうとは思うが、うっかりうなずいたりすると言質を取られた格好にもなりかねない。

「離婚したって再婚して、また子供が出来るかも知れないだろ？」

「それは無理です」

ロンは断言した。

「兄は義姉さんを愛しています。それは本当のことです。彼女が自分から去れば兄は傷ついて、二度と結婚は望まないでしょう」

「兄さんの気持ちは、もう彰子さんから離れているんじゃなかったのか？」

「そうかも知れません。ぼくには彼の本当の気持ちはわからない。でもどちらにしても、彼は一度結婚に失敗したらもう、二度としたくないと考える。子供を作るためにというのも、嫌がると思います」

「だったらあんたが結婚すればいい」

そうだよ、なんでそんな当たり前のことが棚上げにされているんだ？　だがロンは、すぐには答えなかった。しばらく硬い表情で黙りこくっていたが、やがて目を上げると、

「ぼくは結婚はしません」

という。なんでだよ。あんた、ゲイか？　とでもいってやろうかと思ったが、ヴェトナム人にとって同性愛者がどういう存在なのかがわからない。これがタイなら女装者も珍しくないし、風俗にはいわゆる『おかまバー』もあるっていうし、いたってオープンなことはわかっているのだが。

「結婚したとしても、子供は出来ません。ですからトゥーを彰子義姉さんにあげてしまうことは、駄目なのです」

「子供が出来ない？……」

「その理由を話したら、アイン・クリヤマは納得してくれますか。そうして彰子義姉さんを説得してくれますか」

京介が横から足先ですねをつついていた。よけいなことはいうな、とでもいうのだろう。わかっているさ。しかしロンは、こちらの返事を待ってはいなかった。

「サイゴン解放のとき、ぼくは三歳にもなっていませんでした。ぼくを助けてくれる人は、誰もいませんでした。祖父がキャンプに収容された後、ひとりでどうやって生き延びたのかよく覚えていません。もちろんあの時代には、ぼくと同じように食べるものも住む家もない子供はたくさんいたのです。ぼくは死ななかったのだから、一番ひどい目に遭ったとはいえません。ひどいことは、食べるものがなかったことではありませんでした」

深春の目を見つめたまま、ロンは続けた。

「たぶん夜道に寝ていて、犬に嚙まれたのだと思います。ぼくには、あるものが欠けている。ぼくにはfaire l'amourは不可能です。だからぼくは未来も、子供を持つことがありません」

faire l'amour——愛の行為。黙って彼の視線を受け止める以外、なにが出来ただろう。

# 烙印

## 1

沈黙が続いた時間は、幸いなことにそれほど長くはなかったろう。さすがにどうフォローすればいいのかわからなくて、絶句してしまったのだが。

ドアの外でチャイムが鳴った。予想していたらしいロンが立っていき、ドアを開ける。首を伸ばして眺めていた深春は、一瞬奇妙な眩惑を覚えた。半ば開かれたドアの外に鏡が立てられて、そこにロンの姿が映って、あたかも誰かがやってきたかのような一人二役を演じている。古典的なミステリのトリックそのままに——

無論それはただの錯覚に過ぎなかった。だがロンは、

「兄が来ました」

とだけいって、そのままソファのところには戻ってこずに部屋を出ていってしまう。そして代わってこちらに歩いてくる青年は、そうして間近に眺めてもロンと良く似ていた。ふたりとも細面《ほそおもて》の歳よりは若く見えるタイプで、短くした黒髪をきちんと七三に分け、眼鏡をかけている。日本でなら一昔前のインテリ風、とでもいうか。

「桜井さんと、栗山さんですか？　私はレ・ヴァン・タンです」

ロンと較べればいくらかぎこちなさが残る日本語で、ゆっくりと話す。

「このたびはわざわざ日本から来ていただき、すみませんでした。私は——」

「あ、まあ、座りませんか」

「はい」

だが当然だろうが、向かい合って座ってよく見れば違いも分かってくる。最初に気づいたのは目の表情の相違だった。ロンはこちらに向かってものをいうとき、正面から視線を合わせてくる。こちらを見ていないのは、質問をはぐらかそうとしているような場合だ。ある意味わかりやすい。

　兄のタンは逆に、目を合わせない。正面に座っていても常に伏し目がちで、一瞬こちらを見てもすぐまた伏せてしまう。そのせいでか、顔つきも気弱げに見える。口元に浮かんでいる曖昧な微笑も、そうした印象を強めている。もっとも妻に逃げられた夫、という立場では、気弱そうな顔になるのも当然かも知れないが。

　さて。しかしどういう具合に話を持っていけばいいんだ?　深春はいまさらのように困惑を覚えたが、幸い京介が口火を切ってくれた。

「彰子さんが、家を出られて行方が分からないと聞きました」

「はい、そうです」

「どこへ行ったか、心当たりはおありですか?」

「心あたり——いえ、わかりません」

「それが今月の六日のことだった、と聞いていますが」

「そうだと、思います」

　いくら嫁さんに逃げられて気落ちしているんだとしても、もう少しはきはきしてくれないもんかな、と気の短い深春は苛ついてきた。

「その日の朝、俺たちのところに彼女から電話がかかったんだ。あんたと別れて、息子を連れて日本に帰るといっていた。だから自分たちのことを捜さないでくれ、といわれたよ」

　タンはそういう深春を見て、

「はい、そうです——」

　知っている、というようにつぶやいてすぐにまた目を伏せる。そこにあるのは悲しみか、それとも諦めの表情なのだろうか。

「彼女のパスポートは残されていた、というのは本当ですか？」

「はい。それは本当です」

「しかしそれ以降、彼女の姿は見られないし、どこへ行ったかも不明のままなのですね？」

「そうです」

「捜しておられるのですね？」

「ええ。それは、はい――」

煮え切らない男だなあ、まったく。深春はますますいらいらしてきて、

「いままであんたの弟と話していた。彼はあんたらが離婚するなら、息子のトゥーを母親に渡すことは出来ないといっていたよ。レ家の跡取りにする子供だからって」

「弟は、そう望んでいるようです」

「なんだそりゃ」

深春は腹立ち紛れに吐き捨ててしまう。

「弟じゃなくあんたの意思を聞かせろよ」

「私は――彰子を信じています」

深春は呆れた。開いた口がふさがらない、とはこのことだ。彼女の意思はもう、これ以上無いくらいはっきりと示されているのじゃないか。四年間のハノイ生活で、彰子姫はこの男との結婚に見切りをつけたのだ。息子を連れて日本に戻ってやりなおしたい。実家の父親もそうなったら、たぶん喜んで娘と孫を迎えるだろう。

いくらヴェトナム人の伝統が大事でも、家の仏壇の存続のために母親と幼児の仲を引き裂くのが正しいとは思えない。だからといって子供と別れないために、望まない結婚生活を忍耐しろというのもいまの時代にあんまりというものだ。

だがさっきのロンの話と考え合わせれば、この男にも多少の同情は覚えないでもない。ロンの主張はたぶんヴェトナム人としては反対しにくい正論で、だがそれだけでなくこいつは弟に対して後ろめたさを覚えずにはいられないのだろう。

一歳違いの兄弟は、サイゴン陥落の混乱の中で人生を分けた。アメリカに渡ったタンに苦労がなかったとは思われないが、彼には母親がいたし、たぶんアメリカで彼を受け入れてくれた親類縁者もあったろう。それは幼いロンが舐めさせられた、いまさら口に出す気にもなれないのだろう残酷な状況、たった三歳で保護者もないまま路頭に迷う生活、恐ろしい怪我をしてもろくな治療も受けられなかった過去とは較べものにもならないに違いない。

双子のように良く似た年子の兄弟は、残酷な偶然と戦争に引き裂かれ、ロンはその身に運命の象徴のような負の烙印を負わされた。それは同時にタンの胸に、消せない負い目となって焼きついた。だからいまタンは、弟が主張する自分の息子を跡取りに、という希望を無下《むげ》に断ち切るに忍びない。それだけでなく彼は弟に対して、自分が美しい日本人の妻を迎えて、子供を得て幸せになることに、罪の意識を抱いているのかも知れない。

だから彼は気持ちが冷めているわけでもないのに妻が去るに任せ、我が子を母親から引き離して跡継ぎにするのもやむを得ないと思おうとしているのではないか。自分には決して償うことの出来ない、弟のこうむった損失を埋めるために。

（だけどそれじゃ彰子姫が可哀想だ……）

深春は思う。

（いや、もちろん誰が悪いわけでもないし、誰にだってそれなりの理屈なり正義なりがあるわけだろうけど――）

気がつくと京介とタンは英語で会話している。どうやらアメリカ暮らしの長いタンは、外国語は日本語より英語の方が得意らしい。指の長い両手が自然とアクションし、表情もさっきまでとは違い心なしか明るくなっている。なんの話をしているのだろうと耳を傾けてみたところが、呆れたことにそれは目下の急務のはずの離婚問題ではなかった。

京介はこの前京都で彰子姫から写真を見せられた例の絵のことで質問し、タンがそれに答えている。ジャパニーズ・アーキテクトのイトウがどうした、エコール・フランセーズなんとかがこうした、というような話までしていた。それ以上細かいことは、残念ながらふたりの会話のスピードが速すぎて聞き取れない。えい、癪《しゃく》に障るったら。

だけど想像ぐらいなら出来る。伊東忠太がハノイに来たとき、通って資料を見たり撮影をしたりした研究所がフランス極東学院、エコール・フランセーズなんとかで、その後身がハノイ歴史博物館で、いまのタンの職場だ。いや、それはいいけどさ、いい加減にしろよな。いま呑気にそんな話をしてる場合じゃないだろう？

部屋の電話が鳴って、タンが目で断ってから受話器を上げた。その間に京介が小声でいう。

「だいぶ面白いことがわかってきたよ」

「あの絵のことだろう？」

「そう。タンの大伯母、祖父であるレ・ヴァン・ティン氏の姉である女性があの絵を持っていた。彼女は一九一二年の秋に十六歳でハノイを離れ、フランスからその後アメリカに渡り、八七年に九十一歳でロサンゼルスで亡くなった。絵は彼女の遺品で、それを持ってタンは帰国した」

「あっそー」

深春は気のない相槌《あいづち》を打った。なんだよ。結局おまえの関心はそっちで、生身の人間のことはどうでもいいのかよ。

「彼女はタンに、絵は燃やしてくれと遺言したそうだ。もっと早くにそうすべきだった、将来おまえが故国に戻るようなことがあっても、絶対にそれを持ち帰って人目にさらすようなことをしてはいけない、とね」

どう思う？　というように京介はこちらを見たが、深春がいうべきことはひとつしかない。

「いまはどうでもいいだろ、そんなのは」

「でも、関係はあるかも知れない」

「なにに。この離婚問題にか？」

そんなはずがあるかい、とぼけたことというなよ、と嚙みつきかける深春に、

「一九一二年は伊東忠太ハノイ視察の年、そしてロンが話した例の事件のあった年でもある」

「あ──」

そういやあ、そんな話もあったんだ。

「伊東忠太は滞在したハノイのレ家に一枚の絵を残した。彼の帰国後も残っていた助手の青年が奇妙な死を遂げた。大雨が降っていたとロンはいった。ハノイの雨期は六月から九月。その女性が秋に故国を離れたというなら、事件後の可能性は高い。そして伊東の描いた絵を持っていった女性が八七年にアメリカで死に、絵は人目にさらすなと遺言した。事件の現場にいたおそらくは唯一の生存者は彼女の弟で、孫のロンによればその記憶はいまなお身体に刺さった小さな棘のようだという」

「そのじいさんが日本人を嫌う理由と、事件が関係している、とかなんとかいっていたよな」

「彼女が国を離れた理由、その絵を持っていった理由、それを何十年も持ち続けながら焼き捨てろ、人に見せるなと遺言した理由。ロンの説明だけではあまりに限定条件の甘いあの事件の、欠けていたピースがここにあると考えたらどうだろう。少なくとも老人を満足させることの出来るなにかがわかれば、その感情を好転させて、彰子さんの問題にもいい影響を与えられる可能性はある」

「なーる……」

そうか。その絵がなにかの手がかりになるなら、とうなずいた深春は、だが、もう一度思い直して待てよ、となった。

「だけどあの絵のことは、当然そのじいさんもロンも知っているわけだろ？　いまさらおまえがちょっと眺めたからって、電光石火真相がひらめくなんて都合が良すぎないか？」

「ロンはタンがその絵を持っていることを知らない。タンは大伯母の遺言を、少なくとも半分は守っているわけだ」

「もしかして、じいさんが昔の話をして聞かせたのはロンにだけか？」

「そのようだね」

深春は口を開けて、だが結局なにもいわずにまた閉じた。呆れた、とか、なんでそんな、とか、いうことは簡単だ。だが決して当事者にはなり得ない異邦人に、呆れる権利などありはしない。

血も繋がって、少なくともいまはひとつ家に暮らしている家族なのだろうに、鏡に映したように良く似た兄弟の間には当たり前のコミュニケーションがない。よそよそしすぎるふたりの背景には、祖父といまは亡き姉の、やはり引き裂かれて二度と会わなかった姉弟関係があったのだ。伊東忠太の助手を務めた青年の、他殺とも自殺ともつかない死。それが彼らの別離の理由だったのか。


「なんつーか、根が深いんだな……」

「ああ」

京介が短く答えたとき、タンが受話器を置いてこちらに戻ってきた。

「弟があなたたちをレ家へ案内するといっています。夜にはバック・マインが戻る。明日からは家に泊まれます」

「ああ。彼から許可をもらわないとまずいってことですかね」

別に嫌みのつもりもなくいった深春に、タンはまた気弱げな表情になって、

「その方があなたたちにも快適だと思います。でも、ホテルの方がいいですか？」

京介と深春は顔を見合わせたが、答えは迷うまでもなく決まっていた。

「いいえ。ご家族の方たちともお目にかかりたいですし、あなたの家に泊めていただけるならその方がいいです」

「彰子さんの行方を捜すにしても、そこから始めるしかないだろうしね」

タンはそれには答えず、ただ微《かす》かに声を立てずに笑う。それは疲れ切った老人のような、ひどく寂しげな微笑みだ。妻が見つかることを、彼はもはや望んではいないのか。彼女と家族の板挟みで苦しむよりは、いっそこのままそうしたいざこざから逃げ出してしまいたい、とでも？

「あなたも家に戻られるのですか？」

「いいえ。私はまだ仕事があるので、研究所に戻らなくてはなりません」

やはり彼はもう、妻が戻るとは思っていないし、望んでもいないのだと深春は思う。彰子を信じているといったのは、なんのつもりだったのかわからないが。

「ではその前にひとつだけ聞かせて下さい。あなたは彰子さんが家を出たのを、いつどのようにして知ったのですか？」

京介の問いかけに、ドアへ向かって歩き出していたタンは立ち止まって振り返った。その質問の意味を考えるように、数秒の間を置いて、

「十二月六日、夜家に帰ると彼女はいなくなっていました」

「それきりあなたは彼女と会っていない。話もしていない。そうですか？」

「そうです。それきりです」

2

一階のレセプション・カウンターの前がロビーのスペースだが、これもいまどきのホテルにしてはずいぶんこぢんまりとしている。そこのソファにいたのはロンだけでなく、意外なことにあの河村千夏もだった。足首に白い包帯を巻いているが、大きなスーツケースはそばにない。彼女もここが宿なのだろうか。

「やあ、怪我の具合はどう？」

「おかげさまで、もうそんなに痛みません。レントゲンも撮ってもらったけど、骨は傷めていないそうです。日本人のドクターがいたし、旅行保険でキャッシュレスで見てもらえたんで本当に助かっちゃいました」

屈託のない笑顔の表情を見ると、嘘をついているとはとても思えないのだが。

「ホテルはここだったんだ」

「そのはずだったんですけど――」

笑みを曇らせてうつむいた千夏は、

「いまカウンターで聞いたら、今日になってキャンセルされているって」

「ええ？」

「たぶんあたしの彼が、腹いせにやったんです。あたしがひとりでも旅行に行くっていったら、兄貴と示し合わせているんだろう、最初からその気だったんだろうとまでいったんですから！」

「大丈夫、ぼくが他のホテルを紹介します」

ロンがそばからいう。

「ソフィテル・メトロポールは高い。もっと安くても安全で居心地のいいホテルはたくさんあります。でもその前にぼくの家で、みんなで一緒に夕御飯を食べましょう」

まったく、ロンは彼女には親切だ。だが、河村はたぶん今度も嘘をついている。恋人と旅行直前に喧嘩をしてというくらいならともかく、その男が日本からツアーのホテルをキャンセルする、というのはいくらなんでもありそうにない。彼女の目的はロンに接近することなのだろうか。

無邪気な女子大生の顔はただの仮面で、実は上流ヴェトナム人のふところを狙うしたたかな女詐欺師だとか？　まあ、だとしても俺たちにはあんまり関係ないよな、と深春は割り切ることにした。ロンが意外におぼっちゃまで、その結果少々痛い目を見せられたとしても、それは人生勉強というものだ。

これで彼女が好きこのんで娼婦の真似をしたがったり、危険も知らずにドラッグに手を出したがる恥知らずで馬鹿な日本人旅行者なら、黙って見ていはしないのだが——

河村はちゃっかり助手席に座る。タンはいつの間にか姿を消している。ヴェトナム人の辞書には『残業』などということばはないとどこかで読んだが、彼はよほどの変わり者か、それとも弟と同じ車では帰りたくないということなのかも知れない。

ホテルの外に出るとすでにあたりは薄暗くなっていて、気温もいっそう下がってきている。日本でいえば十月の夕刻くらいだろうか。時計を見るとそろそろ六時。やはり冬は日が短いのだ。

直線の大通りはバイクと自転車と少しの乗用車でかなり混雑していた。ひっきりなしのクラクションとエンジン音。仕事場からの帰宅時刻ということなのか、空港からホテルまで来たときより、その数はまた増えているようだ。

ホーチミンシティではどこへ行くという目的もなく、家にいるより涼しいからという理由でバイクで走り回る者も多いと聞いたが、少なくともいまのハノイは涼みたくなるような気温ではない。

ロンがハンドルを握るベンツは、かなりゆったりとした速度で走った。道が混んでいる上に、信号や横断歩道などなくとも歩行者が平気で車道に出てくるのだから、飛ばしたら危ない。

「きゃあ。道路渡るのも怖いけど、車に乗っているのも怖いみたい」

河村がはしゃいだ声を上げた。

「交通事故、起きないんですか?」

「起きますよ」

ロンはなんでもないことのように答える。

「ヴェトナムでは、未練を残して死んだ人の魂は悪いことをすると信じられています。だから交通事故で人が死ぬと、警察が来る前に誰かがきっとシートをかけて、火のついたお線香をそこに挟みます」

さいね」


「わあ、やさしいんだあ」

そういう問題じゃないだろうが。

「そしてヴェトナム人はほとんど貧乏ですから、交通事故で死んで裁判をしても賠償金は取れません。轢《ひ》かれ損です。だから道を渡るときは気をつけて下さいね」


走った距離は一キロにも満たなかっただろう。最初の直線路を右に折れて、だいぶ細い道に入ったと思ったら鉄柵の塀についた門の中に車が滑り込んでいく。窓から片腕を突き出して合図するロンに、警官のような制服を着た男がだらしのない敬礼を返した。塀の中は暗いほど繁った木々で、その向こうに金色の燈火を輝かせる洋館の、堂々たる車寄せが浮かび上がる。

「すてきー！」

また河村が無邪気な歓声を上げた。

「すごい大邸宅！」

「伯父が数年前に新築した家です」

「へえ……」

深春が声を洩らしたのは、それが素敵に見えたからではない。日本のいまどきの建て売り住宅がどことなく洋風であるのとは較べものにならないくらいの、完璧な洋館なのだ。二階建ての窓は深緑色に塗られた鎧扉《よろいとびら》を備えたアーチ形で、黄土色の壁にはイオニア柱頭を頂く附け柱が並び、軒には歯形飾り。車寄せの屋根にはギリシャ神殿風の三角破風が載っている。これがそのままイタリアあたりの郊外に、金持ちのヴィラとして建っていてもなんの違和感もない。

植民地の時代にはヨーロッパ人が、自分の国の建築様式をそのまま気候風土も違うアジアに持ち込んで洋館を建てた。それが優れていると信じて、遅れたアジア人を教化するつもりででもあったのか。だがエアコンなどない昔、寒冷なヨーロッパで生まれた形の住宅は決して住み易くはなかったはずだ。

コロニアル建築の深い軒や広いヴェランダは、植民者が高温多湿のアジアで暮らすための工夫として産み出したものだと、前に京介から聞かされた覚えがある。日本でも明治の初めに作られた洋館ほどヴェランダが目立つが、インドや東南アジアほどには必要でなかったために、神戸などでは後からガラス戸を入れてむしろ冬場のサンルームとして利用するような改装が行われている、と。

しかし夏場は日本よりかなり暑く、湿度も高いと聞くハノイで、目の前に建っているのはヴェランダ附きのコロニアル風洋館ではない。無論新しく建てられたものなら空調があって、ヴェランダなどは無用だということかも知れないが、そんな実用的な理由よりは美意識や嗜好の問題のような気がする。植民地宗主国フランスの収奪に苦しみ、戦ってこれを追い払ったヴェトナムだが、ミルクの入った濃いコーヒーやフランスパンを日常的に飲み食いし、建てる家は純然たる洋館というわけだ。

玄関から応接間へと招じ入れられた。インテリアの趣味は、正直な話あまり感心しないな、と深春は思った。夕闇の中で見たときは威厳ある洋館に見えたのだが、まぶしいほどの明かりに照らされるとやはりどことなく安っぽい。そして配色はいささかけばけばしく、物が溢れすぎている。

特にその応接間は気合いが入っていて、やたら大きなクリスタルのシャンデリア、原色の迷彩柄みたいな分厚い絨毯《じゅうたん》、ピンク色に染めた革張りのソファに虎の毛皮の敷物と来たものだ。サイドボードには洋酒のボトルがずらりと並び、飾りの暖炉の上には印象派風の油彩画と彫刻をした象牙が一対。確かに金はかかっているのだろうが、趣味の悪いことでは田舎の成金親父の御殿そっくりだ。

「なんか、すごいですねえ……」

ロンが席を外すと、河村が小声でいう。

「象牙に虎の皮。ヴェトナムはワシントン条約批准してないのかしら」

「まったくな。あんまり見回すと目がちかちかしてきそうだ」

京介は無言。その表情からして、すでにうんざりしてなにもいう気にならないらしい。ロンはなかなか戻ってこない。間が持てなくて、深春は隣に座っている河村に、聞く気でなかったことを尋ねてしまう。

「河村さん。あんた、ヴェトナムは初めてか？」

「えっ？　ええ。アメリカやヨーロッパは行ってますけど——」

まあ、それは本当のことかも知れないが。だが彼女はそれ以上聞かれるのを避けたように、ソファから立ち上がった。分厚い、それも目の覚めるような紫というすごい色のカーテンを、いつの間にか椅子から立った京介が少し開いて外を眺めている。そこは床まで開くフランス窓で、ガラスの向こうには庭が広がっているようだ。

「あら、ずいぶん広いんですねえ」

庭を照らす明かりはなく、樹木が茂っているらしい黒々とした影が見えるだけだ。だが河村がいったように、それがずいぶん広いと感じられたのは、庭の奥に明かりの洩れてくる別棟が建っている、その距離のためだ。深春も立ってガラスに顔を近づけ、両手で目の周りを囲ってみると、少しずつ暗さに慣れて庭の広がりが見えてくる。

「あそこに建っているの、洋館じゃないわね」

河村がつぶやいた。

「瓦屋根の載った、平たい、横長の建物。お寺みたいな感じ。ね、違います？」

「ヴェトナムの伝統的な民家建築のようですね。正確にいえば、この国のマジョリティであるキン族の伝統住宅のようだ」

京介がそう答えるのを聞いていたように、廊下に通ずるドアが開いた。茶器を載せた盆を片手で持って、

「お待たせしてすみません。いま、家の者もご挨拶に来ます」

「ロン、あの庭に見えるのもここの家なんですか？」

河村の問いにうなずいて、

「はい。あの家には祖父のレ・ヴァン・ティンが住んでいます」

「あ。もしかしてお祖父様は洋館はお嫌い？」

「そうです。でもそれだけでなく、あの家は祖父が子供のときから暮らしていた家なのです」

茶器をテーブルに並べながら、ロンは目を深春と京介に向けた。

「この家の敷地は百年以上前から、レ家のものでした。祖父は一九五四年にハノイを離れるまで、ここで暮らしていました。その後荒れ果てて、他の人の家が建っていた土地を、伯父が手に入れてこの家を建てたのです。祖父の昔の家も、ずいぶん直しましたがまた住めるようにしてくれました」

「それじゃあ――」

例のミステリみたいな事件が起きたのも、この場所だってことになるじゃないか。まさかその離れもまだ、庭に建っているのか？　そうは思ったものの、河村もいるところでやたらなことはいうべきではないだろう。

「レ・ヴァン・ティン氏には、お目にかかれるのですか？」

「ぼくがこれから訪ねてみます。九十七歳という年齢が年齢なので、今夜は無理かも知れませんが」

「すごいご高齢なんですねえ」

と河村。深春はちょっといらいらする。ロンのやつ、女の子に親切にするのは勝手だが、部外者がいたんじゃ肝心のことが話すに話せないじゃないか。どうするつもりなんだよ。

そこにふたたびドアの開く音がした。

「コンバンハ！」

「イラッシャイマセ！」

若い女の子の声だ。振り向くと艶やかなストレートの黒髪がきれいな少女がふたり、肩を寄せ合うようにして立っている。

「バック・マインのふたりの娘です。レ・ティ・トゥハーは大学生で、レ・バオ・チャムは高校生。ふたりとも英語は話せますから」

「シン　チャオ」

ヴェトナム語のこんにちは、をいってやると、はにかんだような笑いを浮かべていたのが、キャアッと笑み崩れる。

「トイ　テン　ラー　クリヤマ。トイ　ラー　グイニャット」

私の名前は栗山です。私は日本人です。

「Oh!　You speak Vietnamese?」

たぶんそちらが妹だろう、丸顔がデビュー当時のアグネス・チャンみたいに可愛らしい少女が手を叩いて大声を上げる。彼女は赤いセーターにブルージンだ。

「Yes. But that's all.」

これで全部だよ、と深春は両手を広げてみせる。それからパントマイムのような大げさな身振りで、おっとそうだ、もうひとつ知っていることばがあった、と人差し指を立てて、

「Ah, one more.――アイン　イウ　エーム」

キャッキャッと妹が笑い転げ、細面の美女の姉も口元に手を当てて吹き出した。彼女の方はスタンドカラーの真っ白なワンピースに金鎖のネックレスをかけて、さらにファッショナブルだ。おお、ヴェトナム語は六声あるからカタカナ発音では絶対に通じないと本には書かれていたが、どうやらけっこう通じているようじゃないか。

ちなみに最後につけ加えたのはI love you.だ。行きの機内であわてて会話の本を読んで暗記した、付け焼き刃が役に立っている。もっともこの様子だと女の子をくどくより、笑いを取ることにしかなってないようだが。

ロンは後ろで苦笑を洩らし、河村千夏もどちらかといえば白けた顔でこちらを眺めている。だがヴェトナム姉妹の笑い声は、そこでふっと途絶えた。ふたりの目が深春の肩越しに、その後ろに吸い寄せられている。振り返ってみるまでもない。目の先に立っているのは窓辺に立つ京介だ。派手な紫のカーテンを元通り閉じると、ソファまで戻ってくる。

「Good evening. Nice to meet you, Miss Le Thi Thuha. Miss Le Bao Tram.」

ふたりはぽかんと京介を見つめたきりだ。これで俺のパフォーマンスの効果も、ほぼ完璧に吹っ飛んだな、と深春は思う。

「——Nice to meet you.」

ようやく妹の方が返事をする。

「You are very very beautiful.」

アグネス・チャン似の少女の率直すぎる感想に、京介は正面から視線を合わせて微笑んだ。照れもせずにぬけぬけと。

「Thank you. You too.」

丸い頬が見る見る真っ赤に染まっていく。深春は密かに腹の中で悪罵を吐き捨てた。

(いつから女嫌いの看板を下ろしたんだ、こら。この猫かぶりめ、その気になればおまえはジゴロで食えるぞ——)

だがなるなよ、頼むから。これ以上面倒に巻き込まれるのは、俺はまっぴらだからな。

## 3

ここから先の会話は英語で行われた。河村も日本人には珍しいくらい英会話は達者で、もっとも全員ネイティブ・スピーカーではないから、それほど難しい語彙が出てくることもない。発音も、英語はそれほど得意でない深春にも、イギリスの下町なまりやオーストラリアなまりよりは、よほど聞き取りやすかった。

改めて自己紹介をして、さて、それにしても部外者の河村がいるところで離婚がどうこうというのはと思ったところが、トゥハーとチャムはそんなことはまったく気にしないというふうで、

「サクライさんとクリヤマさんはアキラコのことで来たんでしょう？　私たちも心配でならないの」

「でも、どこへ行ってしまったかちっともわからなくて」

「ヴェトナムにいる日本人で知り合いのところには、みんな電話してみたんだけど、誰もなにも知らないようなの」

どんどん話し出す。こちらとしては、聞き出す手間がなくて助かるわけだが。

「彼女はどんなふうにして家を出たのかな？」

「あたしは、学校に行っている間の昼間のことだからなにもわからないわ。でも少なくとも前の晩は、特別変わったことはなかったと思うわ」

高校生のチャムが口をとがらせ、

「私はその日は家にいたのですが」

大学生のトゥハーが顔を上向けて、

「私の部屋も、アキラコたちの部屋もこの二階にあるのですけれど、いつ彼女が外出したのかはわからないんです。ただ彼女はこのところ、前よりは元気がなかったかも知れません」

「車ではなく徒歩で出かけたようですか？」

京介の問いに小さくうなずいた。

「ええ。だから大きな荷物を持っていったわけではないと思います」

「そのまま夜になっても戻ってこなくて、連絡もないものだから——」

「それが六日で、それっきり？」

「ええ」

「電話もなにも？」

「少なくとも、家では誰も受けていないわ」

「アキラコが消えた日、息子のトゥー君はどこにいたのでしょうか？」

京介にいわれてあっと思う。なにか引っかかっている気がしたのは、それだ。大邸宅で大人同士が別の部屋にいて、夫は仕事で留守だったのでも、幼い息子なら母親とふたりでいたはずだ。しかし姉妹はふたりそろって頭を振った。

「トゥーはいつもグラン・パといるの」

「おじいさまはトゥーのことをとても可愛がっていて、昼間はずっと手元に置いているんです」

「あの、離れに?」

「ええ」

「グラン・パにとってはあちらが本当の家で、パパが建てたこの家は大嫌いなの」

チャムが肩をすくめた。

「あたしもそんなに好きじゃないわ。この前日本の建築雑誌を見たの。すごくモダンでシンプルで、使い良さそうなインテリアが載っていたわ。どうせ住むならこんなごたごたした部屋じゃなくて、ああいうのがいい」

「確かにあんまり現代的じゃないわね。でも、政府や党のえらい人がうちに来るときは、このインテリアが評判がいいらしいの。古い感覚の人には、豪華ですばらしく見えるのよ」

取りなすようにいうトゥハーに、チャムが不服そうに言い返そうとしたが、

「トゥー君は、前からずっとそうしておじいさんの手元で育てられていたのですか?」

京介がさりげなく話を引き戻す。

「アキラコはヴェトナム語の勉強に大学に通っていたから、昼間の育児には人を頼んだりしたわ。そうしたらグラン・パが、自分が見るからって」

「しかし、ご老人は九十七歳なわけですよね?」

京都で見た子供は男の子にしてはおとなしい、という印象があったが、それでも駆け回ったりいたずらをしたりすることもあるだろう。老人、それも男ひとりでは持て余す場合も少なくないのではないかと深春は思ったが、

「グラン・パの介助をする人がいるの」

「ナース、というよりも、医者の資格も持っているんだって聞いたわよね。アイン・ロン？」

「ああ」

「アキラコはトゥーがそばにいたら、トゥーも連れて家を出ていったと思うわ」

ずばり、という調子でチャムがいう。

「だってアキラコは、トゥーのことをとてもとても可愛がっていたんですもの」

「私たちはみんなトゥーも、アキラコも大好きでした。だから彼女がいなくなって悲しいし、心配だし、無事に戻ってきて欲しいと思っています」

それにはチャムもしきりにうなずいていたが、

「彼女の夫はどう思っているの？」

ぽつん、と口を挟んだのは河村だった。彼女は黙ってずっと、これまでの会話に耳を傾けていたのだ。事情は説明されなくとも、なにが起きたのかは充分想像が出来たろう。


「そうなの。アイン・タンが一番いけないのよ！」

チャムがまたしても断言した。

「アキラコが悩んでいたなら、真っ先に気がつかなくちゃならないのは彼でしょう。それなのにここのところずっと仕事、仕事、仕事って。家に帰るのも遅いし、まるで働き過ぎの日本人みたい。――あ、ごめんなさい」

首をすくめて舌を出した彼女は、だがまたすぐに続けて、

「タンは真面目で、頭が良くて、仕事もよくして、奥さんを泣かせるようなことはしない、日本人みたいな人だと、あたし前から思っていたわ。だから彼が日本人と結婚したのも、当然だっていう気がしていたの。でも、今度のことで失望したわ。アキラコがいなくなっても、相変わらず仕事ばかりなんですもの。ちっとも心配していないみたい。ねえ、あなたもそう思うでしょ、ロン？」

「そんなことはないと、思うけどね」

低くつぶやいて彼は視線をそらす。彼ら兄弟の葛《かっ》藤《とう》に、チャムはまったく無頓着《むとんちゃく》なようだ。今年十六歳の彼女には七五年に終結したヴェトナム戦争はもちろん、その後の対カンボジア戦争も中越紛争も自分の経験ではない。生まれた翌年の共産党大会でドイモイ政策が採択され、国際社会から孤立した共産主義国家は経済的豊かさを求めて大きく方向を転換した。日本でいうなら高度経済成長期以後の戦無世代というわけだが、流れた時間が短い分この国での方が遥かに社会の変化は激しく、世代間の断絶は大きいのだろう。

「ママは最初、タンとトゥハーを結婚させたかったのよ。ロンはあたしとね。でもパパもグラン・パも反対だったから、その話はなくなったの。あたしなんかと結婚しないで済んで、良かったでしょう。アイン・ロン？」

「止めなさい、チャム。いまはそんな冗談をいっている場合じゃないわ」

姉にたしなめられて、チャムは、ジョークなんかじゃないのに、と不服そうだ。ふたりの反対の理由は当然、さっきロンが話したバッキー・ナムトゥーに関わっているはずで、チャムは知らないことも姉のトゥハーはある程度知っているらしい、と推測された。

「ミスタ・タンは、この時間でもまだご帰宅ではないのですね？」

「戻ればここに顔を出すはずですから」

「アキラコが家を出てから、前よりももっと帰りが遅くなったようなのよ！」

「晩餐はいつもご一緒に取っておられた？」

「帰ってくればね。パパやママは仕事やおつきあいがない限りは、たいてい一緒だけど」

「ではミスタ・ティンや、トゥー君はどうだったのでしょう」

レ家の三人は、なんと答えようと迷うように一瞬目を見合わせたが、

「グラン・パは最近は、ほとんどこちらにはいらっしゃらないんです」

「だから自然とトゥーも、向こうで寝起きすることが多くて」

「最近ではアキラコが外出して戻ってくると、トゥーはこちらに泊めるからといわれてしまうことも、良くあったわね」

「それが嫌だったのかしら……」

「だったらいってくれればいいのに」

「彼女、トゥーが生まれたばかりのときはしばらく具合が悪くて、その後はことばの勉強で忙しかったし、みんなで子供を見てもらえて嬉しいですっていつもいっていたのよ？　あれは本当の気持ちじゃなかったのかしら。日本人はそういう場合、本当のことをいわないものなの？」


コミュニケーションの齟齬《そご》は、たぶんそういうところから始まったんだろうなあと、深春は内心ため息をつく。

生まれ育った文化も風土も違う人間の中で暮らそうというなら、なんでも口に出して語り、意見をいい、注文をつけて、自分にとって居心地のいい状況を自分で作っていくしかない。だが、それはわかっていてもそうすることに疲れてしまい、手をこまねいている内に本意ではない了解が相手に生まれてしまうことはあるだろう。これがヨーロッパやアフリカ、アラブといったまったく別の人種ではない、やや近いアジアの社会だということも、かえって問題を難しくしたかも知れない。

年長者を敬い、家を大切にし、家系の存続が先祖祀りに結び付いて重要視される感覚は、現在の日本でも田舎にならまだ脈々と流れているはずだ。祖父母の世代が親を、特に女親を差し置いて跡継ぎと目される孫の養育に手や口を出すというのも、決して珍しい話ではないだろう。例えば三島由紀夫《みしまゆきお》が子供時代、母から引き離されて祖母の手元で育てられたエピソードを思い出す。

だからといって四条彰子が、そんな状況を受け入れられなくてもなんの不思議もない。夫に頼り甲斐がないからこそ、いっそう幼い息子を自分の手元に引きつけておきたくなる。良かれと思っての手助けも、そんなときには我が子を自分から引き離そうとしているように思えるかも知れない。

（どこにも誰にも悪意はないのに、話がこじれてくるっていうのは、なんとも厄介なもんだな……）

「アキラコが離婚をしたい、そしてトゥーを連れてふたりで日本に帰りたいといったら、あんたたちはどう思う？」

思い切って尋ねた深春に、姉妹は驚いたように目を見張った。

「アキラコはそんなことをいっていたの？」

チャムに睨むように詰め寄られて、あわてて言い訳をする。

「いや、これは仮定の話さ。もしもそうだとして、という可能性の話」

「あたしたちはアキラコとトゥーを、家の外に放り出したりしないわ。アキラコがアイン・タンを嫌いになったなら、彼女はアイン・ロンと再婚すればいいと思うわ。ねえ？」

チャムはなんとも大胆なことをいう。

「日本は物価が高いから、離婚した女の人が子供とふたりで生活するのは大変だ、と聞きました。だから私もアキラコが日本に帰るのは反対です。そんなことをしたら、きっとアキラコもトゥーも不幸になります。彼女がアイン・タンに不満があるなら、ふたりが話し合って解決する道を探すべきだと思います」

トゥハーのことばは、まさしく模範解答というべきものだった。

「だいじょうぶよ。アキラコは頭のいい人だもの。きっと何日かひとりで考えたら、冷静になって戻ってくるわ。パスポートは置いていったんだから、心配要らないわ」

「そうね。私もそう思う。あの人がトゥーを残してどこかへいくわけはないわ」

　姉妹の会話は一番楽観的な結論にたどりついたようだった。いや、それだったら本当に結構な話なんだが。

（取り返しがつかないのは、俺のすっ飛んだボーナスくらいで……）

　チャムはすっかり気が済んだという顔で、今度は河村とどこの国の女の子でもしそうな、「あなたの着ている服、すてきね。いくら？　日本製なの？」「そのマニキュアいい色。どこの？」なんて話をし始め、トゥハーもそれを聞いている。だがロンの表情は依然冴えない。漠然と心配に囚われているというより、彼には不安を覚えるだけの理由がある、それを口に出していないだけで、というようだ。

「レ・ヴァン・ティン氏に会わせて下さい」

　京介が小声の日本語で、ロンに先ほどの要求を繰り返す。

「彼のもとにいるトゥー君にも会いたい。それから彰子さんたちの部屋を見せていただきたい。彼女の行き所について、なにか手がかりがあるかも知れません」

「祖父には、はい、これから行って来ます。ですが兄たちの部屋は、やはり兄に聞いてからでないといけません——」

　なにか考え込んだ表情のまま、ロンはのろのろとソファから立ち上がった。しかしドアの方に振り向いた彼の前で、それがいきなり音立てて大きく引き開けられた。バン、と壁に跳ね返る乱暴な物音に、姉妹や河村もそろって振り返る。そこに立っていたのはアオザイ姿の大柄な女性だった。

　シルクらしい艶のあるアオザイの布地は赤紫に、裾と袖口は金糸の織り模様という豪華なもので、しかしそれは着ている当人にはあまり似つかわしくは見えない。年齢は老けた五十代か、六十は過ぎているか。

量の多い硬そうな黒髪を後ろで引き詰めて結い、顎の左右が張ったいかつい男顔だ。太い眉の下から険《けわ》しい目が、なにかを咎めるようにこちらをじろじろと見つめると、紅を塗った大きな唇からきつい声が飛び出した。

左手を腰に当てて右手でトゥハー、チャム、ロンの顔を順に指さし、声高《こわだか》にしきりと言い立てている。続いてその指で日本人三人の方を示し、横へ大きく薙《な》ぎ払《はら》うような身振りをした。ヴェトナム語なのだろう、その意味はまったくわからない。だが彼女が明らかに、この場にいる異邦人を咎め立て、レ家の三人の若者を頭ごなしに叱りつけていることだけは口調や表情からもうかがわれた。

ドイモイ政策開始前のヴェトナムでは、資本主義圏に属する外国人を警戒し、忌避する空気が特に政府関係者には色濃く存在していたとどこかで読んだ覚えがある。反革命反政府の思想を持ち込み、国民を汚染する恐れがあるからだ。

普通の観光客には、税関で荷物の検査を厳格にするようなことはもうないらしいが、反共的な記事を載せた雑誌などを持ち込むことはいまでも禁止されている。どうやらこの女性もそんな、外国人に対するいまとなってはいささか古めかしい差別意識の持ち主ではないのか。

想像を加味して推測するなら彼女はレ家の三人、特に年長者であるロンに対して、自分たちのような外国人を家に連れてきて親しく話し込んでいるそのことを非難し、さっさと追い出せとでも主張しているように思われた。

(さて、しかしロンの話では、家族はこの他姉妹の両親だけだったはずだよな?……)

年齢はともかく顔立ちからしても、彼女が美人姉妹の実の母親とは思えないし、ふたりの態度もそうは見えない。だがただの使用人というには、態度がでかすぎるようだ。そしてロンたちには、いくらか彼女に遠慮している様子が見える。

それでもロンは言い募る相手に対して、穏やかにことばを返し、日本人三人のことを説明しているようだ。最後に憤懣《ふんまん》やるかたない、といった様子で、フンッと鼻を鳴らした彼女がアオザイの長い裾をひらめかせて退場すると、はあっ、とチャムがため息をついた。

「いまの方はどなたです？」

京介の穏やかな日本語の質問に、ロンは苦笑しながら答える。

「彼女はグェン・ティ・ナムという名前で、住み込みの女医です。祖父の健康管理をしています」

名前が聞こえて、日本語ではあってもロンがなにを話しているのかはわかったのだろう。チャムが鼻にイーッと皺を寄せて吐き捨てる。

「I hate her !」

彼女大嫌いよッ、と。

「両親が戻ってきたようなので、どうぞ、ダイニング・ルームの方へ」

いや、夕飯はともかくじいさんとの会見の話はどうなったんだ？　と深春は尋ねようとしたが、機先を制された。

「祖父は、今日はもう休んだそうです。トゥーもあちらで寝かせたそうで、申し訳ありませんが明日にさせて下さい」

# セピア色の肖像

## 1

　翌朝、栗山深春が目を覚ますと隣のベッドはすでに空だった。時刻は九時を回ったところ。寝過ごしたと非難されても、腹を立てにくい程度にはいい時間だ。当然睡眠時間は充分に足りているはずだが、さわやかな目覚めとは言い難かった。

　なぜそんなことになってしまったのか。これ見よがしの豪華さには乏しいが、天井が高くゆったりとしたソフィテル・メトロポール・ホテルのセミ・スイート・ルームだ。防音は完璧だし、空調も暑すぎず寒すぎず、文句のつけようがあるはずもない。ただベッドのクッションが妙に柔らかくて、あまり寝心地はいいとはいえなかった。いや、ハノイ最初の夜の眠りが決して安らかでなかったのは、ベッドのせいばかりではない。昨夜のレ家訪問はディナーの席の、なんともおかしな理解できない笑劇じみた騒ぎで終わったのだ。

　レ・ホン・ロンいうところの「尊敬すべき従兄殿」、国防省の高官だというレ・グォック・マインが、よくしゃべる陽気な声と大人《たいじん》めいた物腰と商人の機敏な目をした中年男だ、というのはまあ、予想の範囲だった。

　彼は五十を越しているが、夫人のファン・ティ・ムゥイ（ヴェトナムでは結婚しても夫の姓を名乗らない女性は伝統的に多いそうだ）は、まだ三十代半ば。トゥハーとチャムの母親にはふさわしい、そして女性実業家と聞けばなるほどと思う押し出しのいい美女で、艶やかな丸顔はどちらかといえば妹娘に近い。

これも応接間と同趣向の洋風インテリアで飾られたダイニング・ルームで饗された食事は純然たるフレンチ、もっとも白いクロスのテーブルに国民的調味料というべき魚醬油ヌックマムや、チリソースが用意されているのがなかなかのご愛敬だ。

料理の味は悪くなかった。盛りつけの演出も使われる食器やカトラリーも、フランスの歴史様式風にアジアン・テイストを軽く効かせて、インテリアの装飾過剰とは対照的に洗練されていた。

夫人はやはり英語とフランス語を話し、マイン氏はあまり外国語は得意でないそうだがそこは夫人が横から補う。タンが未だに顔を見せなかったことと、四条彰子の件を持ち出せる雰囲気でないのは気になったが、取り敢えず彼女が暮らしていたレ家の雰囲気を感じ取るよすがにはなる。

党員で政府高官とはいいながら、一家の生活は日本人の家庭以上に洋風化されていて、それが開明的でいいことだというコンセンサスもあるらしい。

夫人は現在いくつもの事業を経営していて、中でもヴェトナムのシルクや精巧な刺繡をほどこした婦人衣料を日本に輸出する会社は堅調に業績を伸ばしている。それだけでなくハノイ市の北側、西湖《ホータイ》のほとりについ最近雷魚料理のレストランを開いたという。店内の飾りつけやテーブルウェアにも凝って、その分値段設定はやや高めになったが、外国人よりも地元の人間に好評なのだそうだ。

「安いだけではいまはもう駄目です。商品でも食事でも、むしろ値段は高くとも質の良いものをハノイの人々は求めています」

「そのような店の顧客となるだけの、経済力を持った人が増えてきたということですね？」

京介の問いに大きくうなずいて、

「ええ。戦争が終わった後の日本と同じですわ」

ルージュを引いた唇でにっこり微笑みながらそういわれて、深春は内心、どこが共産主義なんだよ、と突っ込みを入れたくなった。

官僚や政治家が企業を興すことはさすがに禁じられているが、その代わり家族にはなんの制限もない。そしてその地位を利用した利益供与や特権は、当然のように家族とその商売に利便を与える。身も蓋もなくいってしまえば、ヴェトナムの市場経済化とは共産主義国家の特権階級が資本主義的な利益を恣《ほしいまま》にするシステムらしい。

「ママはお金儲けが好きよね」

チャムがデザートのスプーンを口にくわえたまま笑う。もっともその口調に否定的なニュアンスはない。彼女も大学に行くより日本でファッションの勉強をして、ドレスや小物のデザインをしたいのだという。なんでも香港人の女性デザイナーが作るバッグやアクセサリのブティックがこの街にあって、ハノイ発のブランドとして東京でも知られるようになり、『VOGUE』にも紹介されたのだとか。それがチャムの憧れを掻き立てているらしい。あたしもあいうお店をやりたいの、と目を輝かせる。

「ママったら、家の前にもカフェを開こうか、なんていうのよ。ここの通りも最近ツーリストが増えたから」

「お行儀が悪いですよ、チャム。スプーンを口に入れたまま話すのは止めなさい。——でも、飲み物とスウィートを出す上品な店、むしろフランス風のサロン・ド・テね、そういう店ならどうかしらと思いましたの。建物もインテリアも昔風にして。バックパッカーや悪いものを売るような外国人が集まるのは、困りますけどね。ホーチミンシティでも、まだそういう店はないはずです」

「ヴェトナムでは紅茶は飲まれませんか?」

深春が尋ねると、

「飲みますけれどリプトンが代名詞で、ティーバッグだけですわ。でも私どもには緑茶やジャスミン茶やロータス茶を楽しむ伝統がありますから、良い紅茶の味を理解できないはずはありません。きっと新しい流行になるでしょう」

夫人は深春たちに向かって語るそばから、自分のことばを夫に通訳して聞かせている。そしてマイン氏はもう何度も聞いたことだ、という表情で、笑いながらうなずく。いいとも、おまえの好きなようにやりなさい、とでもいっているのだろう。その様子からしても彼らは、少なくとも息の合った夫婦のようだ。

そのときトゥハーが両親の方を向いて、ヴェトナム語でなにかいった。それから深春たちの方を振り返り、

「おじいさまは商売が嫌いです。だからこの場所で店を開くようなことはいつも反対なんです」

「お止めなさい、トゥハー。お客様にお聞かせするようなことではありませんよ」

夫人が、チャムの行儀の悪さを咎めたときよりはきつい声で、姉娘のことばをさえぎった。マイン氏もそれまでとは打って変わった、苦いものを口に入れたような顔になっている。

彼の一家と長老であるレ・ヴァン・ティン氏との間には、やはりそれなりの葛藤があるらしいな、と深春は思う。政治的な立場、ヴェトナム戦争後の受難と栄達、そしてドイモイ以後の暮らし方。それに気質も文化も異なる南北の対立が複雑に絡み合って、保守と革新、共産主義と資本主義と伝統主義、そんなことばでは割り切れない混沌とした様相を呈している。現代ヴェトナム社会の縮図そのままに。

それはレ家に限らず、この国のどこを切り取っても現れる現象なのかも知れない。過渡期、といってしまえばそれまでだが——

ダイニング・ルームのドアがバン、と音立てて開かれたのは、トゥハーの発言以降冷えてしまった場の空気を夫人が懸命に取り繕っている最中だった。その乱暴なドアの開け方には聞き覚えがあったから、深春はそこに赤紫のアオザイ姿が立っているのを見ても驚かなかった。

グェン・ティ・ナムは無言のまま部屋を横切ってくると、挨拶をするどころか、そびやかした顎を軽くしゃくうように動かしただけで、さっさとチャムの隣に空いていた椅子を引いて腰かける。顔の左右に翡翠らしい大きな環形のイヤリングが揺れていたが、あざやかで濃すぎる色合いからして本物ではあるまい。胸の前に両腕を組んで、じろじろとこちらを見る嫌な感じの目つきはさっきと変わらない。彼女の目にはよほど、三人の日本人が怪しげに映るのだろうか。

それにしても長老の身の回りを世話する女医というなら、使用人の一種といえなくもない。それが娘たちの前だけならともかく、主夫妻の前でさえこの傍若無人《ぼうじゃくぶじん》。政府高官であるマイン氏や、その夫人が無礼をとがめても当然だろう。だが、なぜかそんなことにはならなかった。それどころか驚いたことに、マイン氏はお世辞笑いのような顔で丁重になにか尋ねている。

夫人にいたってはわざわざ立ち上がって壁際のカップボードから新しいコーヒーカップを出し、ポットからコーヒーを注いで勧めさえする。そしてナムは当然という態度でそれを受け、礼をいっている様子もない。それがあまりに意外だったので、つい深春はじいっと見つめてしまった。するとトゥハーが小声で、

「パパはおじいさまの健康のことを彼女に尋ねているんです」

「おじいさんはどこか悪い？」

「いいえ。でもやはり歳が歳ですから、あちらの離れから出てくることもなくて、最近は私たちもめったに会えないんです」

そのとき——

突然グェン・ティ・ナムがなにか叫んだ。無論ヴェトナム語だから、なにをいわれたのかはわからない。ただその猛烈な語調と表情で、怒られたらしいということだけはわかる。

それにしても、ほとんど見ず知らずに等しい人間から頭ごなしに怒鳴りつけられたのは初めてだ。腹が立つというより呆気に取られてしまう。どう考えても理由がないだろうに、唖然呆然、どうせならわかるようにいってくれという感じ。

「俺、なにかした?」

両側にいる京介と河村に小声で尋ねたが、京介はいつもの無表情のまま黙殺。河村は恐怖に強張ったような顔で唇を噛むばかりだ。

それからしばらくの間は、同じような状態の繰り返しだった。他の家族がヴェトナム語でなにかをいうが、ナムはほとんど問答無用という感じでそれに言い返す。ウェッジウッドのカップをガチャンッと音立てて置き、テーブルを叩き、そのアクションも恐ろしく高圧的だ。チャムやロンが英語や日本語でこちらに語りかけようとすると、ナムの大声はもっとひどくなった。こめかみに血管が浮き上がり、眉間には縦皺が刻まれてほとんど般若《はんにゃ》の面だ。

(あ、そうか——)

どうやら彼女は、自分の前で自分には理解できない外国語の会話が交わされるのが気に入らないらしいのだ。外国語コンプレックスと、外国人に対する猜疑心《さいぎしん》がごっちゃになって、とにかく許せない、けしからん、と繰り返しわめき散らしているらしい。たびたびこちらをもの凄い目で睨み付けて、畳みかけるようになにかいっている。恫喝《どうかつ》しているとでもいいたいような表情であり、しゃべり方だ。

だがその大仰《おおぎょう》な怒りようも、理由に見当がついてしまうとなんということはなかった。なにせ怒っているご当人には気の毒なことに、その口から吐き出されることばをこちらは一言半句理解できないのだから、繋がれた犬が吠えているのと同じことで、あまりいい気分はしないものの恐れ入りようがない。それくらいの想像力の持ち合わせすらないらしい彼女に、深春はかえって憐憫《れんびん》のようなものさえ覚えてしまった。

そのうちロンがため息混じりに、「彼女のことばを通訳します」と言い出した。

「ナムは祖父の健康に全責任を負っています。祖父は非常に高齢なので、過度の変化や身辺を騒がすことには医師として賛成出来ないそうです。また、曾孫であるトゥーの存在は家を継ぐ者として必要であると考えるが、日本人の嫁に対してはまったく関心を持っていない。従ってあなた方日本人が彼女を捜して連れ帰るのは自由だが、あなた方と会う必要は認めない。トゥーと会うことも無論認められない。早急に退去していただきたい、と祖父はいっているそうです」

「なん、だってえ？——」

今度こそ唖然とした深春だったが、ナムはロンが通訳している途中から、自分のことばが正確に通訳されているとは思えないとばかり疑わしげな目で彼を横目に睨み、口を挟んでさらになにか言い出し、そうかと思えば河村までが、

「そんなのひどいわ！」
と椅子から腰を浮かして大声を上げ、それに向かってナムが大声でわめき、あたりは国会論戦の中継かといわんばかりの大騒ぎになってしまった。テーブルを囲んでいる家族全員が一時に口を開いて、てんでに声を張り上げているものだから、誰と誰が言い争っているのか、誰がいま何語でなにをいっているのかもよくわからない。けばけばしいほどのインテリアも、華やかなテーブル・セッティングもこうなっては台無しだ。

深春は京介に、

「おい、どうするよ」

助けを求めたが、京介は唇だけで笑って、「面白い」という。

「面白がってる場合かよッ」

「いや。だがこういうときは口をつぐんで、観察し耳を傾けるのがいいんだ。思わぬところで本音が覗く。馬脚が現れる」

「誰の」

「さあね」

その晩は結局興奮しすぎたらしい河村が貧血を起こしてしまい、深春たちはタクシーを呼んでもらってホテルまで戻ったが、彼女はレ家に泊まったのではないか。彼女がロンおぼっちゃまをたぶらかそうとする名演技の女詐欺師なら、順調に彼の手元に滑り込んだというわけだが――

ベッドサイドに京介のメモ書きが一枚残されていた。

『歴史博物館でレ・ヴァン・タンと会ってくる。昼の一時には部屋に戻り、その後レ家へ荷物を持って移動の予定。トゥーとも会えるはず。というわけで一時には部屋かロビーにいてくれ。　京
追伸　レ家に行けば例の女性ともまた顔を合わせることになる。昨夜のような馬鹿な真似は、絶対に二度とするな！』

やれやれ、と深春はつぶやいた。レ家の晩餐の席での一騒ぎには、実をいうと後少し続きがあったのだ。昨日の寝付きが悪かったのは、そのことで京介から冷たい視線を浴びせられ続けたせい、というのもある。

だが深春にしてみれば悪意はまったくなかった。最初は陰険で傲慢としか思えなかったナムおばさんの怒りようが、あまりにも漫画的に見えて、それがこちらにはなんの効果もないというのがかえって気の毒なようで、とはいっても彼女はこの家の中でそれなりの権威を与えられているようだ。

たぶん長老の身の回りの世話をし、そのことばを伝えるような役をしていることが、権威の根源ということなのだろう。ならばそういう立場の女性のご機嫌を首尾良く取り結べれば、ものごとがいい方に転がるということも考えられるじゃないか。というわけで、自分としては熟慮の上一発やらかしたのだ。パフォーマンスを。

これもまた往きの機内で付け焼き刃に仕込んだヴェトナム語。椅子から真っ直ぐに立ち上がり、なにごとかと目を向ける彼らににっこり笑いながら、

「ホン　コー　ジー　クイ　ホン　ドックラップ　ツーヨー！」

意味は『独立と自由ほど尊いものはない』。第一次ヴェトナム戦争当時、祖国の英雄ホー・チ・ミンが唱えた有名すぎるスローガンだ。これならナムおばさんからも文句の出るはずがない素晴らしいことばだし、それを恭《うやうや》しく、折り目正しく唱えられるとはなんと優良な日本人だと感心してもらえるかも知れない。

だが思惑は見事に外れた。ナムは深春のカタカナヴェトナム語を理解し、そして脳の血管がぶち切れるかと思うほど怒り狂った。偉大なるホー・チ・ミン主席のおことばを、ふやけた資本主義者の分際で笑いものにした、けしからん！　とまあ、そういうことだったらしい。

ナムは拳を握って深春に詰め寄りさえした。彼女の手の届く場所に、凶器になりそうなものがなかったのは幸運だったかも知れない。河村がちょうどそのとき「気分が悪い」と座り込んでくれなければ、どうなったかわかったものではなかった。

「いやー、でもこれやると笑いが取れるって、機内で読んだ本に書いてあったからさあ」

ホテルに戻ってからこぼした深春に、

「馬鹿」

京介はまったく容赦ない。

「その本は僕も読んだが、あれはサイゴンでやればという話だったろう。向こうの人間にとってみれば『サイゴン解放』は『北による征服』で、だからこそホー・チ・ミンのスローガンも皮肉や洒落になるんだ。彼女の思想的立場は想像がついたろう。教条主義的なコミュニストに向かってそれをやって、好意が得られると思う方がどうかしている」

「ううう」

「現代のヴェトナムという国が一枚岩どころか、あらゆるところに亀裂と格差がある矛盾の塊だということは、昨日のロンの話からもわかっていたはずだぞ。君の頭はかぼちゃか？」

食卓にはヴェトナム・ビールも、ダラット産のワインも、輸入品らしいフランス・ブランデーも充分すぎるほど並んでいたから、いつの間にか酔って判断能力が鈍麻していた、のかも知れないが、深春はひたすら頭を下げた。

「悪かった。俺が馬鹿だった」

「一体僕たちはここになにをしに来たのか、忘れてなければいいんだけどね」

「おまえのいう通りだ。一言もない。この通りッ」

「僕に頭を下げられてもどうしようもない。本気で済まないと思うなら、今度彼女と顔を合わせたときはおとなしく殴られてやるんだな」

そこまでいわれては、さすがにわかったとも答えられない。

「素手ならいいけどなあ、ああいうおばさんが浮気した亭主を家の外まで追いかけて、ビール瓶で頭をぶち割って引きずって帰るヴェトナム女房、だったりするんじゃないのか？」

「いいじゃないか、それもコミュニケーション」

京介はいとも無責任なせりふを吐いて笑う。

「ヴェトナム女性は情熱的だそうだから、頭から血を流しても逃げずに鉄拳に甘んじていれば、彼女も君の好意を嘉納してくれるかも知れない」

「なんだよ、それは。俺はマゾじゃないぞ」

「彼女はまだ独身だそうだ」

「止めてくれー」

思い出した。

寝る前のそんなしょうもない会話のせいで、ひどく嫌な夢を見たのだ。バイクに乗り、アオザイの裾をなびかせて追いかけてくるナムおばさんから必死に逃げる夢。

いつの間にかおばさんは頭から花嫁のベールをかぶり、あのぎゃんぎゃんいうヴェトナム語で、「結婚してあげるわよー」と叫んでいることがなぜかかってしまう……

## 2

朝食はブフェで、十時まで一階のレストランで食べられる。日本人のビジネスマンや女の子のグループが、ぞろぞろ連れ立ってドアの中に入っていく。だが深春はどうせひとりで食べるなら、街に出ることに決めた。

こんな高級ホテルはどうにも落ち着かない。観光をするつもりはないが旧市街までぶらぶら歩いて、そばでも喰うとしよう。ガイドブックは持ってこなかったが、部屋のデスクに大ざっぱなハノイ中心部の地図があった。四年前の記憶とこれを合わせれば、だいたいの見当はつく。

紅河《ソンホン》デルタの埋め立て地に発展したハノイは東から北は河と西湖で限られ、西と南に新興住宅地が広がりつつあるが、観光客が歩き回るのは形も大きさも不忍池を思い出させるファンキエム湖の周辺とその西の、ざっと五キロ四方程度の広さの中だ。

湖の南に平行する直線道路の走る元フランス人居留地、北に迷路のように路地の発達した旧市街、西にハノイ大聖堂と観光客相手の土産物屋の並ぶストリート、その西北、西湖との間の地域は阮朝以前の王宮や城塞があった地区で、現在はホー・チ・ミンの亡骸《なきがら》を祀った廟や博物館を中心に、官庁や各国の大使館が建ち並んでいる、らしい。

だが、それほど遠くまで行く気はなかった。一時までにここへ戻るとしたら、旧市街を軽く一回りしてなにか食べるのがせいぜいだろう。特に目的を定めずにゆっくりと通りを歩き、普通の街並みや行き交う人の姿を眺め、気が向けば立ち止まって飲み食いするのが深春の旅の仕方だ。

（よしっ、ほんじゃ行くか――）

今朝は空は薄水色で、まだ空気は冷たいものの陽射しはけっこう強い。昼間になればそれなりに暑くなりそうだった。ファンキエム湖の周辺は遊歩道のある、清潔な公園に整備されている。さすがに南国のことで植えられた樹木はどれも堂々たる高さを誇り、その下にはベンチが置かれているが座る人影はまばらだ。

ぶらぶらと水辺に沿って北へ歩き出すと、絵はがきの束や小さな菅笠《すげがさ》のマスコットを持った土産売りの子供がすぐついてきたが、とにかく声をかけ続け人を根負けさせて、なにがなんでも売りつけようというインドの物売りと較べれば、ヴェトナムの土産物売りはあっけないほど淡泊だった。首を振って断ればたいていそのまま去っていってしまう。確か四年前のホーチミンシティでは、もっとしつこくつきまとわれた気がするのだが、それは北と南の気質の差か、四年間の変化か。

（あ、それとも俺はどう見ても、なにも買いそうにない貧乏人に見えるとか？……）

欲しいのは土産物よりなにか食べられるものの屋台だったが、遊歩道のあたりにはあいにくそういうものは見あたらない。出店は規制されているのかも知れない。地図を見るとそろそろ湖の岸を離れて、北へ入るのが良さそうだ。

しかしいざ足を踏み出そうとして、ためらった。湖は南北に縦長の楕円形をして、遊歩道のさらに外周を幅の広い自動車道路が取り巻いている。深春が道を渡ったホテルに近い南東側と較べて、それとも時間が経ったせいか、道を埋めるバイクの数が格段に増えていて、おまけに速度がかなり速い。道路の幅はおよそ二十メートル。見回しても信号などはなく、どこから渡ればいいのかと困惑してしまう。大げさにいうなら、流れの速い川の中を浅瀬のしるしも見えないまま踏み込んで渡らなければならない、そんな感じだ。

しかも流れているのはただの水ではなく、まともに当たれば死ぬか大怪我をするのは必至の金属の塊だ。だが見ているとヴェトナム人はそんな中を、平気でふわふわと歩き出し、突っ込んでくるバイクの中を何事もなくすり抜けて、いつの間にか渡りきってしまう。慣れればなんということはないのだろうが、自分にその真似が出来るだろうか。

(道端でシートかぶせられて、線香を手向《たむ》けられるのは嫌だよなあ……)

いくらかでもバイクの数が減るのを見極めてからと思っても、ロータリーのように広くなった道路は直進車に右折左折が入り乱れ、ほんの一瞬も途切れるどころか減る様子もない。こちらへ突っ込んでくるバイクを睨み付けて止めようとしても、誰も止まらないのだからなんの意味もなく、けたたましい警笛を鳴らされて思わず身体がすくみ上がる。車に怯えて道路を突っ切ろうとする猫のように、反射的に駆け出してしまいたくなる。

子供時代からの交通安全教育、交差点では必ず横断歩道を渡り、右手を挙げて左右を確認。そんな刷り込みがこの街ではかえって仇になりかねない。横断歩道のゼブラ・ペイントはところどころになくはないのだが、誰もそんなものは気に止めていないようなのだから。

それでもどうにか渡り切って、対岸の街路にたどりつく。はあ、とため息が洩れる。気を取り直して眺めれば、並んでいるのはすべて商店、それもいくらか古めかしい上野のアメ横のような小店がびっしりと続いていて、同業種がある程度固まっている仕組みらしい。

目の前には埃《ほこり》っぽいガラスケースに腕時計を並べた店が数軒続く。それと交わる縦の通りは靴屋街らしく、ピンクや黄色のサンダルが棚から溢れるほどに陳列され、舗道までが半ば商品で埋まっていた。共産圏といっても昔のソ連などとは違い、とにかく物資は豊富な国だ。

（さて。見物は後にして腹ごしらえだ——）

そう思ってあたりを見回した深春の目に、見覚えのある顔が飛び込んできた。バイクの流れの対岸、ファンキエム湖の遊歩道を深春が歩いてきたのとは反対側から足早に近づいてくるのは、間違いない、河村千夏だ。今朝はミニスカートをスリムのジーンズに替え、足はスニーカー。大股の足取りは淀みなく、怪我をしたようには見えない。

そこでファンキエム湖を周回する自動車道路は大きく道幅を広げ、広場のようになっていた。広場といっても人が足を止めるような場所ではなく、もっぱらバイクが縦横無尽に駆けめぐるロータリーだ。見ている間にも接触事故が起こらないのが不思議なほどの。河村は深春に見られているとはまったく気づかないらしく、なんのためらいもない足取りで怒《ど》濤《とう》のようなバイクの流れに足を踏み出した。胸を張って前を向いたまま、ゆっくりと、だが平然とその中を横切って、なにごともなく歩道に上がる。

そうして歩き出したのを、深春は対岸の歩道から目を離さずについて行くことにした。なぜなら彼女の様子はどう見ても、「ヴェトナムは初めて」とは思われなかったからだ。どんな理由があってそんな嘘をつくのか、さっぱりわからない。やはりあの子は女詐欺師っていうわけか。

それともレ家のお館になにかとんでもない秘宝が隠されていて、それを盗みに来た女怪盗とか？　それじゃまるでアルセーヌ・ルパン。いやむしろルパン三世だ。洋館だって新築だし、戦争で耕し尽くされた国で、そんなもんが残ってるわけがないだろう。リアリティのかけらもない。

対岸の歩道の、あまり長くない一並びの店の前を端まで歩いた河村は、さりげなく回れ右をして踵を返す。気がつかれたかとどきっとしたが、そうではないらしい。腕時計に目を落としたところを見ると、なにか約束があってそれまで時間を潰しているというふうだ。

「おっと——」

歩道に空いた穴に爪先《つまさき》をひっかけて、危うく転びかけて踏みとどまる。その間だけ河村から目が離れた。ものの十秒足らず。だが、もう一度顔を上げてそちらを見ると、彼女の姿は消えている。どこか店に入ったのか？　しかしそこに並んでいるのは他と変わり映えのしない土産物屋や、閉ざされたシャッターで、土産物屋の中に彼女がいないのはこちらからでも一目でわかった。

だが、角を曲がって姿を消したというのもありえない。目を離す寸前に彼女がいた位置から、曲がるべき角まではまだ数十メートルある。いきなり駆け出したとしても、後ろ姿は目に入るだろう。そこら中のバイクがやかましく警笛を鳴らすのもかまわず、深春は目の前の車道を強引に渡って対岸の歩道に上がる。どうやら走ってくる相手を見ないように、そして悠然と急がずに歩くのがコツのようだ。日本でやったら事故死は確実だが。

河村が消えたとしか思えないあたりを、もう一度自分で歩いてみる。土産物屋だけではなく、そこいらの道端に天秤棒を下ろして果物やなにかを売っているおばさんや、道を歩く人間、バイクの列までを睨んで、もしやその中に河村が紛れ込んでいないかと。

といってもイスラム教の街でもないのに、女性たちで顔が見えるのはせいぜい半数だ。まき散らされる排気ガスのせいだろう、バイクに乗る女性は頭に鍔《つば》のある布のキャップを被り、三角のスカーフやマスク——それも日本人が風邪のときにする白いガーゼのものではなく、色や柄のついた厚地の立体的なもの——で顔の半分を覆い隠している人が多い。

四年前までは圧倒的だった三角の菅笠は、まだ目にはするものの白いキャップに取って代わられつつあるようだ。そしてバイクに乗る人以外の、天秤棒に菅笠の行商スタイルの女性も、多くはマスクやスカーフで顔の下半分を覆っている。

いきなり見ればかなり怪しげなスタイルで、変装にはもってこいだとは思うが、まさか本物のルパンや怪人二十面相ではあるまいし、さっきまで普通に歩いていた河村が、数秒で変装を完了させるのは無理だろう。

行ったり来たり、かなり長い時間そのへんをうろうろしていたと思う。一度離れて、道端に蒸籠《せいろ》を置いて肉饅を蒸している屋台を見つけて、それを買って喰いながらまた戻ってきた。肉の餡《あん》にうずらのゆで卵を入れた饅頭は日本円で二十円ばかり。そのおかげでいくらか血糖値が上がって、頭が働くようになってきたのかも知れない。ひとつ思い出したことがある。

天秤棒ではなく、大きな盆笊の上に細々《こまごま》とした雑貨を盛り上げて売り歩く行商人の女性を何人も見かける。さっきそんなひとりが、河村の消えたあたりの土産物屋の中に入っていった。土産物屋というよりは、もっと奥へ。

ハノイの旧市街の古い商家は、京都の町屋と良く似ていて、間口が狭くて奥行きが恐ろしく深い。昔は平屋かせいぜい二階建ての町屋を、ひとつの家族が店舗兼用住居として使っていた。途中に明かり取りの吹き抜けや調理のための中庭があり、一番奥の便所はしばしば別棟だ。道路に沿って櫛の歯を並べたように細い住居が建ち、道と家に囲まれたひとつの島の中央部が空き地となって残ったところに、便所が置かれたわけだ。臭気が住まいに流れ込むのを防ぐように。

ヴェトナム語でホーコー、古い街と呼ばれる旧市街は、ドイモイによる私営企業の解禁で商店街化が進行し人口が膨れ上がっている。建て替えも行われているが古い町屋も分割されて集合住宅と化し、そうなれば当然奥の部屋を使う世帯には通路が必要になる。京町屋の通り庭そっくりに、奥行きを貫通する廊下というよりは路地が出来てきたと本で読んだ覚えがあった。

あの土産物屋の間口の右脇、商品を載せた台の横が少し空いている。その奥が通路で、案外向こう側に抜けているのかも知れない。行商女性が入れたということは、河村が通っていったとしてもなんの不思議もないじゃないか。そんな抜け道を知っているということは、彼女がヴェトナムは初めてというのは嘘で決定だが。

『My Hanh Handcraft shop』と看板を掲げた店の親父は、深春が中に踏み込んでもこちらを見ようともしなかった。その店の奥にはさらに薄暗い骨董《こっとう》屋《や》があり、バイクを止めてある空間があり、そしてその向こうに明るいタイル敷きの中庭が出現した。

周囲を高い壁に囲まれた別天地。壁際には盆栽や笹の植え込みがある。通り抜けになっているわけではなく、奥は調理場で手前に簡易トイレの個室が三つ。看板もなにもないが、レストランかなにかのようにに見えなくもない。そして鉄製の上り階段。河村はここを上ったのだろうか。

出てきた女の子がニコリともせずに、硬い表紙をつけた本のようなものをつきつける。かまわずにそのまま上がろうとしたら、いやにきつい声が飛んできた。

「You must order here.」

カフェらしいのだ。本はメニューだった。それも開くとちゃんと英語だ。古い町屋の内部を改装して店にしたということらしいが、こんなにわかりにくい入り口で商売になるのだろうか。メニューの数はかなりありそうだったが、いろいろ迷っている場合でもないのでホットのヴェトナム・コーヒーを頼んで階段を上がる。

二階では中庭の上を鉄の渡り廊下で渡ると、緑瓦の屋根を載せた四阿《あずまや》のような客席がある。だがそこに客の姿はなく、階段はさらに上に続いている。三階はヴェランダ状で、置かれた植木鉢で狭いほどだ。細かな浮き彫りを施し黒と金を塗った扉が閉ざされていたが、その中は客席ではないらしい。

そこからさらに小さな螺旋《らせん》階段と直線階段を上り詰めて、テーブルの並ぶ明るい一室に行き着いた。緑と白の縦縞の日除けを突き出したテラスは、どうやら入ってきたのとは逆の、ファンキエム湖を見下ろす側に開いていて、そこに座っていた河村千夏がストローをくわえたまま振り向いた。驚いた様子もないということは、深春が後を追ってくるのに気づいたのか。それともいままで階段の上あたりから下を覗いていたのか。

「——あら、栗山さん。思わぬところでお目にかかりますね」

今朝の彼女の笑みは、無邪気というよりふてぶてしい。

「おひとりでお散歩? ソフィテルの泊まり心地はどんなですか?」

しらじらしい問いには答えず、深春は勝手に椅子の背を引いた。

「座らせてもらっていいか?」

「どうぞお」

「あんた、珍しい店を知っているんだな」

「あら。でもここ、日本で出てるガイドブックにもちゃんと載ってますよ」

「載っていたとしても、そう簡単に入り口がわかるとは思えないけどな」

「あらあ、そんなことないですよお」

彼女は肩をすくめて首を傾げてみせたが、そんなぶりっ子した仕草があんまり似合っていない。言い回しが変に気取っていすぎるし、語尾を甘ったるく引っ張るしゃべり方も、昨日とは違いすぎていて不自然だ。あら、あら、と繰り返してしまうのも、たぶん自分では意識していないのだろう。

「少なくとも俺は迷った」

「そうなんですかあ?」

笑おうとする顔にさらに問いをぶつける。

「ヴェトナム、初めてじゃないんだろ?」

「…………」

「車道を渡るときの様子なんか、どうして慣れたもんだった。初めてじゃああはいかないだろう」

河村はぷいっと顔を背けた。そのままこちらは見ないで、

「そんなときから見ていたんですか？」

「偶然な。別にあんたの後を追いかけ回していたわけじゃない。――だが、恋人と喧嘩してひとりで来たというのも本当じゃないだろ？　あんたはたぶんわざとロンにぶつかったんだ」

「そんなの。どうしてあたしは、そんなことしなくちゃならないんですかッ」

肩越しに顔がキッと振り向いた。ぶりっ子の演技は消えて、いらだたしげな口調で聞き返すのに、

「それにあんた、ヴェトナム語もわかるんだろう。完全にじゃあないとしても」

「そんなこと、どうしてわかるんですか」

「わかるさ。あんたの様子を見てれば」

「うそ」

否定しながらも、彼女は体ごと向き直った。顔が緊張に強張っている。かぶった仮面は完全だったと、自分では思っていたのかも知れない。

「昨日、ナムおばさんが食堂に怒鳴り込んできたときのことだ。あのおばさんがなにかまくし立てているとき、あんた声を上げたじゃないか。そんなのひどいわっ、とかなんとか。その直前のことばは、誰も通訳していなかった。あんたはおばさんのことばを、そのまま理解したとしか思えないタイミングで声を上げたよ。

ああ、他にもあったな。俺が姉妹のご機嫌を取ろうとして、ヴェトナム語でアイ・ラブ・ユーをいってやったとき、あんたは露骨に白けた顔で横を向いていたっけ。そりゃまあ女性の立場からしたら、セクハラだといわれるかもしれない親父ジョークだったさ。センスが悪いといわれたら一言もない。でも、それはつまりあんたがヴェトナム語の意味を分かったってことだろ？」

「それは——」

「得意になりこそすれ、隠すようなことじゃない。理由があるなら聞かせてくれないか？」

河村は黙ってしまった。両手を膝の上で握りしめて、むうっと口をつぐんでいる。深春は運ばれてきたコーヒーを、底に沈んだコンデンスミルクの甘さに閉口しながら少しずつすすっていた。別に我慢比べをしていたわけでもないが、沈黙に先に耐えられなくなったのはやはり河村の方で、ふうっとため息を吐き出すと、

「じゃあ、もしかしてもうみんなわかってるんですか？」

「いや、全然だよ。だが昨日のあんたの反応からしても、彰子さんの一件と無関係のはずはないよな。彼女からなにか頼まれたってわけか？」

「正確にいうと違います。あたしはお姉ちゃんたちから依頼を受けて、っていうか、自分から進んで引き受けたんです。直ちゃんを取り戻すことを！」

「つまり、あんたの姉さんと彰子さんが友達だったのか」

「短大のクラスメートです」

そういえば七月の京都で、例の北白川の家に女友達が来てホームパーティになった、なんてのはロンから聞いていたっけな。

「そうです。そのときにお姉ちゃんたち、彰子さんからちょっとだけ事情を聞いて、すごく心配していたんです」

「そうか。あのときから——」

話すつもりでいた深春たちには、結局なにもいえなかった。ロンがいたからという以上に、彼女自身語るべきことばに迷っていたのではないか。具体的な相談以前の愚痴に近い打ち明け話なら、同窓の女同士の方が心安く口に出せたに決まっている。

「ええ。それで十二月になって彰子さんから手紙が来て、電話も来て、いよいよ心配になってあたしに電話をくれて」

「つまり、あんたは東京にいて?」

「いえ」

河村はちょっと肩をすくめてみせた。

「サイゴンからです。この半年日本の大学は休学にして、あちらの語学学校に通っています」

「ヴェトナム語の勉強か」

「日本でもやっていたんですけど、語学は使うのが一番上達する道だから」

だけどヴェトナム語じゃあ、後で日本に帰って就職の役に立つってことは、あんまりないだろうな。なんでヴェトナム? と尋ねると、河村は物わかりの悪い大人に辛抱強く教え聞かせる、といった調子になって、

「栗山さんもうちの親と同じようなことをいうんですね。でもあたし、別に就職対策に語学やっているわけじゃないですよ。ただ、きっかけは親にも話してないけど、彰子さんです」

「まさか、彼女の結婚に憧れたとか?」

「ええ。だってすごくロマンティックじゃないですか。彰子さんの家はお公家さんの血筋で、お父様は頭が固くて、ヴェトナム人と結婚するなんて絶対に駄目だって許してくれなかったのを、おしとやかなお姫様みたいな彰子さんが駆け落ちして結ばれたんでしょう? そういうのってお話の中だけじゃなくて本当にあるんだなあって、高校のときに聞いた印象がやっぱり一番強かったんです」

さっきまでのふてくされた顔はどこかに消えて、いまの河村は目をきらきらさせて、まさしく夢見る乙女の顔だ。

「ヴェトナムに卒業旅行ってことで来て、逃げたりしないようにそりゃあ厳重に見張られていたのに、奇跡みたいに姿を消しちゃったんですって。不思議ですよねえ」

どうやら彼女は目の前にいる深春と、そして京介が、その『奇跡』に一役買ったことまでは知らないらしい。

「あんたの姉さんは、そのときヴェトナムには行かなかったんだな？」

「親に止められたんですよ。それと、彰子さんはすてきだけど、彼女のお父様のお眼鏡に叶《かな》ったお取り巻きの雰囲気はどうも好きじゃないって。気が合う人とかじゃなくて、血筋がいい人や親の地位が高い人ばかり選んでたらしいんです。うちはただの庶民ですもの。だから七月に京都で会ったのは、そのときのメンツとは全然違う、でも本当に彰子さんのことを考えているグループなんです。うちのお姉ちゃんも含めて」

「しかしあんたが彰子さんのロマンスに憧れたのなら、彼女の結婚が破綻しそうないまの事態には失望しただろう？」

「ええ――それは、そうです」

手元に目を落として口ごもった河村は、

「でもこの世の中には、仕方ないことってありますよ。違います？」

「まあな」

「誰だって離婚するかも、なんてことまで考えて結婚はしないでしょ。お互いの愛情が無くなったのに無理に結婚生活を続けるとしたら、その方が不純だし不自然だと思います」

「まあ、それはいいけど――」

直君を取り戻すっていうのは、いったいどうするつもりなんだと聞こうとした。だが彼女はキッと目をきつくすると、

「あたし、これ以上なにを聞かれてもしゃべりませんからね！」

「ちょっと待てよ」

「栗山さんと桜井さんはロンに頼まれて、彰子さんを日本に連れ帰るために来たんでしょう？　直ちゃんは残して。ひどいわ。たった四歳の子供を母親と引き離すなんて、そんなことしていいわけがありません！」

「待てってば。こっちの話を――」

深春がしゃべろうとしても、河村は無視してまくし立てる。

「栗山さんがロンに告げ口しても、あたしはなんにも知らないっていいます。泣き真似でもなんでもしてやるわ。ロンがあたしより栗山さんを信じるかどうか、試してみればいい」

河村はテーブルの上のバッグを摑むと、ぱっと立ち上がった。

「チャムもトゥハーもいい子よ。ふたりの両親も悪い人じゃない。だけどおじいさんが直ちゃんは渡さないって言い張れば、あの人たちにはどうしようもない。だから手遅れにならないうちに、あたしがどうにかするの。邪魔はさせないわ！」

「実力行使は賛成出来ない」

反対すればなおのこと彼女が熱くなるだろうとはわかっても、深春としてはそう答えるしかなかった。心情的には無論河村に賛成でも、無茶をすれば傷つくのは子供だ。


「あなたたちはやっぱり、向こうのおじいさんの味方なの？」

「リスクが大きすぎるっていうんだよ」

「リスク？」

「力尽くでなんてことになったら、ただの誘拐も同じじゃないか。そんな真似をしてもしも、子供が怪我でもしたらどうする」

「あたしだってそれくらい考えてる。そうならないようにするわ」

「河村！」

「邪魔はしないでッ」

3

「それで？」

深春に先をうながした京介の口調と目つきは、昨日の夜と同じくらい冷ややかだった。

「君は彼女をみすみす行かせたわけか？」

「みすみすって、ぎりちょんで走っていかれちまったんだからしょうがないだろッ。三階のテラスから首伸ばして大声出しても、河村は振り返らないし、店の女の子は何事かって顔で見るし」

「なるほど。その状況じゃ、彼女に振られて置き去りにされた間抜け男、としか見えないね」

「もう少し言い様があるだろうが」

「どう言い繕《いつくろ》ったところで、起きたことが変わるわけじゃない」

情け容赦もなく決めつけた京介は、

「他になにか気づいたことは？」

「いや、別に――」

「河村千夏はなんでそのカフェにいたんだと思う」

「えっ？　それは、俺が近くにいるって気がついたからじゃないのか？……」

だが京介はそれには答えず、

「三階の黒と金の扉、中は仏間だったんじゃないか？」

話が逸れてちょっとほっとする。

「よくわかるな。帰りがけに見たら少し扉が透いてて、お香の煙が洩れてたよ。テーブルの上に位牌みたいなのと、供物《くもつ》や花がのっかってて。大邸宅でもないカフェの一室が仏間になってるっていうのも、なんだか不思議な感じだよな」

「たぶん上階の喫茶室は建て増しだろう。仏壇の上を人が歩くことは、昔は好まれなかったはずだ」

「へえ――」

その日の午後。

ソフィテル・メトロポール・ホテルをチェックアウトした栗山深春と桜井京介は、再びレ家の西洋館に来ている。

昨日はこちらについたばかりで現在地もはっきりしないままだったが、ホテルの部屋にあった地図と照らし合わせてみると、ここはファンキエム湖の西側、十九世紀に建てられたゴシック様式のハノイ大聖堂からもほど近い一角のはずだった。

深春がホテルに戻ったときには午《ひる》を回っていて、腹に収めた肉饅はとっくに消化され尽くしていたが昼食を取っている暇はなかった。迎えに来るはずだったロンは担当の患者の容態が悪化したとかで、すでに帰ってきていた京介に急き立てられて部屋を片づけ、荷物を肩に徒歩でレ家を訪ねた。

ところが家にはロンもいないし、娘ふたりも夫人のファン・ティ・ムゥイも、無論主のレ・グォック・マインも不在。その上門の警備をしている警察官だかガードマンだかには、英語はただの一言も通じないというわけで、中に入れてもらえるまでが一騒動だった。

ふたりとも見かけはただの、それもあまり金のなさそうな旅行者で、おまけにタクシーすら使っていなかったのでなおのこと怪しまれたらしい。ここで昨夜のナムおばさんが登場したら回れ右して帰ろう、とさえ深春は思ったが、幸いそうはならずにドアを開けてもらえた。

通されたのは昨日の装飾けばけばしい応接間ではなく、二階のそれよりはずっと狭い、だが簡素さが目に快い居間のような部屋で、置かれた家具は布張りのソファと安楽椅子にローテーブルのセットだけだ。ソファには少数民族モン族の渦巻き紋様を散らした布がかかり、漆喰の白壁にもうけられた壁龕《へきがん》の中には青磁の香炉が置かれている。香炉の下に敷いた布は色褪せの具合がかえって美しい朱と金の錦で、鳳凰のような鳥の織り模様が見えた。

「なあ、この部屋のインテリアって、彰子姫の趣味じゃないか？」

「僕もそう思う。そこの香炉は古いものではなさそうだが、下の錦は懐剣の袋の布と似ている」

「ということは、あの夫妻の使っていた部屋がこの隣あたりにあるんじゃないのか？」

「たぶんね」

相変わらず京介の口調は淡々として、心の在処《ありか》を悟らせなかったが、それはいつものことだ。

「人のことばかり聞いてないで、おまえの方の話も聞かせろよ。午前中、姫君の亭主と一緒にいたんだろう？」

「ああ。でも、顔なら深春だって見たろう」

「顔も見たし声も聞いたさ。それでもさっぱり本音が見えなかったから、聞いているんじゃないか」

「真面目な人物ではあるよ。真面目すぎる、というべきかも知れない」

「それくらいは、わかってってけどさ——」

「妻の話になると口をつぐんでしまうのでね、もっぱらヴェトナムの歴史について彼に講義してもらいながら、歴史博物館の中を見学していた」

「なにしに行ったんだよ、おまえは」

本気で呆れかけた深春に、京介は急に声を落として、

「例の絵の現物は見た。引き伸ばした写真をもらう約束をした。ただ、絵の話はこの家の中ではしない約束だ」

「祖母《ばあ》さんの遺言か？」

「正しくは大伯母さんのだ。そして僕も、確かにその方がいいと同意した」

深春は思わず目を剝いて京介を見つめる。

「その絵になにか、とんでもない秘密が隠されている、なんていうんじゃないだろうな」

「ある意味ではその通りだ」

京介はあっさりと断定してみせる。

「九十年経っても現役の秘密だって？」

そんなのがあるかよ、と深春は眉を寄せたが、

「変転の激しいこの国でも、すべてがゼロになるわけじゃない。精神的な価値観は変わっても、目に見えるものについてはね」

「アメリカの北爆だってあったし」

「街は歩いたんだろう？　どこを見てもフランス統治時代の洋館だらけだったろうに」

「それはそうだけど、あれ、ハノイ市内には爆撃はなかったのか？」

「まったくなかったわけじゃない。紅河にかかるロンビエン橋は繰り返し爆撃されたし、郊外の軍事施設に落とすはずの爆弾が病院を吹き飛ばして、多数の民間人犠牲者を出したこともある。だが少なくともアメリカは、太平洋戦争末期の日本に対してよりは遥かに手心を加えていた」

いわれてみれば東京の下町は大空襲の焼夷弾攻撃で、江戸も明治もろくに残っていないんだよな。手加減無しならこの街の旧市街の古い町屋も残っているはずはない、か。

「じゃあ、この家の敷地の中に阮朝皇帝の隠し財産が埋まっていて、例の絵にその場所が暗号で書き込まれている、とでもいうのか？」

京介は、驚いたというように両の眉を上げて、

「それはまた素晴らしい想像力だ」

「いまのは皮肉だな？」

「当然」

「この野郎！」

胸倉を掴んで揺さぶってやろうとしたまさにそのとき、さっと廊下側のドアが開いた。両手で盆を支えて立っていたのは、意外にも河村千夏だった。彼女は憮然とした顔で中に入ってくると、前を向いたまま右足で器用にドアを蹴り閉めて、

「いまあたしが来たら、ここの廊下をさっさと向こうへ歩いていった人がいたわ。誰だと思う？」

「ミズ・グェン・ティ・ナムでは？」

京介の口調は例によって平然としたものだ。河村はぐっと眉を寄せて彼を見下ろすと、

「そうよ。腰を屈めて鍵穴から中を覗いていたみたい。さもなかったらあなたたちの会話を立ち聞きしてたのかも知れない。気がつかなかったの？」

「だって、聞こえたとしても日本語じゃわからないだろう？」

「あたしにいわれても困るわ。信じるのも信じないのも勝手だけど、とにかくそういうふうに見えたのよ」

喧嘩腰の口調でいいながら、紅茶カップに小さく切ったサンドイッチやプティ・フールの皿を載せた盆を勢い良くテーブルに下ろす。透明な赤褐色の液体が一斉に波打った。レエスめいた飾りのある受け皿の上のカップは三客あったが、彼女はソファには腰を下ろさず、

「あたしのこと、ロンに告げ口するつもり？」

「いいえ」

と京介が勝手に答える。

「ただ河村さん、この家の中ではある程度話すことに気をつけた方がいい」

「わかっているわよ、それくらい。あたしだって馬鹿じゃないわ。ヴェトナム語は全然わからないっていえば、ずいぶんいろんなことが聞けるのよ」

「周りに日本語が出来る人間がいないと思っても、ですよ。無論独り言のつもりでも」

「え――」

「やる気になれば」

京介は人差し指の先を紅茶カップに浸すと、テーブルの上にすばやく書く。『ｔａｐ』。そしてすぐに左手で拭ってしまう。だが深春が河村の顔に目を走らせると、彼女もその三文字の英単語の意味を的確に理解していることがわかった。タップ・ダンスのように、本来『軽く叩く』といった語義を持つ動詞に、おそらくは後から加わったのだろう意味。それは『盗聴する』だ。

現在のヴェトナムにいると、街頭に溢れる豊富な物資や盛んな経済活動の活気に眩惑されて、ここが紛れもない共産主義政党一党独裁を国是とする国家であることを、つい失念してしまう。だが市場開放政策が定着しつつあるいまも、公安と呼ばれる警察組織の権力が消滅したわけではない。

「その話はいま、ここでは止めておいた方が良さそうね」

河村が硬い声でいった。

「じゃあ、散歩にでも出るか？」

レ家の人間は当面戻ってきそうもないし、だからといって三人で当たり障りのない社交辞令のやりとりばかりしていてもどうにもならない。だが京介はあまり広くない居間の中を見回して、廊下に通じるのとは別の、左手のドアを指さした。

「あちらはもしかして、彰子さんとタンの住まいなのではありませんか？」

「ええ、たぶんそう。でもあたしも中は、見せてもらっていないの。あたし、なんとなくタンには避けられているみたい」

京介はドアノブを摑んで回してみたが、回らない。向こうから鍵がかかっているようだ。

「今晩タンが戻ってきたら頼みましょうよ」

「ここに彰子さんの行方に関する、手がかりが残されていると思われるからですか？」

京介に聞かれて、河村はまばたきした。

「それは——当然そうでしょう？　タンが見逃している可能性だってあるし」

京介は答えない。無言で河村を見下ろしている。居心地悪げに身じろぎしながら、視線を逸らしたのは彼女の方だ。不意に深春は、ついさっき京介が自分に向かって投げた問いのことばを思い出す。『河村千夏はなんでそのカフェにいたんだと思う』。ふたつを足せば、彼がなにを考えているかは明確だ。

「京介、つまりおまえは——」

それに答えたのは、人差し指で自分の唇を押さえる仕草。そうか、盗聴。だが実体の見えない脅威というやつは、どうも捉えにくくて妄想のようにさえ思われてしまう。もちろんそんな呑気なことをいえるのは、自分が呑気な暮らししかしていない証拠なのだろうが——

「わっ！」

深春は思わず大声を上げている。いつの間にか背中にしていた、彰子夫妻の部屋に通じる鍵のかかっていたドアがいきなり向こうから押し開けられて、思い切り尻を打たれたのだ。

危うくつんのめりかけた体を、辛うじてソファの背中に摑まって支え、何事が起きたのかと振り向いてみれば、ドアから転げ込んできた子供を河村が抱きかかえるようにしてなにか話している。その子は彰子とタンの息子、直だ。

息せき切ったように、だが小声で訴えることばは当然のようにヴェトナム語で、早すぎて河村にも全部は聞き取れないらしい。だがそのとき、隣の部屋から音がした。ガチャガチャ、という鍵を回しているらしい音、そしてドアが乱暴に開き誰かが入ってきた音。歩き回っている足音。直は怯えたように口をつぐんだ。小さな両手が河村の腕を摑む。体を必死に彼女の腕の中に押しつけている。

「おい。この子なにをいっていたんだ？」

「話は後だ」

動いたのは京介だった。ソファにかかっているモン族の掛け布をまくり上げると、すばやく抱き上げた子供の体をそこに寝かせる。

唇を押さえてみせると、子供は大きく目を見開いたまま、それでもコクリとうなずいた。さっと上から布をかぶせ、頭の上と足元にふくらんだクッションを置き、その手前に浅く、しかしいかにもゆったりとくつろいでいるという風に腰かけた京介は、膝の上に受け皿ごと紅茶カップを取り上げる。

河村も、さっさと京介の隣に腰を下ろしてカップを取り上げていて、

「桜井さん、お砂糖は？」

「いえ、結構です」

「あらっ、紅茶冷めてしまいましたね」

そういう声がさすがに少し震えていたが、まさにその途端、廊下のドアが音立てて押し開かれた。何度も同じことがあれば、いちいち驚きはしない。だが、愉快でないことにも変わりはない。ドアの敷居の上に突っ立って室内を睨《ね》めつけていたのは、例によって不機嫌な怒りの表情を顔一杯にみなぎらせたナムおばさんだ。

室内にいるのが日本人だけで、自分のことばをわからせられないと思ったのだろう、彼女は勢い良く舌打ちした。遠慮する様子はかけらもなく、ずかずかと入ってくると、憤懣とも呪詛《じゅそ》ともつかぬことばをひっきりなしに吐き出しながら室内を歩き回る。彼女が直を捜しているらしい、というのは聞くまでもなかった。一度は河村と京介の座る足元に手を突っ込んで、布をまくってソファの下まで覗き込むのだから肝が冷えた。

目的を達せられなかった彼女は、しかしドアの前で立ち止まると向き直った。来たときよりいっそう怒りに満ちた表情で、ことばが通じないなら身振りでこちらを怯えさせようとでもいうように、腰に左手を当て、右手で日本人ひとりひとりの顔を指さしてはドスの利いた声でなにかいっている。想像を交えて推し量れば、『いい気になるんじゃないよ。おまえたちがろくなことを企んでないのはわかっているんだ、この外国人が』とでもいったところか。

歌舞伎町《かぶきちょう》のちんぴらや渋谷センター街のヤンキーよりは、よほど迫力がある。それにしてもこの人は生まれて以来今日まで、嬉しくて笑ったり、心を動かされて涙ぐんだりということは、ただの一度もなかったのだろうか。それはそれで寂しい人生だ、彼女自身がどうとも思っていないとしても。

だが京介の面《つら》の皮は明らかにおばさんのそれより厚い。彼女の目を正面から捉えてにっこりと笑ってみせると、

「ご一緒にお茶はいかがですか。マダム？」

日本語でいいながら手のひらを上にした右手でテーブルを示す。幸いというか深春は自分のカップに手をつけていなかったし、京介の動作が意味するものはことばがわからなくとも取り違えようはなかったろう。おばさんは動揺したようにさっと頬を赤らめ、だがとっさに返すべきことばを思いつかなかったに違いない。捨てぜりふはなしに、ひどくあわてた足取りで立ち去った。とんだ北風と太陽だ。

「桜井さんって、いい度胸——」

まだ怯えが残る小声でつぶやいた河村は、気を取り直すようにきつく頭を振ると、

「でも、見たでしょう？　あの人、おじいさまの権威を笠に着て、この家で威張りまくって、それだけじゃなく直ちゃんのことまで、ああして怖がらせていじめているんですよ。それでも——」

彰子さんのところに行かせてあげるのはいけないことだっていうんですか、と続けるつもりだったのだろうが、どうにか踏みとどまって唇を噛んだ。そのまま掛け布の下から抱き起こした子供を、彼女は母親のようにそっと胸に抱く。

ドアから転げ込んできたときは興奮していたらしい直も、いまはじっとおとなしい。河村が頭を撫でるのに任せている。顔立ちに彰子姫の面影がある痩せて小柄な子で、五ヵ月前京都で出会ったときと較べても表情が暗く活気がないような気がして、深春は胸が痛んだ。

だがそれも当然だろう。両親が不和で、母親に家出されて、高齢の曾祖父はともかく血縁でもないおばさんに威張りまくられて。彰子姫も母親のくせに、無責任すぎるぜ、と深春は思う。

（まったく、大人が好き勝手して迷惑させられるのは、いつだってガキなんだからな——）

「彼はさっきなんといっていたのですか？」

京介の声がささやくように小さいのは、やはり盗聴を警戒しているからだろう。河村も同じようにほんの小声で、

「あの人が怖いって。すぐ怒るから嫌いって。本当よ。あたしが作ってるわけじゃないわよ」

「ええ」

「ひいおじいちゃまは好きだけど、あの人は彼の見ていないときに怒ってぶつし、ママやパパの悪口をいうのですって。彰子さんのことも陰でいじめていたらしいの。それで彼女も、我慢できなくなったんじゃないかしら」

「あのおばさんならあり得る」

深春のつぶやきに、河村は大きくうなずく。それからキッとした目でこちらを等分に一睨み。まあ、そんな話を聞いちまうと、実力行使あるのみといいたくなる河村の気持ちもわかるよなあ。

「おじいさん、この子がそんな目に遭っているのに気がついていないのよ」

「まあ、九十七歳じゃな。だけど河村さん、あんたあれからトゥハーやチャムとは話さなかったのか。彼女たちもなんにも気がついてないのか？」

「それが、よくわからないの。北の人ってやっぱりサイゴンの人より、なかなか本音はいわないところがあるみたい。でも、疑おうと思えば疑える気がする。薄々は知っているんだけど、それでもあの人には逆らえないから、大したこと無いって思おうとしているみたいな」

「だけど、なんだってそこまで？」

「さあ――」

直は黒目勝ちの目を開いて、じっとなにもいわないまま河村の胸に抱かれている。生まれてからほとんどこちらで暮らしているのだから、日本語はたぶんヴェトナム語ほどにはわからないだろう。だがその人形みたいに整った、利口そうな顔を見ていると、実はずいぶんいろんなことがわかっているのじゃないか。そんな気もしてくる。

深春は、河村にしがみついて離れない直の頭の上にぽんと軽く手を載せていってみた。

「なあ、トゥー。おじいちゃんと話さないといけないんだ。俺たちをおじいちゃんに会わせてくれ。すごく大事なことなんだよ。おまえの大好きな、お母さんやお父さんのためにも」

子供はぴくん、と弾かれたように顔を上げた。首をねじって大きな目で深春を見上げた。河村の腕を抜け出すと、小さな手で深春の腰のあたりを掴み、引っ張る。もう片方の手で、隣室に通じるドアを指さしながら。

思いの外強い力で引きずられて、開いたドアの中に足を踏み入れた深春の後を、河村と京介がついてくる。そこは三十畳ほどの広い洋間で、家具も少なければ妙な飾りものもないゆったりとした空間だった。一角には天蓋付きのダブルベッドがきちんとベッドメイクされて置かれ、別の一角には片づいたデスクと、木製の本棚が一台。床には少数民族の工芸品らしいラグ。ここも隣の居間と雰囲気の似た、洋間にオリエンタル風のアクセントが効いたインテリアだ。

直は深春を壁際に引っ張っていく。使われていない暖炉の上に、写真立てがいくつか置かれていた。一番大きく伸ばされているのは、並んだ三人の男性の写真。中央に堂々たる恰幅《かっぷく》の白髪の老人が、ぴんと背筋を伸ばして椅子にかけている。髭のない顔に笑みはない。頬は鑿《のみ》で削り落としたように削げ、唇をきつく引き結び、白い眉の下の眼はレンズを射抜くように凝視している。これが老ティンか。

その左右に立つふたりの若者タンとロン。撮影されたのはたぶんいまから十年くらい前、二十歳になったかならないかという年齢だろう。いまよりももっと良く似た、本当に双子のような兄弟は、その上眼鏡も髪型もほとんど同じで、白い半袖シャツの服装までもが制服のようなお揃いだ。

（まるで、鏡に映したように……）

しかしどちらがどちらか、見間違うことはない。そうして同じ身なりをしたことが、かえって彼らの相違を際立たせているともいえたろう。隣に座る祖父そっくりに胸を張ってカメラを見つめているロンと、視線を僅かに下に落とし気弱げな笑みを浮かべたタン。一歳上であるはずの彼の方が、むしろ弟のように見える。

だが直はその隣のカラー写真に手を伸ばし、取ってくれというように深春を見た。部屋のインテリアに較べてはいささか安っぽいプラスチックの額を、手に持たせてやると小声で、

「カム　オン」

有り難う、という。

「メー・アキラコだな」

「ハイ」

今度は日本語だ。額の中から四条彰子がふたりを見つめ返す。朱赤の振り袖の袖と裾には鳳凰のような鳥が翼を広げ、地模様に一面蝶が織り出された絢《けん》爛《らん》たる衣装に、しかし彼女の美貌は少しも負けていない。髪がいまよりまだ短いところから見て、ヴェトナムに来てそれほど時間が経たない時期に撮られたものだろうか。

恋人タンの愛を信じ、祖国と父親に背を向けて彼の腕へとためらいなく飛び込んでいった少女。それは儚い蝶よりも、強い翼を持つ一羽の鳥だ。口元には自然な、自信に満ちた笑みが浮かび、こちらに向いた目の輝きが強い。軍事博物館の二重螺旋の塔の上で、彼女はこんな表情で深春を見つめた。四年前のあの日——

「きれいだ」

「ハイ」

それから直は写真立てを抱いたまま、また小走りにぱたぱたと、今度はベッドの脇の衣装箪笥のところまでいく。ポケットから出した小さな鍵を鍵穴に挿して、回そうとするがうまくいかない。また目で訴えられて、手を貸してやる。

だが開いた中には女性の衣類がたっぷりと下がっていて、ふわっと香水の残り香が甘く漂い出てくる。女臭いというか、生々しいというか、すぐそばにいて眺めているのは照れくさい。目の遣り場に困ってしまう。直はその中に体を差し入れて、なにか探しているというふうだ。

「深春——」

今度は京介に呼ばれた。彼と河村が暖炉の前にいて、並んだ写真立ての中のひとつを指さしている。

「えっ、なんだって？」

「いいから、これを見てみろ」

古そうな写真だった。モノクロが完全にセピア色に変わっていて、染みの斑点がいたるところに散っている。だが、映像が不鮮明になるほどではない。紐でくくって襞《ひだ》を寄せたカーテン、劇場のホリゾントのような背景、木の床に擦り切れかけた絨毯。いかにも写真館のスタジオで撮られた、という雰囲気の古めかしい記念写真だ。

断髪の若い女性が椅子にかけ、その横に半ズボンの少年が立っている。前髪を真っ直ぐに切りそろえた、首の細い少年だった。女性の服装はヴェトナムの民族衣装であるアオザイ。だがいま見られる細身の、体の線にフィットしたそれは一九六〇年代に改良されたものだという。写真は明らかにそれ以前に撮られたもので、もっとずっとゆったりしたスタンドカラーの長上着にズボンだ。その前身頃《まえみごろ》の胸から腹にかけて、鳳凰のような刺繍が見える。

「その女の人、なんだか顔も彰子さんと似ているみたい……」

深春もそう思っていた。髪をショートボブといいたいくらい短くして、こちらを真っ直ぐに見る強い視線も不思議なくらい似て見える。だがその表情は思い詰めたような緊張を感じさせて、写真立ての中の彰子よりも七月に京都で会った彼女を思い出させた。喜びよりは憂いを、自信よりは不安を。だが決して諦めではなく、むしろ闘志と呼びたいような激しさを。

写真の縁に年号が書かれていた。『1912』。伊東忠太がハノイのレ家に二週間滞在した年、彼の助手だった青年が奇妙な死を遂げ、姉弟が二度と会うことのない別れをした年。とするとこの写真は姉と弟が、別離の前に記念として写したものなのか。去っていこうとする姉よりも、残される少年の方が表情が暗く、心細げなのも当然かも知れない。両手を体の前で握りしめて辛うじてレンズから目を逸らすまいというような彼の表情は、八十年後の孫ふたりと較べるならむしろタンに似ている。

ここにも奇妙な鏡がある、と深春は思う。決してそのままを映し出さない、だがおかしな仕方で結びつける鏡だ。時を隔ててどこか似通ったふたりの女性。時を隔てて気弱な少年から、眼光鋭い老人に変貌した男。そして互いに似ていながら異なる兄弟。美しい姉は異国の地ですでに逝き、少年の弟は戦争と戦後を生き抜いて九十七歳を迎えている——

また、ぱたぱたぱたっと足音がした。直が衣装箪笥の中から、なにかを引きずり出してこちらに持ってこようとしている。なにか、目を射るほどにあざやかな朱赤と金の。

「あら、駄目よ。そんなふうに引きずったら、大事な着物が」

河村があわてたように手を伸ばす。直は逆らわずに、腕をゆるめてそれを彼女に渡した。確かにそれはカラー写真の中で、彰子姫が着ていた振り袖に違いない。これ以上ないほど派手な色遣いと大ぶりの柄が、少しも下品になっていない。

しっとりと深みのある色合いといい艶といい、和服の価値などまったくわからない深春でも、たぶんとんでもない値段に違いないと思わせる品だ。だが河村は両手で広げたそれを見て、あっ、と声を上げた。着物は引き裂かれていた。後ろ身頃が背中の中央あたりから、裾まで。それだけでなく、片方の袖が肩からもぎ取られてない。

「ひどいわ。誰がこんなことを！」

コンコン、とドアのノックされる音が聞こえたのはそのときだ。ここのドアではなく、隣の部屋のドアが叩かれている。びくっ、と直が体を強張らせた。深春と河村も顔を見合わせた。だが少なくともノックしているということは、ナムが戻ってきたわけではない。彰子の着物は隣室に残してあわてて戻ってドアを開けると、そこにいたのはトゥハーだった。三人のところに直がいたことには驚く様子もなく、彼女は告げた。

「オン・ティンが、日本人の皆さんにお会いしたいといっています。よろしかったら離れの方へご案内するように、と」

「オン？……」

「祖父、または祖父ほどの年齢の男性を示す敬意を込めた代名詞よ」

河村が硬い表情で解説した。

「あたしも行っていいのね？」

「ええ。もしもチナツがお望みなら」

「どうやらやっと、ラスボスにお目にかかれるみたいね」

ことばを日本語に変えてつぶやいたのに、

「あばれないでくれよ」

「失礼ね。ここで暴力なんかふるったって、なんの意味もないじゃない！」

「意味があればやるのか」

「やらないわよ。むしろここは猫をかぶって、丸め込んでさしあげる場面でしょ」

どうだかな、と深春は口には出さずに思った。いましがたラスボスがどうとかいいながら、両手の指を鳴らしていたのは無意識らしい。

（このお嬢さん、ヴェトナム女房をやる素質は充分にありだと見たぞ……）

# 去年《こぞ》の雪いずこ

## 1

栗山深春と桜井京介がハノイの地を踏んで二日目の夜が、ゆっくりと更けていこうとしている。

その日の午後、河村千夏も交えた三人はレ家の長老であるレ・ヴァン・ティンとの会見を果たした。それは大いに意外な展開でもあり、だが姿を消したままの四条彰子と夫のタン、息子の直の今後に関してなにがしかの進展があったかと改めて問えば、結局のところなにがわかったわけでも、なにが解決したわけでもない、もどかしい想いばかりが募る時間でもあった。

レ家の西洋館の裏に広がる庭は広かった。芝生と花壇のある庭園の奥に、あまり手入れされていない巨木が何本も鬱蒼と茂り、その向こうに軽く反《そ》りのある瓦屋根を載せた横に長い平屋があって、それが戦争以前から建つレ家の主屋だった。前面に木の円柱が並んで軒を支え、内部は柱と簡単な壁でいくつかに分けられて、中央の部屋には先祖を祀る巨大な壇。知らずに見れば寺と間違えるだろう。

間取りはといえばこの上もなくシンプルだ。奥行きは間口のわずか五分の一ほどで、何枚かの壁で仕切った部屋が横に並んでいる。柱を繋いだ薄い木の壁には扉もあったが、軒の下の吹き抜けの柱廊が、すなわち廊下でもあるわけだ。

驚いたのは外壁にほとんど窓のないことで、ガラスなどない時代の様式そのままだからそれも当然なのだろうが、表の扉を閉めてしまうと内部はかなり暗い。もっともいまは土間に床板を張り、前面の板戸の一部にはガラスが入っている。

応接室として使っているらしい、向かって右端の一間には、絨毯の上に椅子とテーブルのセットが設置され、天井からは布のシェードをかけた白熱電灯が下がる。壁には後から切り開かれたらしい窓があって、たっぷりと襞《ひだ》を畳んだカーテンが引かれていた。外から見てはわからないが、インテリアは思いの外洋風なのだ。

案内してきたトゥハーは三人を残してそのまま出ていってしまい、京介は当たり前のように椅子にかけていたが、深春や河村は落ち着かない顔であたりを見回す。もっとも椅子を立てばその周りには壁に沿って歩ける程度の余地しか残らない、こぢんまりとした部屋だ。見て回るほどのものはありはしない。それでも足元の絨毯はイラン製らしい花を散らした上等なものだし、椅子はワイン・レッドのなめらかなビロード張りで脚や背もたれの縁は優雅な曲線を描いている。古いもののようだが、丁寧に修復もされていた。

「フランスか、イタリアか？」

「スタイルはルイ十五世様式だ」

京介はあっさり答え、河村はつぶやく。

「なんだかすごく意外……」

深春も同感だった。新築の洋館を嫌って古い家に住み続ける、伝統主義者の老人ではないのだろうか。しかしさらなる驚きは、当の老人が姿を現してからだった。

九十七歳のレ・ヴァン・ティンは、左手を杖に、右手をグェン・ティ・ナムに預けて現れた。先ほど見た孫ふたりとの記念写真から、十年は経っていよう。老いの深まりはさすがに否定できない。真っ直ぐに伸びていた背筋は折れかがまり、肉の落ちた肩は左より右が前に出て、ゆっくりと足を運ぶたびに体がおぼつかなく左右に揺れる。顔もすっかり萎んで小さくなり、額の皺は深く、白髪も嵩が減って、結んだ唇に血の気はなく、やつれた首筋に浮かぶ血管と筋が木の根のようだ。

その中で唯一写真のそれと変わらないのが、彼の双眼だった。肉の落ちて深くなった眼窩《がんか》に輝く黒い眼は、毫《ごう》も力を失うことなく煌々《こうこう》たる光をたたえて来訪者たちに向けられていた。刺すように、だが同時に自分の半分にも達さぬ年齢の人間のたじろぎやためらいを感じ取って、いくらか面白がっているかのように。

時間をかけて、トゥハーが「おじいさまの椅子」と呼んだ肘掛け椅子に納まると、老人が真っ先にしたことはナムを出ていかせることだった。ヴェトナム語はわからなくとも、声の調子からそれくらいの想像はつく。当然のように彼女はそれに反対し、眉を寄せて言い返したが、老人はそれ以上ことばを費やさない。右手で払うような仕草をしたきりそちらを見ようともしないのを、さすがに強面《こわもて》のナムおばさんも、長老相手に例の調子で大声を出すわけにはいかないらしく、その代わりこちらを一睨み睨み付けてからようやく出ていった。

だが、さてこれからどうやって意思の疎通を図ればいいんだ？　まさか河村がヴェトナム語が出来ることまで、見抜かれているとは思えないが。そのとき、京介が口を開いた。

「Bonjour Monsieur. Je suis Kyosuke Sakurai. Enchanté de faire votre connaissance.」

——こんにちは、ムシュー。私は桜井京介です。初めまして。よろしくお願いします。

すると老人もしわがれた声ながら、明瞭な発音で答えたのだ。

「Bonjour. Enchanté. Je suis très heureux de vous voir.」

——こんにちは。初めまして。お会いできて嬉しいです。

そんなわけでこの先の会話は、もっぱら京介と老人の間で行われることとなった。考えてみれば、植民地時代に教育を受けた彼がフランス語を使えるのは当然だったかも知れない。

だがどちらにしろ深春も河村もふたりともさっぱりわからないことばだったから、京介に通訳してもらうのを待つしかない。そしてこんな場合、えてして話はことばの通じる人間の間でばかり進んでしまい、訳してもらえるのはそのほんの一部で、聞きたいことも聞けないという状況になってしまうのだ。実際にそうかどうかはともかく、自分が仲間外れにされている感覚は拭い去りがたい。ナムおばさんのヒステリーに、深春は改めて同情と共感を覚える次第だった。

そんなわけで彼が理解出来たのは、ティン老人が狷介《けんかい》そうな見かけのわりには闊達《かったつ》でユーモアもある人柄らしいこと、決して伝統主義に凝り固まっているわけではなくマイン氏の成金じみた洋館が美意識に合わないから嫌なこと、曾孫のトゥーは心から可愛がっているが彰子とタンにはあまり関心がないらしいこと、日本人には特別悪い感情は持っていないこと、それくらいのものだった。

だいたい前から不思議でならないのだが、桜井京介という男は妙に年寄り受けがいい。例の門野貴邦《たかくに》にしてもそうだが、一筋縄《ひとすじなわ》ではいかなそうなアクの強い、それこそラスボスか影の悪役かというような老人たちが、別に媚びたり世辞をいったりするわけでもない、およそ可愛げもない京介になぜか目尻を下げ、彼の一言一句に熱心に耳を傾ける。

人生の成功者として高い地位に上り詰め、他人に奉《たてまつ》られ、下にも置かぬ扱いを受けるのが当たり前の身になってみると、いっそ京介の愛想のなさが新鮮なのだろうか。だがそんなおえらい老人ばかりでなく、下宿の大家のばあさまも、商店街の八百屋のご隠居も、碁会所にたむろする老人連もなぜか京介が好きだ。その奇妙な法則はここでも有効だったらしく、端から見ていてもティン老人は彼との会話を大いに楽しんでいるという様子だった。

(まったく、年寄り向けのフェロモンでも発散してやがるのかよ、こいつは——)

だが、そばで河村がじりじりしているのがわかる。ヴェトナム語が話せることをばらして会話の主導権を握り、彰子の離婚問題についてもっと真正面から問い質したい。だがどうやら老人はそのことにあまり関心がないらしいから、それなら切り札を出すのは別の機会の方がいいのか——彼女の焦燥がわかるだけに、深春にしても同情を覚えないではなかったが。

深春としてはやはりアタックするべきは、ご老体よりは配偶者、という考えだ。いくら年長者の意向が尊重され、跡継ぎが大きな問題になるのだとしても、つまるところ肝心なのはタンと彰子の気持ちだろう。よけいな雑音や口出しの入らないところで、それもお互いのエゴではなく、離婚を選ぶなら息子にとってどうするのが一番幸いなのか、それを見極めて決めて欲しい。老人も話してわからないほど頑迷な人物ではなさそうだし、ふたりが納得して出した結論を認めないことはないのではないか。

（って、俺がこんなところで拳を握って、肩を怒らせたってどうなるよ——）

そのとき京介が椅子を立ち上がった。何事かと見ると彼は、横の壁にかかったカーテンを引いて両開きの窓を開ける。老人と会話を続けながら、窓の外を指さしてうなずいたり。それから深春の方を向いて、

「例の事件が起きた場所、伊東忠太たちが泊まっていた離れというのは、あそこだったそうだよ」

「えっ。それもまだ残っているのか？」

「建物は取り壊してしまったが、土台は残されているんだそうだ。ほら、ここからも草の間に階段の名残らしいのが見える」

それはいいけど、そんな話をしている場合でもないだろう？　といってやろうとした。だが京介と老人はまたフランス語での会話に戻ってしまい、口が挟めない。

「なんのこと？」

河村が聞くので、一九一二年に日本人の建築史学者がここの屋敷に滞在していて、と説明を始めたが彼女は肩をすくめて、

「そんな昔の話、全然関係ないじゃない」

　そうともいえない、とは深春も心から信じているわけではないから言い返せない。

「あの人、桜井さん、さっきからずっとそんな話をしてるの？」

「いや、どうかな――」

　さっき彰子たちの部屋で見た写真、幼い頃のティン老人と姉らしい女性が写った一枚は河村も目にしている。たぶんその写真も例の絵同様、タンがアメリカから持ち帰った大伯母の遺品ではないのか。だが老人が、それを知っているかということもわからない。もしも知らないなら、いくら日本語はわからないにしても、彼を差し置いてそのことを河村に話す、というのもためらわれる。さりげなく京介に目で尋ねると、

（黙っていろ！）

　明らかにそういっている視線が戻ってきた。

「やっぱりあなたたちって、彰子さんのことなんかどうでもいいと思っているんじゃない！」

　俺は違うといったところで言い訳にしかならない。板挟みにあった深春はため息を嚙み殺す。河村はなおも口の中でぶつぶつ文句を言い続け、京介の横顔にとげとげしい視線を浴びせて自分の不満を表明する。京介はだが平然とそれを無視して、なおも老人に何事か熱心に説き聞かせている。イトウという名前がしきりと繰り返されているところからしても、話題は依然過去のことのようだ。

　やがて老人はわかった、というようにひとつうなずいて、卓上の真鍮《しんちゅう》のベルを取り上げた。チリン、と一振り鳴らした途端に、左手の木の壁についたドアが開いてナムが顔を出す。そのタイミングからしても、彼女が部屋を出て以来ずっとドアの外に貼りついていたのは確実だ。

老人はナムに何事か命じた。部屋を出ていった彼女が持って戻ったのは、一冊の黄ばんだノートだ。小刻みに震える枯れ枝のような指が、そのページをテーブルの上に広げる。書かれているのはブルーブラックのインクで綴られたアルファベット、フランス語らしい。その文章を指でたどりながら京介に向かって説明を始めた老人は、だがふと顔を上げた。深春も気がつかなかった。ナムがまだテーブルの脇に立って、じっとノートの文面を睨んでいる。

老人は無造作な口調でなにかいい、ふたたび羽虫でも追い払うように片手を振った。彼女はなにもいわぬまま、回れ右をして出ていった。だが耳を澄ませると、さっきは聞こえなかった遠ざかる足音がした。ノートを取ってこさせたついでに、立ち聞きはするなと命じられたのだろうか。もっともいくら耳を澄ませても、彼女にフランス語の会話が聞き取れたとは思えないし、録音でもしているならいてもいなくても同じだろうが。

「なんだよ、そのノートは？」

それよりそっちが気になって、深春は小声でいいながら京介の肩先をつついた。

「彼が一九一二年、八歳のときに経験した事件の詳細を、後年回想して書いた文章だ」

「漢字があるわ……」

横から身を乗り出して、覗き込んだ河村がつぶやく。

「夢野、胡蝶之助？　人の名前かしら。なんだかお芝居の中の人物みたいな名ね。それから、昔者荘周夢為胡蝶。『荘子』だわ」

河村は予想外に教養のあるところを示す。深春がちょっと目を見張って見ると、「これくらい女子大生だって知っているわよ、失礼ね！」と顔を赤くした。こちらの会話は当然日本語なわけだが、それぞれノートの中のことばを指でたどっているし、なんの話をしているのかは当然老人にも伝わっていただろう。

うなずいたティン老人は顔を上げて、ゆっくりとフランス語でないことばを口ずさむ。それが『荘子』の中の、件《くだん》の部分の中国語音なのか。

――昔荘周は夢で蝶となった。嬉々として蝶になりきり周であったことは覚えなかった。しかし目覚めてみると周以外の者ではない。周が夢で蝶となったのか、蝶が周となった夢を見ているのか。

「哲学的な話だよな」

「でも栗山さんは考えたこと、ない？　人生なんてなにもかも、まばたきするほどの間の夢かも知れないって」

「止めてくれよ。笑いながらそういう怖いことをいうのはさ」

「怖いの？」

「怖いだろう。自分が自分でないかも知れない、ただの夢でしかない、なんてのは」

深春はムキになって言い返したが、河村はそうかなあ、などと首を傾げている。

「彼はいっている。自分も子供のとき、とても怖くて嫌だと思った。だがジャックは、蝶になった方が幸せかも知れないといったと」

「ジャック？」

「伊東の助手だった青年だ」

老人のことばを通訳する京介に、なんだってそんな話題が登場したんだと聞こうとしたが、その暇はなかった。京介とノートを等分に見ながら、老人はまたなにかいう。指がノートをめくり、十数ページ先の、そこで文章が終わっている最後を開く。日付が記されていた。――décembre 10, 1987

「これは書き終えた日付ではなく、書き始めた日付だそうだ。彼の姉のロァンがアメリカで、九十一歳で亡くなった。そのことを知った日だ、と」

さっきセピア色に変わった写真の中に見た、どことなく彰子姫と面差しの似た若い女性の顔が目の中によみがえる。そしてその傍《かたわ》らに、不安げな表情で寄り添い立っていた少年。

写真というのはある意味残酷なものだ。鏡のように現在の自分を映し出し、見せつけ、だがその一瞬に時を止めた映像は、人が立ち去っても消えない。とっくに消えて無くなってしまった者、同じ人間とは思えぬほど変貌してしまった面影を紙の上に焼き付け、保存し続ける。

それを目にすることで人は、改めて自分が失ったのがなんであったのかを思い出させられるのだ。目に見えたところで、思い出したところで手が届くわけでもないのに。

改めて冒頭に戻ってノートの文章をたどる京介に、老人は低く独り言のようなことばをつぶやく。淡々として、ひどく聞き取りづらいその声が語ったことを、深春はその場を離れてから訳してもらったわけだが——

「あんたはジャックの自殺の話を、孫のロンから聞いたといったな。自殺か他殺かわからない、謎めいた死だといっていたのだろう？

ロンは私からその話を聞いたときから、ずっとそんなことを言い続けていた。学校に行くことも出来ず、学ぶことを許されないままのあの子の知的な好奇心が、そんなふうに捌《は》け口《ぐち》を求めたのだろう。謎などありはしない。あれは間違いなく自殺だった。あんたもこれを読めば、そのことを理解できるだろう。写しは取ってあるから、持っていってもかまわんよ。私はある意味、ロンの疑いを晴らすためにこれを書いたのだ。もっともあれは納得していないようだがな。

もうひとつの意味は、死んだ姉に対する鎮魂のためだ。子供の私には理解できなかったが、姉は間違いなくジャックを愛していた。諍《いさか》いをしたまま彼に死なれたことがなによりの痛手だったのだ。だから姉は祖国を離れ、結局のところ二度と戻ってはこなかった。私はそう思っている。彼女の異国での人生がいくらかでも幸せなものであってくれと、私はそれのみを祈っていた。

タンとその話をしたことがあるか？　いいや。話したところでなんになる。タンはなにも聞いてはいない。姉がハノイを発つ前に撮った記念写真は、サイゴンが陥落するときに無くしたよ。姉の遺品の中にあった同じ写真をタンが持っている？　そういうことは無論あるだろう。だが私にはもう要らない。なぜなら年寄りの頭の中には、持ちきれぬほどの記憶が積み重なっているのだから。いまさら変色した古写真など、見る必要もないほどにな。

私は疾うに現在ではなく、過去の記憶の中に生きている。そこでは私は八歳の子供で、両親たちとこの家に起き伏ししているのだ。この同じ部屋に。塀の外では赤ら顔のフランス人たちが我が物顔に歩き回り、我々を犬のように扱って恥じなかったが、私の世界にはいまだ影は落ちてはいなかった。私はみずみずしい緑の楽園に、心満ち足りて遊び暮らしていた。世界は頭上から降り注ぐ爆弾を知らず、同じ血を持つ者らが憎み合う苦しみを知らなかった。

あれから多くの出来事があった。我々は血を流し病に呻吟《しんぎん》した。その傷が完全に癒《い》やされたとはいえない。たとえ癒やされても刻み込まれた傷は消えない。無垢《むく》の時代は還らない。それは真実だ。

君たち若者はそうして消えたものを惜しみ、嘆き、悼むだろう。Mais où sont les neiges d'antan?　さはれさはれ去年《こぞ》の雪いまいずこ、と。だが追憶の中に生きる老人には、もはや喪失を嘆く必要はないのだ」

歌うように老人は口ずさむ。

「去年の雪いまいずこ。目に見える現《うつつ》の雪は溶け消えるだろう。しかし、それはどこにも行きはしない。降り積もるままの清らかさで、なにに汚されることもなくここにあるのだ、いまも」

細かく震える指が不思議な敬虔《けいけん》さをこめて、そっとたるんだシャツの胸に押し当てられた。

# 2

「なんだっけ、それ。メ　ウ　ソン　レ　ネージュ　ダンタン？」

「よく聞き取れたな」

「耳はいいんだ」

「フランソワ・ヴィヨンの有名な詩のリフレインだよ。『いにしえの美姫のバラード』の」

「あ、なんか聞いた覚えがあるぞ。ヴィヨンって中世の無頼の放浪詩人だったんだよな。その詩はジャンヌ・ダルクの名前が出てくるやつだろ？　善きロレーヌの娘がなんとか」

「へえ？」

「な、なんだよ」

「いや、君にそんな引き出しがあるとは、ちょっと意外だったから」

「素直に感心したらどーなんだよッ」

「感心はしたさ。君のうろ覚えの知識にふさわしいくらいにはね」

「チェッ、えらそーに」


深春と京介がベッドに寝転がって、そんな会話をしているのは同じ夜。場所はレ家の洋館の三階、というか早い話が屋根裏部屋だが、天井の一部が傾斜しているというだけで、ほとんどの部分は深春でも頭が支《つか》えるほどではない。

この階には予備の寝室が何室かあって、そのひとつが河村に、もう一室がふたりのために用意されていた。シングルベッドが二台並んだ他はなにもない部屋だが、これくらいこぢんまりしている方が深春には落ち着く。もっとも一年の半分、特に南部以上の高温になることもあるという七月から九月であれば、屋根のすぐ下の部屋は熱気が籠《こ》もってサウナのような有様だろう。いまが十二月で助かった、と心から思う。

そしてなによりこの部屋がいいことは、庭に向かって大きな窓が開いていることだ。ベッドを窓際まで移動させれば、寝転がったままティン老人が暮らす瓦屋根の建築とその周辺が手に取るように眺められる。一階の応接間から眺めれば鬱蒼たる森のような庭の繁りも、こうして見下ろせば視界をさえぎるほど濃いわけではない。さっき老人が教えた、例の事件の舞台となった離れの残骸も、陽のある内は枝の間に白っぽく見えていた。

夕刻老人の前を辞してから、ふたりは借り出したノートを片手にその離れの跡を歩いてみた。土の上に残されているのは土台と階段の一部のみだったが、柱で支えられたヴェランダと、それと同じくらいの面積の部屋の形と大きさは充分推測できる。京介が適当に翻訳しながら聞かせてくれるその内容を、ふんふんと聞きながら頭の中で昔の様子を思い浮かべた。漆喰と白大理石と鏡のコロニアル風のヴィラに遊ぶひとりの少年を。

むせ返るような緑と原色の花々。鏡のパヴィリオン。幼い胸に宿った感傷と憧憬。美しい姉と日仏混血青年との恋。降りしきる雨と銃声に終わった熱帯のロマンス——

「ロンは自殺にしてはおかしいっていってたけど、じいさんが書いたその文章を読めばやっぱり自殺に思えるよなあ？　凶器のピストルが階段まで移動していたのだって、撃った反動で手から飛び出したってだけのことかも知れないんだし」

「それは、ティン老人が孫を説得するつもりで書いたというなら、そう読めるのが当然だろう」

「なんだよ。奥歯にものがはさまったような言い方をするんだな」

「ああ。実のところ奥歯にものがはさまっているんだ。ひとつひとつピースが増えていけばいくほど、ますますね。というか、このとき起きたことについてはだいたい正解は見えている、と思うんだが」

「おっ、断言したな」

「僕はここに出てくる、伊東忠太がジャックに贈った絵の実物を見ているから」

「あの写真の絵だろう？」

「裂き取られた左端だが文字が半分残っていて、この回想と合わせると目星がついたんだ」

「それが鍵なのか？」

「動機については」

「遺書が書かれていたけど、日本語だったんで誰もわからなかった、なんてオチじゃないだろうな」

「遺書ではないよ。書いたのもジャックではなく、絵を贈った伊東だろう」

「じゃあ、それを見なきゃわかりっこない」

「ノートの文章の中でも説明はされている。絵のもう片端に書かれていた日本語は、蝶の出てくる有名な短詩だ、というところだ」

「それだけじゃなんだかわからないだろうが」

「別離に際して贈られた絵に書かれていて、蝶が出てくる。後は連想ゲームだ」


「おまえなー」

正解が解っているなら教えてくれていいだろう、といおうとして止めた。それであっさりしゃべるほど素直な相手じゃ無いのはわかりきっている。もっともこの場合答えを出すことが、人の生死にかかわるような種類の事件でもないわけだが。

（だーからっ、彰子さんの件はどうするつもりなんだよッ）

事件に関心のない河村は、退屈そうな顔で少し離れたところをぶらついている。その彼女がこちらを振り向いて、

「見て。この木変わってる！」

声を上げた。彼女が指さしているのは大きく広がった枝の下から蔓《つる》のような気根を一面に垂らした熱帯のガジュマルの大木だったが、その梢の間に柱のような椰子の木が見える。

「あの椰子、そばに立っているのかと思ったら違うの。この木の幹にすっぽり包まれているのよ」

「へえ、こりゃ珍しいな」

ぐるっと周囲を回ってみると、河村のいうことが本当だと解る。だが深春がそばに行くと、彼女はがらりと表情を改めた。顎をそらしてひどく挑戦的な口調で、

「あなたたち、もう気がついているんでしょ？」

「あんたがあのカフェで、彰子さんと会っていたってことをかい？　彼女はたぶん仏間に隠れて、俺があんたと話してる間に出ていったんだろう？」

ここなら盗聴はされないだろうが、声を低くして反問した深春に、再び河村が質問で返す。

「邪魔しないでっていっても、無理なんでしょ？」

「夜陰に乗じて、子供をさらって逃げ出すとでもいうのかよ？」

「だとしたら？」

「実力行使は賛成しないといったぜ」

「ご心配なく。坊やを傷つけるようなことだけは絶対にしないわ」

「じゃあ、どうやって」

「そんなの、あなたたちに打ち明けるはずないじゃない」

「お互い敵にならない方がいいと思うんだがな」

「力尽くで邪魔しようっていうなら、敵に回るのはそっちだわ」

「彰子さんに会わせろよ」

「会ってどうするのよ」

「彼女とタンがふたりで話す機会を作って、子供のこととか決めさせるんだ」

「無駄よ、そんなの。彰子さんはもうとっくに、彼には見切りをつけてるわ」

「河村——」

「タンはね、ロンに逆らえないのよ。自分ひとりがアメリカに逃げて、その間弟がひどい目に遭ったことを知っているから、その償いのためにはなんでも彼に差し出すつもりなの。それがわかって彰子さんも絶望したんだわ」

——ぼくにはあるものが欠けている。

無表情にそういった、ロンの声が耳によみがえる。いまさらどこに責任も賠償も求めようがない、残酷な戦争の爪痕《つめあと》。だがそうしてひび割れた兄弟のきずなを埋めるために我が子を奪われるのは、彰子にとって到底承伏しがたいことだろう。

「夫婦のことを他人が決めつけるのは危険だぜ」

ようやくそれだけ答えた深春に、

「そちらこそ！」

はっ、と口を開いて嘲笑《ちょうしょう》した河村は身をひるがえすと、主屋の方へ駆けていってしまった。それきり彼女は外出して、夜十時を回ったこの時間にもまだ戻ってきていないらしい。

ロンもタンも夜になっても戻らず、マインとムゥイの夫妻も今夜は所用で遅くなるとのことで、ふたりの娘と四人で夕飯を済ませた後は、まだいろいろ話をしたそうな彼女らを振りきって部屋に引き上げてきた。

窓の外に広がる庭に照明はないが、洋館の外壁には一、二ヵ所、あまり明るくない電灯が点《とも》っているようで、部屋の明かりを消せば暗さに慣れた目に不自由はない。敷地を囲む塀には警備員のいる正門の他に、右手の路地に小さな通用門がひとつある。彰子が息子を連れ出しに忍んでくるなら、そちらからだろうと京介はいうのだ。

「本当に、来るかな？」

「さあ」

「また思わせぶりかよ」

「違う」

京介は苦笑したようだった。

「だが、まだいくつもわからないことがある」

「一九一二年の事件との繋がりか？」

「繋がりはある。ただ、それをロンが僕らに見せびらかす理由がわからない」

「露骨におまえの興味を惹こうとしていたもんな、ロマン・ポリスィエがどうたらいって」

枕に肘《ひじ》を突いてうつぶせに窓の方を向いていた京介は、顔はそちらに向けたまま体を起こす。座って枕を膝の上に抱え込みながら、

「レ・ホン・ロンは周囲の人間を手駒のように動かしてゲームをしている。彼は非常に頭がいい。口にすることばにはすべて意味があり、すべてが彼が望む到達点に達するための布石になっている」

「俺たちをハノイに来させたことも？」

「無論」

「河村が彰子さんのスパイだったことも、彼にはわかっているって？」

「僕らが気がつく程度の不自然さは、とっくに気づいていただろうね」

「だけど、あそこで彼女が現れるなんてことまで、前もって知っていたわけじゃないだろ？」

「新しい局面が現れれば、それを即座に自分の布陣に組み込むことが出来るのが優れたゲーム・プレイヤーだ。違うかい？」

　ロンが河村にやたらと親切で、結局は家に泊めてやることになったのも、彼女の術策にかかったわけじゃないってことか。

「まさか、いま俺たちがこうして彰子さんが来るかも知れないと思って見張ってるのも、あいつの読み通りだなんていうんじゃないだろうな？」

「可能性はあるね」

　京介があまりにあっさりとそれを認めるので、なんとも落ち着かない気分になってしまう。

「冗談じゃないぞ。俺はあの野郎の駒にされるのなんて御免だからな！」

「人間の自由意志なんてもともと限定的なものだ。周囲の一切に影響されない、完全に孤立した意志などというものになんの意味がある？　別に怯える必要はない」

　笑いを含んだ声でいわれて、それが京介の手なことはわかっていてもついムッとなった。

「誰が怯えたよ。感じが悪いっていってるだけだ」

「失礼」

「ゲームだっていうなら、目的はなんなんだよ」

「いうまでもない。ゲームの目的はそれに勝つことだ」

「だからその勝つっていうのは、どういうふうになることだっていうんだよッ」

「それはまだわからない」

おまえなー。

「勝つこと自体が目的だ、という可能性もある。ゲームを支配すること、状況を自分の意志でコントロールし行く先を決めること、すべては己れの手の中にあるという感覚を持ち続けること。彼にとってはその過程の方が、勝利に到達することよりも重要になっているという可能性はあるね」

「ああ、そういうのはちょっとはわかる」

人の思惑で動かされている、と聞けば反射的に不快感を覚える、その対極に、自分の人生は自分で決める、それが当然だという感覚がある。


他人に命令されて、運命のままに押し流されるなんてまっぴらだ。それくらいなら他人を押しのけても、欲しいものは手に入れる。邪魔されそうなら邪魔は排除するように頭を働かせる。自分にはそうするだけの能力があるはずだ。高校生くらいの青臭い頭では、肩を怒らせてそんなことを考えていた覚えもなくはない。

だが、いつの間にか忘れた。なるようになるといえば聞こえは悪いが、もっと楽に自然体で生きていけるようになった。かりかりとげとげしなくても、肩肘を張って勝ち負けにこだわらなくても、自分らしく生きていって悪いことはないのだと、口には出さぬまま納得していた。だがロンはそうではない、ということか。

「彼はヴェトナム戦争の末期に生まれて、自分ではどうにもならない大状況の中で翻弄されながら生きてきた。彼が状況をコントロールしたいと願うのは、当然かも知れないが」

「同情してるみたいだな」

「いや。ただ、彼の内面を想像すればそういうことになるのだろう、ということだ。理解は可能だが、シンパシィは感じない」

「だけど誰だって多かれ少なかれ、持っている気分だろう、そういうのは？　おまえだって」

「僕？　僕は違う。少なくとも、他人を駒にするような欲望は持ち合わせない」

「俺の記憶では、必ずしもそうじゃなかった気がするんだがな」

　大学近くの下宿屋で出会って以来今日までの出来事のあれやこれやを、いちいち口に出して棚卸ししようとはさすがに思わない。だが少なくとも俺に対しては、結構好き勝手をやってなかったかよ、おまえはよと因縁をつけたい気もする。自分で考えて、自主的に動いて関わったつもりのことが、後で冷静になってみると京介の思惑通りだった、などというのは珍しくもないいんじゃないか。

（だけどこっちからそういって文句をつけたら、それは自分の自由意志を自分から否定することにしかならない、よなあ？……）

（あっ、でもそうやって俺が全部を自由意志だと認めてしまえば、操るプレイヤーは姿を消せる、つまりそれこそが完璧なコントロール？——）

（うわあ。これって要するに究極のジレンマじゃないかよッ……）

　頭がぐるぐるしてきてしまった深春だが、ふと気がつくと京介が沈黙している。枕に肘を突き顔は窓の方に向けたまま、じっと彫像のように動かない。なんでいきなりフリーズしてるんだ、こいつは。俺にそんな風に思われていたとわかって、口も利けないくらいショックだった、とか？　まさか。

（いや、そうじゃない——）

（窓の外に、誰かいる？……）

「京——」

「しっ」

低い制止の声が戻ってきた。そのままベッドをきしませずに立ち上がると、十センチばかり開けておいた窓ガラスの隙間に顔を寄せる。深春も急いで近づいた。下の庭を歩いている人影がある。だが、それは明らかに四条彰子ではなかった。人影が出てきたのは、ティン老人と直が眠っているはずの離れからだったのだ。洋館の外壁についた照明が、ぼんやりとそれを照らし出す。芝生の縁を歩いた先で、その人影は足を止めた。

広がった樹木の枝の下に、手足の動きが見え隠れする。懐中電灯の光らしいものが、ちらっと走ってすぐに消えた。そしてやがて聞こえてきたのは、ざくっ、ざくっという湿った音だ。土を掘っているような、と深春は思う。だが、誰が？　それもよりにもよってこんな、真夜中近い時刻の庭で？　予想もしていなかった事態に深春は困惑したが、京介は顔の動きでドアを指し示すと、もう滑るような足取りで部屋を横切っている。

幸いきしみも立てずにそれは開いた。深閑と静まり返った洋館の脇階段を、ふたりは極力足音を立てぬように気をつけながら駆け下りる。すぐに庭へ出ていくのかと思ったら、京介は例のけばけばしい応接間に入った。カーテンを細く開いて覗くと、芝生の向こうに懐中電灯らしい黄色い光がちらちらと動いている。明かりはすぐまた消されたが、そこに浮かんだ顔は遠目にもはっきりわかった。

3

「ナムおばさんじゃないか！」
「うん」
京介は別段驚いた様子もない。それはまあ、向こうの離れにいる人間は三人だけのはずで、人影は百歳近い老人にも、四歳の子供にも見えなかったのだが。
「なにをしているんだろう？」

「わからない。しばらくこのまま見ていよう」

「そういえばあのおばさん、今日の夕飯のときは最後まで顔出さなかったよな——」

それにしたって、根拠はいまいち曖昧だが、この家で絶大な権力を握っているとしか思えないおばさんだ。なんだっていきなり庭を掘り出したりなんかしてるのかはわからないが、そんなことをしたい理由があるなら夜中にひとりでこそこそするより、人に命令して掘らせそうなものだ。

しかし今夜はレ・グォック・マインと夫人は留守らしい。そこを狙っての宝探しとか、そういうことだろうか。それともあれは掘り出しているのじゃなく、なにかを埋めようとしているんだろうか。

（死体、とか——）

それこそ馬鹿げた妄想だ、と深春は胸の中で頭を振る。ティン老人にしろ直にしろ、もしも彼女が殺してしまったなら、埋めて死体を隠したところでその罪を隠蔽《いんぺい》することが出来るはずもない。

このまま逃げ出すつもりなら、苦労して地中に埋める理由がない。死体ではないなにか、もっと小さなものを埋めて隠そうと？　違う。それにしては時間がかかりすぎる。

だがそんなことを考えて暇を潰したくなるほど、ナムの穴掘りは長く続いた。スコップで掘ってはその中を明かりで照らしている様子からしても、やはりそれは『埋める』のではなく『掘り出す』ための作業らしいとは想像がついたのだが。いい加減退屈して眠くなるのをこらえているせいか、妙な想像が湧いてくる。必死になっているおばさんはまるで気づいていないようだが、彼女の様子を覗き見ているのは自分たちだけではない、というような。

三十分ほども経ったろうか。幾度目か、スコップの音が中断し、地面近くで揺れる懐中電灯の光の輪が動かなくなった。その代わりなにか硬いものを叩いているらしい、ゴツッゴツッという物音が聞こえてくる。

そして荒い息づかい、押し殺した罵り声のようなつぶやき。

「なにか掘り出したらしい」

「ああ。おばさんはそれを必死に探していたってわけだ」

「封した容器をこじ開けようとしているみたいだね」

レ家の秘密は阮朝皇帝の隠し財産か、といった深春に京介は、「素晴らしい想像力だ」と笑ったが、こうなると笑い話でもないじゃないか。事実この家の庭はこんなに広くて、しかも空爆にもやられていないのは確かだし、いくらおばさんがえらそうにしていても、血縁でもないものがおおっぴらに宝探しは出来まい。その埋めた場所を察知した彼女が、マイン氏たちが留守の間だからこそ掘り出して着服しようと考えてもなんの不思議もない。

「そろそろ行こうか」

京介が立ち上がってぽん、と肩を叩いた。

「え、いいのか？」

「だって行ってみないと、彼女がなにを掘り出したかわからないじゃないか」

いまひとつ状況が見えないまま、それでもいい加減そこに隠れているのは飽きていたから深春も立ち上がった。かすかなきしみを上げるフランス窓を開いて、外へ滑り出た。だがその途端、

「待て、京介。誰かいる！」

ナムの姿を隠れて見ている人間が他にもいると感じた、あれは妄想ではなかったのだ。男らしいとしかわからないが、その人物は深春たちよりずっと向こうに近いところにいて、なにかヴェトナム語で鋭く声をかけながら近づいていく。脅かすように、頭の上に上げた腕を大きく振り回しながら。

そして――

予想もしていなかったことが起きた。

獣が吠えるような声が、いきなり目の前の闇から聞こえてきたのだ。

それがグェン・ティ・ナムの放つ声だとわかるまでに、数瞬かかる。点したままの懐中電灯が、彼女の手から飛んで芝生の上を転がった。光の輪を投げながら足元まで転がってきたのを、深春はとっさに拾い上げる。

ふたりは同時に走り出していたが、もうひとりの方が早くそこに着いていた。それはまだ陽のある内に、深春が河村と見上げたあの椰子を巻き込んだガジュマルの大樹の下だ。地面を鷲掴みにする指のように伸びた根の間が、いたるところで掘り返され、湿った黒土の穴を晒している。

深春は手にした懐中電灯の光を向けた。穴の中に体をくの字に曲げてナムがうずくまっていた。シルクのアオザイではなくパジャマのような黒い上下を着た彼女の両手は土にまみれ、そのそばには園芸用のスコップが放り出されている。そして足元に落ちた、一辺が二十センチほどの白っぽい金属の缶。蓋は開いていて、布の袋がはみ出していた。

一足先にそこへたどりついたもうひとりは、地面に片膝を突いてナムを覗き込んでいたが、足音を聞いたのだろう、こちらを振り返る。眼鏡のレンズが光を反射し、日本語が聞こえた。

「桜井さん——」

「あなたですか、エム・ロン」

「いったいなにが起きたんだ？」

「彼女は、毒物を飲まされたようです」

ロンの口調は、医師にふさわしくというべきだろうか、冷静だった。うつぶせになって身をよじるナムのうなじに手を当て、横を向かせて背をさする。京介が深春の手首を掴んで、懐中電灯の光の輪を彼女の顔に向けた。そうして見えた顔のあまりの凄惨さに、深春は息を呑んだ。

ナムの顔色は血の気を失って、白墨を塗りたくったような白さだった。目や口という造作《ぞうさく》が痙攣《けいれん》し、見えない手で打ち砕かれたかのようにゆがみ、変形している。

ぐえぇ、と苦しげに呻《うめ》きながら、彼女は両手で自分の喉を掻きむしり、泡混じりの唾液を閉じた口の端から垂れ流す。いや、その口から溢れるものは鮮血の赤色をしていた。

「だけど、なんで――」

悪夢を見ている気分だ。さっきまで彼女は何事もなく、地面を掘り返していたのではないか。いや、顔まで見えていたわけではないから、毒が効いてくる苦痛を我慢しながら作業を続けていたのかも知れないが。

「とにかく、救急車を呼ばないと!」

「車でぼくの勤務する病院に運びます。その方が早い。手伝ってくれますか?」

いくら気に食わない人間だったからといって、目の前で苦悶しているのに平然としていられるほどの冷血ではない。腕まくりをしながらかがみ込んだ深春だったが、

「――それは?」

京介が指さすところを見て、一瞬動きが止まった。ロンもいまそれに気づいたのか、はっと息を呑み込む。ナムが掘った穴の中に、泥にまみれて落ちている赤い布きれ。それは。

「彰子さんの着物の切れ端か?……」

「なんでそんなものが、ここに」

呆然とつぶやいたロンが、またはっとなる。

「まさか彼女が?――」

「なんだって?」

彼はいきなり手を伸ばして、深春が持っていた懐中電灯をもぎ取った。黄色い光の輪がすばやく二度、三度、周囲の闇を薙ぐ。声を上げる。

「チ・アキラコ、あなたですか? あなたがナムに毒を呑ませたのですか?」

「馬鹿なことというなよ、ロン。彼女がなにをしたっていうんだ?」

深春は食ってかかったが、ロンの硬く張りつめた表情は変わらない。

「彼女が息子のトゥーを奪いに来たなら、一番の障害はナムだ。それくらいのことは、あなたたちだってわかっているのでしょう？」

キキッ、と木の引き戸のきしむ音が耳に突き刺さる。振り向いた深春は、老人が暮らしている離れの戸が中から引き開けられるのを見た。だがそこから現れたのは、河村千夏だった。

「坊やをどこに隠したの？」

ロンを見据えて低く尋ねるのに、

「隠した？　そんなことはしていないです。おじいさまが定期検診を受けられるので、ついでに彼の健康診断もということでふたりとも病院にいる。それだけです」

ロンめ、やりやがったな、と深春は思う。マイン夫妻が留守の今夜、河村が手引きして彰子が息子を連れに来るに違いないと読んでいた。そしてその先を見越して、こちらにはなにもいわずに老人と孫を家から移してしまったのだ。

たぶんそれは、自分たちがトゥハーたちと夕食を取っている間のことに違いない。いま河村の口から聞かされるまで、老人と曾孫が外に出たことすら気づかせなかったのだから。

「いや、そんなことより早く、彼女を病院に運ばないと！」

「そうですね」

うなずきながらもロンはあまり急いでいるふうではない。医者のくせに、と深春は腹立たしい。

「だが彼女は、なにを掘っていたのか——」

「後にしろってば。毒なら一分一秒を争うんだろうが！」

その頃になってようやく、主屋から使用人の男が何人も駆けつけてきた。騒ぎに目を覚ましたチャムやトゥハーも、青ざめ怯えた顔を見せる。

「彼女が毒を飲まされた方法が不明な以上、この現場には誰も触れないようにするべきです」

「当然です」

京介のことばにうなずいて、使用人のひとりに見張りを命じたロンは、だが立ち去る前にあの赤い布きれを拾い上げて河村に押しつけた。

「持って行きなさい、ミス河村」

「どういう、つもり？」

肩を震わせて、それでも布を受け取った彼女に、ロンは冷ややかに告げた。

「チ・アキラコはトゥーの母親です。いまはまだ。彼女が今夜ここにいたとしたら、それは我がレ家にとってても望ましいことではありませんから」


だがその夜が明けきる前に、グェン・ティ・ナムの死を知らせる電話がロンから来た。死因はパラコート類似物質を主成分とする除草剤の経口摂取による肺不全、呼吸停止だった。


「なあ、京介――」

「ん？」

「あの人って何歳で、どこで生まれて、いままでなにをしてきたのかな？」

「………」

「いままで恋をしたり、なにもかも忘れて笑い転げたり、時が経つのを意識しないくらい楽しい思いをしたこと、あったのかな？」

「どうだろう。死んでしまった人間の人生は、少なくとも当人がどう感じていたかは、どれだけ近くにいた者にもわかりきれない」

「そう、だな」

「深春は、彼女の死を悼むのか」

「蒼ならきっと涙を流してやれるだろうな。どんな不愉快な記憶しか、なかったとしても」

「ああ、きっと」

「俺は泣けない。彼女が苦しむ顔を見たとき感じたのは本能的な恐怖心だった。剝き出しの苦痛の表情に、嫌悪感の方が先に立った」

「仕方ない。僕らは医者じゃない」

「でも少なくとも、あんなひどい死に方をしなきゃならないほどの悪人だったわけじゃないだろ？」

「彼女を殺した人間にとっては、そうではなかったのだろう」

「殺人だって、断言するんだな？」

「する」

「でも、どうやって？——」

京介は答えなかった。

# なにを賭けたゲーム

## 1

「グェン・ティ・ナムは自殺しました。あなたたちもそう承知しておいて下さい」

深春は耳を疑った。

だが、聞き間違いではなかった。彼女の死の知らせを聞いた翌日の午前、例の悪趣味な応接間で、ダブルのスーツを着こなしたレ・グォック・マインはふたりの日本人を前にしてそう宣言した。正確には、彼がたったいまそう語ったとレ・ホン・ロンが通訳したのである。

「なんだってェ？」

考えるより早く、深春は腰を浮かしていっそうの大声を張り上げていた。

「馬鹿なことというなよな。あんな自殺があってたまるかいッ」

深春がなにをいっているかは、その表情から充分に推測出来たはずだが、マインは顔色も変えない。代わりにロンが聞き返す。

「なぜですか？」

「なぜって、あんただってその場にいたんだからわかっているだろう。彼女は人目をはばかるみたいにひとりで、真夜中の庭をほじくり返していた。どう考えたって、自殺する人間がその直前に始めるようなことじゃないだろうが」

「さあ、それはわかりません。ぼくは自殺を考えたことはないので」

ロンは無表情だったが、眼鏡の向こうで目が微かに笑っている。その笑いに深春は、背筋を虫が這い上るに似た不快感を覚えていた。

なぜ笑うことが出来るのか。それもひとかけらの高ぶりもなく、ただちょっといいことがあったとでもいうような平静な、満足げな、薄笑い。いや、たぶん彼自身は自分が笑っているとは意識もしていない。もう一度見直してみれば、そこにあるのはいつもと変わらぬ生真面目な彼の顔だ。その仮面の下から、一瞬なにかが覗いた。それが深春に胸のむかつくようなうそ寒さを感じさせたのだ。

「自殺ではないとあなたは主張します。それなら彼女を殺したのは四条彰子ですか？」

ロンはいままでいつも『義姉さん』と呼んでいた彼女を、穏やかな口調のまま呼び捨てにする。

「ナムはどうやらいつも、あの人に意地悪だったようです。あの人がナムを恨んでいたとしても、不思議はないです」

「彰子さんはいなかった。庭に出てきたときから、ナムはひとりきりだったぜ。まさかあの着物の布きれが、証拠だとかいわないだろうな」

「なぜあれがあったかはぼくにもわかりません。しかし河村さんはいました。夕方から外出していた彼女はいつの間にか戻ってきていました。彼女が表の門を通って戻ったのでないことは、警備の者が証言するでしょう」

「だからって、なにも――」

「裏の通用門は普段使わないので鍵がかかっていました。河村さんひとりでは入ってこられません。でもあの人なら前に鍵を手に入れていた可能性はあります」

「勝手な推測ばかりするなよ」

「あの人と河村さんはふたりで通用門から忍び込んで来て、ナムと離れの中で会っていたのかも知れません。そしてナムが倒れたとき、まだあそこにいたのかも知れない。ぼくたちは昨日あの人を捜す時間がありませんでした。河村さんに聞けばなにかわかるかも知れないと思いましたが、彼女はどうやら行方をくらませたようです」

それは事実だった。ナムを病院に移送するどさくさの間に、河村は部屋にあった少しばかりの荷物を持ってふたたび姿を消していた。深春たちにもなにもいわぬまま。例の大きすぎるスーツケースはそのまま残っていたが、空だった。

「河村千夏、二十一歳、未婚、名前は本名です。東京O女子大学を休学して昨年からホーチミンシティの語学学校に留学中。彼女の姉は京都のH女子大短大部を四年前に卒業し、在学当時は四条彰子と同期だった。そこまではわかっています」

「あんた、最初から彼女が嘘ついてることに気がついていたのか？」

「ぼくは医者ですから、怪我の程度は見ればわかります。捻挫していないことは触れただけでわかりましたが、擦り剝き傷だけにしては彼女の訴えはあまりに大げさでした」

ロンは今度ははっきりと、口元に乾いた冷笑を浮かべた。

「ぼくとあなたたちと、どちらが目的なのだろうとは思いました。それで治療の間に、パスポートを見て身元を調べてもらいました」

「彼女が彰子さんのスパイなら、下手にうろうろされるより目の届く場所に置いておこうってつもりだったのかよ」

「まあ、そうです。彼女と親しくなれれば、いろいろわかることもあるだろうと思ったのですが、残念ながらそれほどの時間はなかったですね」

「グェン・ティ・ナムという女性は、なにものですか？」

それまで沈黙を保っていた京介が尋ねたとき、ロンの顔色がさっと改まった。それは隣に座っているレ・グォック・マインも同じだった。名前が出たことで、問いの内容は推測できたのだろう。

「それはもういってあります。彼女は祖父の主治医です」

「だが、それだけではない」

「それだけです」

押し被せるようにロンはいう。

「彼女はあのガジュマルの樹の下からなにかを掘り出したようでした。白い金属の缶のようなものを。あれはなんだったのですか？」

「錆《さ》びたコインやガラス玉が詰まっていました。誰か子供の遊びだと思われます」

ロンは無造作に言い捨てる。

「なんでそんなもんを、夜中に――」

「なにか勘違いをしたのでしょう。大事なものが樹の下に埋まっている、と思いこんで、それを掘り出そうとしたのではないでしょうか」

「少なくともそれと、自殺とは結びつかないな」

深春はもう一度話を引き戻した。いくら暗くもあり、離れたところからとはいっても、何事もなさそうな人間が苦痛の声を上げて倒れるまでを一貫して見ていたのだ。あれが自殺だといわれて承伏出来るはずがない。


「栗山さんは、どうしても自殺と考えるのは気に入らないですか？」

「気に入る入らないの話じゃないだろう」

「では事故ですか。除草剤は庭の物置に瓶に入ってありました。その中身が飛んできてナムの口に入りましたか」

「馬鹿な――」

「では他殺ですか。河村さんかあの人がやりましたか。その方が気に入りますか？」

「てめえッ」

「事故はありそうもないです。自殺でなければ殺人ということになります。栗山さんはなぜ怒鳴りますか？　ぼくにはわかりません。ぼくのいうことが間違いなら、わかるように説明をして下さい」

ふたりがナムを殺したと疑われるのが嫌なら自殺説を認めろ、というのがこいつの論法なのだ。たぶんそれが一番レ家にとっては問題の少ない、当たり障りのない結論だから。

レ・グォック・マインが政治的な野心を抱き、出世を望んでいるならなおのことスキャンダルには敏感だろう。その家の中で殺人事件などあってはならないことだから、なにがなんでも自殺で決着をつけてしまおうとしている。そして一部始終を見ていた深春たちにも、反対させまいと。

　ロンはその意を汲んで動いている。だが年上の従兄を醜聞から守ろうとするのは、彼に好意を持っているからではない。彼からそうするように求められているわけでさえないかも知れない。

　京介のことばを借りるなら、それが現在ロンの選択したゲーム。他人を手駒に使い、状況を支配し、白いものを黒だと認めさせること自体が目的になっている。だからロンの目の中には、意図せぬまま満足の笑みが滲《にじ》んでいるのだ。彼にとってナムの死は人間の死ではない。ゲームボードから駒がひとつ除かれたというだけのこと。それも失って惜しい駒ではなかったということなのだろう。

（なんて野郎だッ——）

　だがそれならなおのこと、ナムは自殺したわけではない。ましてや彰子が殺したはずもない。深春にはまだわからないが、京介には真相がわかっているらしい。早くそれを持ち出して、こいつをへこまして欲しい。

「あなたたちも知っています。隠していたが河村さんはヴェトナム語を話せました。それなら彼女がナムに除草剤を飲ませることも、可能だったと考えられます。動機もあります。トゥーを連れ出すためにはナムが邪魔だったからです」

「動機を問題にするなら、彼女を殺す可能性は他の人間にもあったのではありませんか」

　京介のことばに、ロンはふたたび表情を硬くする。彼の背を隣から、マインがこずいているのがわかった。日本人がなにをいっているのか、さっさと通訳して聞かせろというのだろう。だが彼は、京介を見つめて動かない。

「僕のことばをレ・グォック・マイン氏に通訳して下さい、ロン。僕はグェン・ティ・ナムは女医である他に職務を持っていたと考えています。そのために彼女は殺されることになったと」

マインがさらに乱暴に動作でロンをうながした。彼は視線は京介から離さぬまま、こちらからはなにをいっているのか聞き取れないほどの小声で、二言三言をつぶやく。

するとマインの肉づきのいい顔に、さっと朱の色が走った。それは明らかに怒りの表情だ。彼は口を開くと、叩きつけるように叫んだ。

「あなたはそのようなことをいってはならない」

ロンが平板な調子でそれを通訳する。マインはわめき続ける。両手を振り回し、拳を握って力任せにテーブルを打つ。わざとらしい威嚇《いかく》のポーズ。だがその口から出る声の意味がわかるのは、ロンの感情を交えぬ通訳によってだ。ふたつの落差が妙に滑稽で、同時にひどく不気味だった。

「それはあなたのためにならない。誰のためにもならない。私はあなたとあなたの友人を、スパイ容疑で逮捕させることが出来る。他のどんな容疑をかけることも出来る。私が命じればあなたの荷物は調べられ、そこからは禁止された品物が発見される。あなたは知らないといっても、その主張は無視されるだろう。

私は知っている。日本の政府は民間人の保護に熱心でない。我が国で我が国の法を犯した日本人は、我が国の法で裁かれる。そしてあなたは裁判が開かれるまで、何年も何年も留置場で待たなくてはならないだろう。我が国の留置場はソフィテル・メトロポールの客室とは似ていないだろう」

ユーモアのつもりだったらしい。彼は前歯を剝き出しにして笑ってみせた。それから今度はロンの方を向いて、高圧的に叱りつける口調で話し出す。その中にアキラコという名前が出るのを、深春は聞き逃さなかった。

たぶんマイン氏は、日本人ふたりをハノイに呼んだ彼を非難しているのだ。おまえのせいでこんな面倒なことになったのだ、とでも。

だがひとしきり大声で怒鳴りつけると、彼はいきなり打って変わって最初のときの人好きのする笑顔を回復した。さあさあ、この話はこれくらいで止めよう、というように大きく手を広げてロンの肩を叩き、こちらにまで笑ってみせる。破顔一笑。いまのは全部冗談だよ、とでもいうように。

だが深春はいまとなっては彼の微笑や、そんなアクションに嘘臭いわざとらしさしか感じなかった。当人としては飴と鞭、目一杯脅しつけた後にほっとさせて、けっこう上手に人の気持ちを操作しているつもりなのだろうが。

「バック・マインは、自分はこれから政府の用事があるので出かけなくてはならないといっています。そして、あなた方は友人であるからまたハノイに来たときはいつでも訪ねて欲しいと」

そうしてマインが退場すると、深春は彼を玄関まで送って戻ってきたロンに確認した。

「いまのはつまり、つまらないことをいっていないでとっとと帰れ、ってことだな」

「国外退去になれば、もう二度と我が国に入国することは出来なくなります。それよりは普通に帰国するのがいいのではありませんか?」

「彰子さんの件はどうするつもりだよ」

「大変ご迷惑をおかけしました。ですがこれ以上あなたたちに、力を貸していただけることはないと思います」

迷惑も迷惑、そのおかげでこっちはボーナスふいにしたんだ、とはみみっちすぎる文句のようで口に出さなかったが。

「彼女にはあなたたちと帰ってもらいたかったのですが、無理なら仕方ありません。見つけることが出来たら、ぼくが責任を持って日本へ帰国させますのでご安心下さい」

「親子三人元のさやに収まるって選択肢は、最初からないっていうのか?」

「それはぼくが決めることではない。だが兄と彼女の気持ちが離れていることは確実です」

あんたが決めつけるなよ、いくら兄弟だからってそういうことを、といってやりたかったが、考えてみればタンは煮え切らない態度で弟のせりふを裏付けているようなものだったから、深春も言い返しにくい。それからロンは、口をつぐんだままの京介をちらりと見て、

「よろしいですね、桜井さんも?」

「僕がイエス、と答えればあなたは安心するのですか、エム・ロン?」

京介の口調にはかなり辛辣《しんらつ》な響きがこもっていて、さすがのロンも不快げに眉を寄せた。

「あなたの意思を確認したのはぼくの礼儀です。その方がいいというなら公安を呼んで、あなたたちを問答無用で国外に退去させます」

「それならば、英語の出来ない人間を選ぶのをどうかお忘れなく」

ロンの眉間の縦皺が深くなった。

「どうしてもその話題を続けたいですか。それなら聞きます。桜井さん、あなたはさっきナムが殺されたと断定した」

「ええ、しました」

「それは動機だけでなく、方法もわかっているという意味ですか?」

京介はじっとロンを見つめた。そして低く答えた。ええ、と。

「僕にはそれがわかっていると思います」

「犯人も、ですか?」

「ええ。その犯人でなければなし得なかったトリックなのですから」

「トリック、ですか」

「ええ。大変にシンプルな、しかし充分に効果的なトリックでした」

京介の口調はどこまでも静かだった。口元には薄く笑みが浮かんでいる。だが、京介がそれほど冷ややかに笑うのを見たことがない、と深春は思う。酷薄な、といってもいい。その表情は——深春は不意に気がついて愕然とした。

似ているのだ、向かい合って座るロンのそれに。まるで鏡に映したように。さっき深春の背筋に虫の這い上るに似た不快を感じさせたロンの冷笑を、いまは京介が奪い取ったかのように己れの顔に貼り付けている。

「犯人は僕が見守っているに等しい状況で、彼女を死に追いやりました。おそらくは僕がそれを見ているに違いないということまでが、犯人の計画の一部でした。僕には事前にそれを察知する手段はなかった。だが彼女がどんな人間であったにせよ、目の前でひとりの生命が失われることを看過してしまったのは、僕にとって嬉しいことではない。そのようにして利用されたことは耐え難く不快です」

淡々とことばを紡ぐ京介の口元を、深春は傍らからある戦慄を覚えながら見つめていた。氷片を浮かべた水流のような声は、どこへ向かおうとしているのか。ロンもまた、京介の口調と表情がいままでとは違ってきているのを感じたようだった。それでも虚勢のように笑い返した。

「あなたは、殺人という犯罪を糾弾しているのですか。それとも、自分のプライドが傷ついたことに腹を立てているのですか？」

「僕は正義の味方ではない。法の番人でもない。殺人全般を語るつもりも、その資格が自分にあるとも思いません。ただ非常に不愉快だといっています。口をつぐんだままこの国を去ることを、耐え難く感ずるほどに」

「いいでしょう。なぜあなたはグェン・ティ・ナムの死を殺人だと決めつけるのか。ぼくにはそれは不可能だったとしか思えません。そんな方法があるなら聞きたいです」

「それを口に出すことは、マイン氏から禁じられたと理解しましたが」

「仮定の話として話題にするのなら、かまわないではありませんか」

「ロマン・ポリスィエのトリックを話題にするように？」

「そう、それです。単なる仮定の話です。あるいは事実を基にしたフィクションです」

「わかりました。ではそのつもりで話しましょう」

「しかし、ここだけの話です。なぜならこの国の人間は、フィクションと現実を分別して考えることに不慣れだからです。あなたの話を聞いて事実だと誤解し、混乱する者も出るかも知れません。それは誰にとっても良くないことです。あなたはここでぼくに自分の考えを話す。ぼくだけに」

「いいでしょう。その代わりロン、あなたも彰子さんを殺人の罪で訴えるようなことは、断念されるのでしょうね」

「あなたが沈黙を守るなら、ぼくも同じくそれに倣います」

ふたりは視線を合わせ、同時に軽くうなずく。チェス盤を前にした対戦者のように。その表情は息を詰めて見守る深春の目に、いっそう似通ったものと映った。

2

「ロマン・ポリスィエ、日本でいうミステリの中には、毒殺場面がしばしば登場します。砒素《ひそ》は現実の毒殺犯罪でも、フィクションの中でも多く用いられましたが、近代以降のミステリで多用されるのはいわゆる青酸カリ、シアン化水素やシアン化カリウムのたぐいです。だが多くの場合ミステリの中のトリックは決して実用的ではありません。例えば口紅に青酸カリを仕込んで、それを塗った女性がほどなく昏倒して死ぬ。これは明らかに誤解ですね」

京介は学生の暇談義のような、のんびりとした口調で語り出す。

「ええ。シアン化物は胃で胃酸によって青酸を遊離することで毒化します。唇に塗った紅は少量ずつは呑み込まれるかも知れないが、致死量に達するのは容易ではないでしょう」

ロンも応じたが、その口調はやはりやや硬い。

「それに青酸化合物は水で溶くと、特有の匂いや味がするといいますね。医者のあなたに素人がこんなことはいうまでもないでしょうが」

「学生のときに実験で舐めさせられました」

「砒素は無味無臭の粉末だそうで、日本でも保険金詐取目当てに食べ物に混入して殺害を謀《はか》る事件が起きました。他に記憶に残る毒殺事件だと、トリカブトの毒素アコニチンを抽出してカプセル化したものを飲ませた、というものがありました。舌に刺激と特有の苦みを感ずるので、カプセル無しでは飲ませられなかったわけです」

「わかります」

「シアン化物やアコニチンに限らず、多くの場合毒物には刺激味や刺激臭があって、覚悟の上の自殺であってもそれに耐えかねて吐き出してしまう場合が多い。まして気づかれぬように致死量を嚥下《えんか》させるのは困難です。日本で戦後の混乱期に起きた集団毒殺事件では、赤痢の予防薬と偽って青酸化合物を飲ませて十二人を殺したのですが、このときは保健所の所員を装って来た犯人が、上を向いて舌や歯に触れないように一気に飲め、と事細かに指導したそうです」

「そろそろ本題に入りませんか、桜井さん。ナムは除草剤を飲んでいました。無論刺激臭はあり、催吐性もあります。彼女の意志に反して致死量を飲ませることは、極めて難しいと思います」

「ただしカプセルのようなものを用いて味がしないようにし、効果の出る時間をずらせられれば、ということですか？」

「そうですね。あなたたちが彼女が庭に出てくるのを見る前に、それは与えられていたとすれば」

「しかしそりゃ変だろう!」

深春は黙っていられなくなって口を挟んだ。

「庭に出てくるまで、ナムはあの離れの中にいたんだ。彰子さんなり河村なりが離れに行ったんなら、そこに直がいないのはわかるだろう。彼女を毒殺する理由はないことになるぜ。違うか?」

「チャンスがあるときに、邪魔者を排除しておくのがいい、と考えたのかも知れません」

「殺人鬼じゃねえぞ!」

「あるいはトゥーがいないことに気づく前に、毒物は与えられていたとも考えられます」

「エム・ロン、推測だけならなんとでもいえる」

京介がふたたび会話の主導権をもぎ取る。

「そう、推測ですね。あなたのことばもぼくのことばも、お互いに」

ロンは皮肉で応じたが、

「あなたは医師だ。僕らにはなんの情報も与えてはくれないが、被害者の死因となった除草剤が本当に庭の物置にあった薬剤と同じものか、どの程度の濃度を持ち致死量はどれほどだったかということは、すでに摑んでいるのではありませんか?」

「残念ながら桜井さん、我が国の医療機関は日本のそれほど優秀ではありません。検査の器具も手段も充分ではなく、すでに亡くなった人間のために分析の手間暇をかける必要も認められるとは限らないのですよ」

「ましてそれが自殺なら、ですか」

「そうです」

(ロンがいっていることは、どっかおかしい——)

深春は思う。自分をゲーム・プレイヤーに擬して現実をねじ曲げる。ナムの死を自殺だということにしてしまう。それはいい。だがこいつの頭が確かなら、自殺にしてはおかしいということはちゃんと承知しているはずだ。

殺人の可能性はある。だが犯人はわからない。そんな状況で平然としていられるものか？　他殺だというならなによりも、犯人が誰か知りたいと思わないか？　なのにこいつは京介に向かって動機や方法がわかっているかと聞いて、三番目にようやく「誰が」と聞いた。ということは、犯人が誰かってことはもうわかってるってことか？　つまり犯人はこいつか？

動機も方法もわからないが、そう考えるのが一番わかりやすいじゃないか。しかもこいつは医者だ。カプセルに毒を仕込む。そんな工作も素人よりはよほど手際よくやれるだろう。体調の悪い人間に薬だと偽ってそれを渡すのも医者なら自然だし、ヴェトナムにそういうものがあるかどうかは知らないが、死体検案書のたぐいをでっちあげることも可能だろう。居合わせた俺たちを帰国させてしまえば、どういう状況で彼女が死んだかということだっていかにも自殺らしくこしらえあげ放題だ。

「京――」

だが深春は次の瞬間、息を呑んで声を詰まらせている。京介が前を向いたまま、深春の爪先を嫌というほど踏んづけたのだ。そうして視線はロンの顔に向けたまま、平然と続ける。

「刺激性も催吐性もある、濃縮されていたとしても分量もそれなりにある毒物を、騙したり誤魔化《ごまか》したりして被害者に嚥下させることは難しい。ましてカプセルに入れてなど。だから彼女の死は自殺以外ではないと、他のあらゆる矛盾点にもかかわらずあなたは主張する。確かにグェン・ティ・ナムは自分の意志で、進んでそれを口に入れたかも知れない。ただし自殺の意志などなく、それが毒物であるとは知らないままでだった。僕はそう考えます」

「それは馬鹿げています。知らないで口に入れたとしても、彼女を死なせた除草剤の有害成分は、口内の粘膜をただれさせ非常な苦痛を味わわせる。吐き出すのが当然ではありませんか」

「そうですね、当然です」

　ロンの反論を京介はあっさりと受け流した。

「念のために申し上げておきますが、桜井さん、ぼくには一日中確かなアリバイがあります。昨日は朝この家を出て勤務先の軍病院に行き、帰ってきたのはあれが起きる直前でした。門のガードマンが帰宅時間を承知しています。寝る前に台所に行き、使用人を起こしてなにか食べるものを作ってもらおうとしていたとき、庭に人がいるのに気づいて出てきたのです」

「あなたを疑っているわけではありません」

　京介はふたたび彼のことばを受け流す。

「だがカプセルを使用して前もって渡してあったとするなら、昨日一日のアリバイを問題にしても意味はないことになります」

「カプセル？　結局、あなたの結論もそこに行くわけですか」

　ロンの口元が笑いのかたちに吊れ上がる。

「それではトリックと犯人が結びつくとはいえません。自殺説もありだ、ということになる。いささか退屈な結論ですね」

「結論ではありません。第一被害者を解剖すればわかるはずです。有害物質がカプセルの溶解によって直接胃の中に広がったか、口腔や咽頭に爛れが見られるか否か」

　ロンはなにかをいいかけるように口を開きかけて、止めた。

「ただ僕は想像するのです。彼女は異常を感じても吐き出すことをしなかったのではないかと。強《し》いられたのではなく自分の意志で。僕が見たとき倒れた彼女は、唇の隙間から血混じりの唾液を垂らしながらも必死に口を閉じていました」

「だから、それはなぜですか」

「人は飲み食いするため以外にも、なにかを口に入れる場合があります。そして異常を感じても、吐き出すわけにはいかない場合が」

「…………」

「無論異常は感じたでしょう。すさまじい痛みや熱を口の中に覚えたはずです。だが彼女は強い意志を持っていたので、そのために命を捨てることになってしまったのです」

目の中に、昨夜見た情景が嫌でもよみがえってくる。苦痛にゆがんだナムの顔、その口元から溢れ出る赤い血混じりの唾液。だが彼女はなにも吐き出さなかった。歯を食いしばっていた。犯人はそんな彼女の性格さえ、計画に入れていたのだろうか。だとしたらひどく残忍だ、と深春は思う。

ロンは硬い表情のまま黙り込む。両手を胸の前に組み、京介のことばの先にあるものを読み取ろうとするかにじっと唇を嚙んでいたが、

「想像ですね、あなたの」

「そうです。なんの証拠もない。だが最初にいったのはあなたですよ、単なる仮定の話、ここだけの話としてだと」

「ええ、そうでしたね」

「僕はあの女性のために復讐する立場にはないし、正義の執行にも興味はない。犯人が必ず法の裁きを受けるべきだとも思いません。ただし、エム・ロン。これからについては別の話です」

「これから？……」

「僕は自分と、自分が関わりを持った人間が不当に傷つけられることを看過するつもりはありません。もしもそうした事態が起こった場合、僕は自分の想像したことすべてをしかるべき筋に打ち明けるつもりです」

京介の口調にふたたび冷酷な刃が戻っている。ロンの目が暗くひかった。

「証拠もない単なる想像を？　そんなものがなにになります？」

「単なる想像でも、まったくの無力ということにはなりません。ある程度の妥当性を備えていれば。それはあなたにもわかっているはずだ」

「しかし桜井さん、あなたはまだ全部話してくれていません。あなたの想像がどれほどのものか、ぼくにはまだわかりません。ナムに除草剤を口にさせたトリックとは結局のところなんなのですか。誰にならそれが出来たというのですか」

「わからないというなら仕方ない。だがこれ以上話すのは、いまは止めておきます。なぜならこれは僕の切り札ですから」

「あなたなら最弱の手でも、平然と賭金を吊り上げるくらいのことはしそうです」

「ブラフだと思うのはあなたの自由です。しかし僕はそれほどのギャンブラーではありません。負けるかも知れぬ賭はしないことにしています」

「やはりあなたはぼくを疑っているようです」

「それもご想像に任せましょう。安心して下さい、これでも口は堅い方です。友人にもいわずに沈黙を守りますよ。あなたが彰子さんに罪を着せるようなことをしなければ」


そこでことばを切った京介は、なにを思ったかテーブルの上に手を伸ばす。置かれたまま誰にも飲まれずに冷え切ったコーヒーのカップ、クリーム壺、そしてシュガーポット。薔薇の蕾《つぼみ》の形をした蓋の摘みを持ち上げると、その白い結晶を一匙《ひとさじ》、カップの中ではなくテーブルの上にこぼした。濡らした指先につけて、それを顔の前に持っていく。グラニュー糖の微細な粒が、光を反射して意味ありげにきらりとひかった。

「なにをやってるんだよ、おまえ」

だが京介は答えずに指先から砂糖を払い落とすと、すい、と椅子から立つ。

「あともう何日かはこの街に滞在することになると思いますが、ホテルを探そうと思います。ここにお世話になっているのは心苦しいので。——深春、行こう」

「お、おう」

ふたりは三階に戻って手早く荷物をまとめた。京介に問い質したいことは山ほどあるが、それはこの家を出てからにした方が良さそうだ。だが部屋を出る前に、トゥハーとチャムの姉妹が押しかけてきた。ふたりともろくに眠っていないらしく、目が充血して真っ赤だ。

「私たち、心配で――」

「なにがあったの？　ナムはなんで死んだの？　ママはなにも教えてくれないの！」

そういわれても、説明出来ることはほとんどない。ホテルに移るというと、またなぜだ、どうしてだと責め立てられる。

「チナツがいつの間にか、荷物を持って出かけたきり戻らないの。タン兄さんもアキラコもグラン・パもトゥーもどこかに行っちゃった。あたしの家はみんないなくなって空っぽ。どうしてこんなことになるの？　なにがいけないの？　ちっともわからない、わからないのよ！」

チャムは自分のことばに高ぶったように泣きながら訴えるが、姉のトゥハーはなにか感じているらしく口数が少ない。だが見つめる目には、妹と同じ懇願がこもっている。

「チナツやアキラコさんから連絡があったら、僕たちに知らせてもらえますか？」

京介がトゥハーに頼んだ。

「ただし他の方には、僕らに知らせることは内緒にしておいて下さい。どうやら失言をしてマイン氏のご機嫌を損じたようなので」

「パパの？　パパならあたしがいえば聞いてくれるわ。だから行かないで――」

泣きながら声を張り上げる妹の肩を、トゥハーがやさしく叩いてなだめながら、

「でも、どちらにご連絡を？　ああ、そうだわ。ホテルをご紹介します。こぢんまりとした、欧米人のお客様が多い宿ですから、落ち着いてお過ごしになれると思います。従業員も信用出来ますし」

## 3

家の車で送らせるというのは固辞して、呼んでくれたタクシーで旧フランス人居留区にあるそのホテルへ向かった。いわれた通り客室数は四十足らずの小さな、だが洒落た作りのホテルだったが、チェックインを済ませると部屋に落ち着く暇もなく、京介はすぐ出かけようという。昨日深春が河村と会った旧市街のカフェに行ってみよう、というのだ。彼女が自分たちに連絡をつけたいと思ったら、そこになにか伝言を預ける可能性があると。

なるほど、とは思ったが、

「そんなことあるかなー。あいつ、俺たちのこと完全に敵視していたぜ」

「彼女らの理性を信じるならね。このまま手をこまねいていても、直君を取り戻すことは出来ない、それはわかっているはずだ」

それと、と京介はつけ加えた。

「このホテルに僕らがいることは、ロンに伝わる可能性がある。ここで寝るのは考えものかも知れないな」

「まさか、公安警察が襲っても来ないだろう？」

「杞憂ならいいのだけれどね、彰子さんを厄介払いしたいなら、薬物所持でもなんでもでっちあげて、国外退去させるのが一番手っ取り早い。だから最悪のシナリオは、僕らが会っている最中に踏み込まれて一網打尽というやつだ」

「うう、そう来るかー」

こうなってくると自分たちが、この国ではなんの後ろ盾もない民間人だということが、いまさらのように心細く感じられる。レ・グォック・マインが脅し文句でいった通り、日本の大使館はほとんど当てにならない。保護すべき自国民の中に数えられるのは視察の与党政治家か代議士止まりで、一般人の旅行者など厄介者としか思われていないはずだ。

何人《なんぴと》でもその国にいる以上はその国の法律に従うというのは、当然のことかも知れないが、現地語の出来ない国で冤罪《えんざい》をかけられるかも知れないというのは、想像しただけでやばい。現在のヴェトナムの留置場や刑務所が、この世の地獄といわれた昔の政治犯収容所、コンソン島の『虎の檻』ほどではないにせよ——

「じゃあ、幸いいまのホテルでは、パスポートを預けろとはいわれなかったし、お互い貴重品は身につけているし、別のホテルに部屋取って寝るのはそっちにするか？　トゥハーから伝言がないかどうかだけ、電話で確かめればいい」

車を止めるのも面倒だったから、ふたりは旧市街に向かって歩き出している。このあたりは歩道も広く、信号もあちこちにあるから、それほど神経質にならなくとも平気だ。もっともときどきはその広い道が、駐車場になっていたり路上カフェが店を広げていて歩けなかったりはする。

「旧市街ならけっこうこぎれいなミニホテルが増えてたぞ。ああいうとこなら部屋代も安そうだし、いろいろ便利だ。あっ、だけどセキュリティということから考えれば、他の高級ホテルの方がまだましかな。日系のニッコーとか、あるいはヒルトンとか」

「あるいは、君だけ出国するか」

「って、おい京介、なにを言い出すんだよ」

予想外のせりふに深春は目を剝く。

「こんな状況で帰るわけにゃいかないだろ？」

「もともと君は乗り気じゃなかったろう」

「それは——」

「いま戻ればボーナスの支給日にも間に合う」

金の問題じゃないぞッと怒鳴ってやろうとしたのだが、思いに沈んでいるような京介の横顔に気が削がれた。

「いまさら後には退けないさ。乗りかかった船だ。おまえだってそういう気持ちなんだろ？」

京介はすぐには答えずに足を運んでいたが、

「深く考えもせずに、君を巻き込んで連れてきたことは悪いと思っている。それについては君の赦《ゆる》しを乞わなくてはならない」

深春はとっさにどんなリアクションをすればいいのかわからない。これまで十数年のつきあいで、いろんな事態に巻き込まれたことは数え切れないほどある。だが京介に一度でも、「悪い」といわれたことがあったかどうか記憶にない。まして「赦しを乞わなくては」などとは青天の霹靂《へきれき》、いやむしろ鬼の霍乱《かくらん》だ。

「——おまえ、腹でも壊したのかよ」

やっとそれだけいったのに、京介は依然笑いも反発もせず、

「僕が軽率だった。柄にもない好奇心で足を突っ込んでしまった。まさか人死にが出るようなことになるとは夢にも思わなかった」

「馬鹿だな。日本を出る前にそんなことがわかったら、そりゃ名探偵じゃなく予言者だろ」

「その上さっきはつまらない見栄を張って、ロンを挑発した」

「挑発、だったのか」

「話している内に、彼の鼻をあかしてやりたくなったのさ。人間はゲームの駒じゃない。少なくとも僕はおまえに利用などされないと。それに下手な手出しは出来ないと思わせるには、こちらの手札をせいぜい高そうに見せかけるのが一番だと思った」

「それは有効だったわけだろ？　俺にはもうひとつ話の筋が見えなかったけどさ」

「熱くなっていたんだ、冷静なつもりで」

「いやあ、おまえすごくクールに見えたけどな。氷山の浮かぶ北極海の水くらい」

「はは」

面白くもなさそうに京介は笑う。

「自分のせりふを考え直したら、あまりの愚かしさに気分が悪くなった。グェン・ティ・ナムは殺された。同じように君が殺されないとなぜいえる？」

「えっ？」

深春は思わず大声を上げて、足を止めてしまった。周りのヴェトナム人が、何事だというようにこちらを振り返っている。

「じゃあやっぱりナムおばさんを殺したのは、ロンだっていうのか？」

京介は、立ち止まらずに歩こう、というように顔を動かしたが、答えない。深春は横を歩きながら、片腕を捉えて引く。

「京介！」

こちらを見ようともしない。だが無言のままのその横顔が、肯定のしるしなのか。

「じゃあ教えろよ。どうやってあいつはナムを殺したんだ。彼女は口から血の混じった唾液を垂らしていたよな。ということはたぶん、毒はカプセルが胃で溶けて効いたんじゃない。彼女は口からそれを呑んだんだ。確かパラコートは粘膜を冒して爛れさせるんだろう。だけど、どうしてもわからない。自殺以外にどうやればそんなものを呑ませられる？　ロンは俺たちよりほんの数秒早く駆けつけただけだった。あいつがナムに触れる前に、彼女は大声を上げてもがき出したんだ。彼女が倒れたときはまだ、かなり距離があった。それは確かだろ？」

京介は答えない。口を引き結んだまま歩き続ける。チクショウめ、おまえのつもりくらいこっちにはわかってるぞ。

「とにかくおまえはそのトリックを見破った。そしてロンにわかっているぞということを知らせたわけだ。俺たちが見張っているのを承知でやったというのは、ロンが自分のトリックに絶対の自信を持っていたからだ。どれだけ不自然でも、自殺以外の可能性はなかったって証人にする気だったのかも知れない。だからきっとあいつはショックだったろうさ。おまえの考えの少しでも先を読もうと、必死になってるのが丸見えだったもんな」

「――ああ」

「おまえはうまくやったじゃないか。いいところで推理を止めたから、あいつはどこまで見抜かれているのか確信が持てないままだ。プライドは高そうなやつだから、まさかわかるはずがないと思いたい。いまごろさんざん迷ってるさ。だけどまさかあれしきのことで、殺して口をふさいでやるとまで短絡はしないだろう。やくざでもなし」

「…………」

「俺まで狙われるかも知れないなんて思ってわざわざ、友人にもいわない、とか強調してたんだろ？　いいたくないなら無理にいえとはいわないけどさ、俺、帰らないぜ。せっかく久しぶりにヴェトナム来たんだ。まだなんにもうまいもの喰ってないし、街だってろくに歩いてない。博物館くらい見物に行きたいし。いや、もちろん彰子さんのことだってなんとかしなきゃならないけどな」

せいぜい脳天気な調子でいってやる。

「さあ、そうと決まったらなんか喰おうぜ。考えてみたら今日も、ろくな食事してないじゃないかよ。取り敢えずフォーでもすするか？　人間血糖値が下がると悲観的になるんだってよ。腹が減っては戦が出来ぬ、だ。いいだろ？」

「うん――」

それでも京介はまだ黙《だんま》りを続けていたが、またぽつんっとつぶやく。

「それにしても最後に、よけいなことをした」

「最後にって、あ、あの砂糖？――」

何気なくそういったら、京介に手首を掴まれた。足は止めない。ぐいぐい引っ張りながら歩き続けている。指先が食い込んで――

「いてえッ。こら、痛いってば、放せよ。おまえ、なにをいきなり馬鹿力出してるんだよ！」

「忘れろ、深春」

「忘れるもなにも、こっちにゃあなんだかさっぱりわからねえっての」

「わからなくてもだ！」

京介は前を向いたまま吐き捨てた。深春は唖然とする。こいつがそんなふうに声を荒らげるなんて、滅多《めった》にあることじゃない。顔はうつむき、伸びっぱなしの前髪は表情を完全に覆い隠していたが、下唇を繰り返し噛みしめて、えらく苛立《いらだ》っているみたいだ。だけど一体なんだって？

「京介、おまえどうしたんだよ？」

摑まれた腕に力をこめて京介を引き留める。空いた左手で肩を摑んで、こちらを向かせようとした。京介は肘で深春の手を払い除ける。だがその動きで髪が横に流れ顔が露《あら》わになった。頰に一刷《ひとは》きの紅。寄せられた眉の下の、こちらを凝視する眼が険しい。それでも摑んだ手首は離さないまま、

「誰にもあのことはいうな。少なくともこの国にいる間は、一言も。いいな？」

「わかったよ。いわないから、もうちょっと説明してくれ。な？」

「Ｎｏ」

「京介！」

「全部終わったら話す。でも、それまではなにもいうつもりはない」

「おまえ、かなり勝手だな」

「気に入らないなら帰れ」

それきりドアを閉めて、内から鍵をかけたようになってしまった京介に、深春もさすがに手の出しようがない。どうやら京介が腹を立てているのは、ロンに対してやり過ぎた自分自身にらしい。そして沈黙することがなにより、深春の安全のためだと考えている。赤ん坊でもあるまいし、身を守るにだって肝心なことを知らないよりは知っている方がましだと思うのだが、それでこっちがカッとなって「もう知らねえッ」とでもいって背を向ければまたこいつの思うツボだ。

(馬鹿野郎。そうはイカノキンタマだぜッ——)

例の旧市街のカフェに着くと、オーダーを聞きに出てきた女の子に、早速預かりものがないかどうか尋ねる。すると京介の読み通り、本当にそれはあったのだ。名前だけでなく、こちらの人相風体《にんそうふうてい》も教えてあったらしく、じろじろと上から下まで検分されたが、

「OK. It's for you.」

無愛想な顔のまま、茶封筒を手渡された。飲み物だけでなくフランスパンのサンドイッチも出来るというので、それも頼んで上に上がる。ファンキエム湖を見下ろすテラスに落ち着くのを待ちかねて、

「なにが入っているんだよ」

京介の手元を覗き込んだ。それはタイプライターで打たれた一枚の文書だ。右上に打たれたノンブルは『10』で、その紙の半分ほどで文章は終わっている。

「これ、ヴェトナム語だな?」

「そうらしいね」

「なんだって河村は、こんなものを俺たちにことづけたんだろう。もらったって読めないのはわかってるだろうに」

「読めなくても、わかることはあるだろう?」

「ずいぶんしわくちゃで汚れてるな」

「そう。だが折り皺は、この封筒に入れるためについたものだけだ」

「つまり前には畳まずに置いてあった」

「紙は専用のタイプライター用紙だ。縁の方だけがわずかに黄ばんでいる」

「打たれてからけっこう時間が経っているわけか」

「いや、時間が経ったのは用紙の方で、文章が打たれたのはそれほど古くないと思う」

「どうして?」

「通常タイプライター用紙はA4だ。それにしてはこの用紙は少し縦が短い。たぶんレターヘッドの部分が切り取られている。そして切り取られたらしい上の縁は黄ばんでいない」

それは京介のいう通りだった。

「古くなった用紙を引っ張り出してきて、不要なレターヘッドの部分だけを切り取ってタイプした、というわけだな」

「まあ、文章を作成したのは以前で、レターヘッドを切り取ったのだけが最近、という可能性もあるけれど。——それからこの汚れ」

「湿った土がついたみたいな感じだな」

「それだけでなく、ここに液体が飛び散ったような小さな飛沫《ひまつ》があるだろう？」

深春は紙を持ち上げて、陽射しに透かしてみる。

「少し、赤っぽいな。まだ新しい感じだ」

そして鼻先に感じた、ある臭気。

「京介、もしかしてこれ」

「僕もそう思うんだ。それはグェン・ティ・ナムの口から飛んだ血のしずくではないか。この紙は河村さんが昨日の夜、ナムを運び出した後に落ちていたのを拾ったんじゃないか、とね」

「つまり、これを見ながら彼女は樹の下を掘っていたって？」

宝の地図のようには見えないのだが——

「それからこの文章の最後の部分だ」

京介が深春から取り戻した紙をテーブルに置き、指先を滑らせる。

「最後の一行の中に、僕らが知っている人物の名前がある」

「あ！——」

アルファベットで綴られているから、固有名詞だけは拾えるのだ。——Le Hong Rong
「レ・ホン・ロン。あいつの名だ！」

「それから、その前の行にも」

そちらは——Le Van Thin
「レ・ヴァン・ティン、じいさんの名前か」

「年号らしい数字も見えるだろう」

「これか、1987」

「そう。するとひとつの仮説が浮上する」

いいながら京介は膝の上に置いていたバッグから、表紙の黄色くなったノートを取り出す。ティン老人から借り出したあの回想記のノート。その最後の文章は、フランス語で書かれた『一九八七年十二月十日、私、レ・ヴァン・ティンがフランス語でこれを書き記した』だ。

「つまりじいさんが十四年前にフランス語で書いたものを、孫のロンが後になってヴェトナム語に翻訳した？　だからフランス語の方にはないロンの名前がここにある？」

「そういう推測が成り立つ」

「まあ確かに、フランス語で書かれたものじゃナムおばさんは読めなかったろうもんな」

口に出してそういってしまってから、深春はふいにはっとする。

「もしかしてこれは、ナムに読ませるためにフランス語から翻訳されたのか？」

京介は答えない。

「まさかこの文書自体に、毒が仕込んであるなんてことはないだろうな。いや、あり得ない話じゃないぞ。本のページに毒を塗って、指を舐めてはめくって読んでいる間に死んじまうなんてミステリがあったよな。——おい京介、止せよ、触るな！」

「君の読みはいいところまで行っている」

いいながら手にしていたノートの方を、静かにその紙の上に重ねた。さっき見せた苛立ちの表情は、もうそこにはかけらも残っていない。

「河村さんのおかげで、僕の推理の穴が埋まった。ある意味ナムはこの文書に殺されたんだ」

「だってなにが書かれているのか、中身は読めないだろ。あ、そのフランス語の原文の方でわかることなのか？」

「いや、死の罠《わな》はヴェトナム語の訳文の方にだけ仕込まれているのだと思う。彼女が最後まで、この紙を持っていた事実で充分だ。動機に関しては、原文から推測出来るけどね」

相変わらず肝心のことはなにもいう気はない、ということらしい。深春は憮然とするしかない。

「だがそれはともかく、この件はひとつ終わった。口に入れるものには充分注意することにして、僕たちは本来の任務について考えるとしようか」

「本来の？」

「もちろん四条彰子さんとその息子の件だよ。直君を彰子さんの手に無事渡すことが出来れば、僕たちはロンとのゲームに勝ったことになる」

彼の好青年らしい仮面の中から覗いた、冷たい薄笑いが記憶によみがえる。その過去がどれだけ理不尽な不幸であったとしても、彼が直よりまだ幼い身で母親と引き離された苦痛を忘れられないのだとしても、同じ痛みを兄の息子とその母親に味わわせる権利などあるはずはない。

「よし、やろう」

握ってみせた拳に、京介が乾杯するように軽く自分の拳を当てた。


「勝ちたいな」

「僕もだ」

# 八角回廊の眩惑

## 1

　ふたりの日本人がレ家を出た三日後の晩、レ・ホン・ロンは四条彰子からの電話を受けた。

　大声で罵られ、あるいはヒステリックに泣きわめかれるだろうと覚悟して受話器を取ったロンだったが、彼女の口調はレ家に暮らしていたときと少しも変わらない。習い覚えた北部発音のヴェトナム語を折り目正しく話す、その声は依然心の内を推測するには静かすぎた。

「あなたにお願いがあります、エム・ロン」

「なんでしょう」

「たぶんあなたにお話しするのが、一番適当なことだと思うのですが、私のパスポートを返していただきたいのです。もちろんそれがどこにあるか、ご存じなのでしょう？」

　無論彼はそれを知っていた。兄嫁が息子を連れて出国することがないよう、盗難の危険があるからという口実をつけて、それは息子の旅券とともにレ家の金庫にしまわれてある。いまも。

「日本にお帰りになりますか、チ・アキラコ」

「ええ、あなたの望まれたように」

「ぼくがですか？　いいえ、それはあなたが望んだことだと思います」

　平静な彼女に合わせて、ロンも兄嫁に敬意を払う弟にふさわしいしゃべり方で答える。彼女がこれほどにも、日本的な克己心に富んだ性格の女性でなければ、事態はいま少し容易いものになっていたはずであるのに。だが気の毒に、彼女の自制はなんの役にも立ってはいない。

「それで、あなたの旅券はどこへお届けすればいいのですか」

だが彼女はその質問に違うことを答えた。

「私は日本へ戻ります。ですからその前に、直に会わせて下さい」

「どうぞ、いつでも会いに来て下さい。トゥーは家におります」

正確には、いまはロンが勤務する軍病院の特別室にいる。勤務中も子供に目を配っているにはその方が都合が良い。監視役としては有能だったナムがいなくなった現在、家の中が使用人と老人だけになってしまう時間も多く、なにが起きるかわからないからだ。祖父も病院の個室で養生がてらゆっくりすればいいと話したのだが、束縛を嫌って家に戻ってしまった。

「ちょうど明日は日曜日です。トゥハーやチャムもあなたのことを心配していますよ」

「あの家に行くのは嫌です」

彰子は硬い口調で断った。

「ご家族が嫌いなわけではありません。でも、私は直とだけ話したいのです。ふたりきりで。ですから別の場所へ連れてきて下さい」

「それは難しいです、チ・アキラコ」

「なぜですか」

「トゥーは大切なレ家の跡取りです。失礼だがあなたは息子とふたりきりになったら、彼を連れて逃げようとするのではありませんか？　あなたの友人の妹である女性が、そのことを隠してぼくに近づいたのもそのためだったのではありませんか？」

「いくらそんなことはしないと申し上げても、信用してはいただけないのでしょうね」

彰子の声が暗くなる。だが彼女は河村の役割を否定しなかった。あの美しい女性がいまどんな表情をしているか、それを想像するとロンの胸に残忍な衝動が湧く。息子と生き別れさせられる苦痛に、彼女は泣くだろうか。

そのときはあの日本人形のように整った白い小さな顔がひび割れ、感情を露わにするのだろうか。だがそれほど辛いなら、彼女は息子を置いて家を出たりするべきではなかった。異郷での生活がたとえどれだけ耐え難かったとしても、息子と別れたくないなら息子のために忍耐するべきだったのだ。

「否定されるのですか？」

「いいえ。でも私が諦めるしかないのだろうと思います、息子を」

「あなたは結局息子よりも、ご自分の自由を選ばれるわけだ」

「違います」

「違わないでしょう。トゥーにしてみればあなたに捨てられるのと同じです」

「あなたのお母様も、好きこのんであなたと別れたわけではないと思います」

思わぬ反撃に、ロンは電話のコードを握りしめていた。

「ぼくのことは関係ありません」

そう答えたが、彰子は聞こえていないように口疾《くちど》に続ける。

「大人になればきっと、あの子もわかってくれるでしょう。いいえ、責められたとしてもそれは仕方ないと思います。あの子にならなにをいわれても、甘んじて受けるつもりです。でも、それはあなたにではありません。あなたとあなたのお母様のことが私には無関係なように、これは私と直の問題なのですから。エム・ロン」

「とにかくあなたはトゥーと会うべきではない、少なくともいまは」

よけいなことをいう必要はない。彼女を日本に帰してしまえば、それで終わる。

「会えばあなたも悲しいだろうし、トゥーも悲しいでしょう。帰国されるならこのまま行かれるのがいいと思います」

「別れもいわせないとおっしゃるの？」

聞こえてくる声は依然静かだったが、語尾が微かに震えている。

「最後にただの一日も、会わせてくれるつもりはないというの？」

「ですから、こちらに来ていただければ――」

「お願いを聞いていただけないなら、私にも考えがあります」

聞こえてくる声がふいに変わった、と感じた。

「あなたはグェン・ティ・ナムを殺したのでしょう？」

「サクライから聞いたのですか？」

「いいえ、私の友達が見ていました」

「チナツ・カワムラが？　あの暗がりでなにが見えたというのです？」

「でも彼女は、ナムが最後まで持っていたタイプ用紙を拾いました。それでなにが起こったか、想像することは出来ます。あなたは命令されてしただけのことかも知れないけれど」

ロンは受話器を口から離して、ゆっくりと深呼吸する。落ち着かなくてはいけない。なにも、決定的な失敗はしていない。証拠というほどのものではない。

「タイプ打ちした原稿は祖父のものです」

「ええ、そうですね」

「トゥーとあなたを会わせれば、返してもらえるのですか？」

「お返しします。私にはなんの意味もないものですし、チナツも私と日本に帰ることになるでしょう。誰にもなにもいいません。あなたが心配することはなにもありません」

「ぼくはなにも心配などしません。ただ、持ち出された祖父のものを取り返したいだけです」

「私も、私の息子に別れをいいたいだけです」

心配することはない。その通りだ。彼女が息子を奪い返したいと思ったところで、異国人にこの国でなにが出来る？

「わかりました。で、どこでトゥーと会わせろとあなたはいうのですか？」

「明後日の月曜日、国立歴史博物館に朝八時半」

「月曜は博物館は休みです」

「他の人間はいない方が、あなたには安心ではありませんの？」

「わかりました。バック・マインに頼みます。ですが、なぜ博物館です？」

「結婚した後、タンとふたりで初めて訪ねた場所ですから」

「思い出があるのですね」

「ええ。あの建物は好きです」

そして同じ敷地内の研究所は、現在彼の職場でもある。もっともタンはいまハノイにはいない。中部に出張で出かけている。それに月曜日なら研究所も休みだ。無論彼女は承知しているだろう。このことで、夫からはなんの援助も期待出来ないという、そのことも。


「タンとは会わなくていいのですか？」

「もう、する話はありません」

熱のない口調で彰子は答えた。

「彼を恨みますか？」

「いいえ。ただ私たちは思い違いをしたのです。恋をしていると、お互いに」

これで片がつくと、少しばかり気が緩んだのかも知れない。ロンは自分にもあらず、無意味な感慨めいたことばを口にしてしまった。

「思い違いでない恋など、あるのでしょうか」

「あります、きっと」

すかさず答えた彰子は、しかし我に返ったように低く笑った。たぶんそれは自嘲だったろう。それでも再び彼女はいう。

「ロン。あなたも恋をすればわかるわ」

「ぼくは一生恋などしません。ご存じのはずだ」

彰子は答えず、そのまま電話は切れた。

ロンはもう一度受話器を上げ、兄が泊まっていると聞いていたホイアンのホテルに電話した。待つほどもなく電話口に出た彼に、彼の妻から電話があって日本に帰ると聞いた、とだけいう。

「そうか――」

「月曜日に会って、パスポートを渡すことにしましたから」

「面倒をかけるな」

兄はその夜もことば少なだった。

「大したことじゃないです。部屋に残った彼女の荷物は、ぼくが荷造りして送っておきます」

「任せるよ」

「義姉さんになにか伝言は?」

「いや、いい」

「疲れているようですね」

「このままハノイには戻らずに、カンボジアにまで行かなくてはならなくなりそうだ」

「ミーソン遺跡の関係ですか?」

「ああ。チャンパのヒンドゥー遺跡は実に興味深いよ」

そういったときだけ、兄の声にいくらかの生気が戻る。

「お身体に気をつけて下さい」

「おまえも」

電話は向こうから切れたが、ロンはしばらくそのまま音の絶えた受話器を手にして眺めていた。『おまえも』という疲労を滲ませながらもやさしい声の響き。それは疾うに顔さえおぼろな、父の口調を思い出させる。サイゴン陥落の混乱の中で見失われた父。彼がどんな最期を迎えたか、遺体がどこに倒れたかさえ誰も知らない。

父は消えた。母は兄を連れて、陥落寸前の街から辛うじて脱出するヘリコプターに乗り込んだ。

兄が嫌いだ。

自分と良く似た顔をした、だがたぶん考えていることは少しも似ていない兄が嫌いだ。

物心つかぬ昔のことは覚えていない。だが彼がアメリカから帰国したときから、兄への憎悪はロンの中で育ち続けた。

サイゴン陥落の混乱の中で自分ひとりが取り残された、それは仕方のないことだとわかっている。自分は小児喘息で寝込んでいて、動けなかったのだから。自分につきそって残ってくれた祖父は、南ヴェトナムの知識人、ジャーナリスト、政府関係者、資産家などとともに再教育キャンプに送られて、ロンは文字通りの孤児となった。

当時戦乱で親を亡くした子は町にも村にも溢れていたが、親が再教育キャンプに送られた子供はその中でも差別される、最低ランクだった。犯罪者、人民の敵、反革命分子の子供。それが新しく与えられた名前だった。餓死線上をさまよう間に皮肉にも喘息の症状は消え、数年後祖父が高齢を理由に解放されて孤独ではなくなったけれど、食べるものにも事欠く状況はさして変わらなかった。

その後北に行った年上の従兄レ・グォック・マインに見つけてもらえたおかげで、ふたりは父祖の地であるハノイに戻った。人並みの生活が出来るようになり、高等教育も受けられ、むしろ人より恵まれた暮らしになったけれど、親しみ薄い縁者から一方的に恩恵を被っているという意識は、誇り高いロンには快いものではなかった。

物質的にはマインに多くを与えられながら、依然としてロンの心の支えは祖父レ・ヴァン・ティンのみだった。だがそのふたり、バック・マインとオン・ティンの間には、思想的にも暗然たる対立が横たわっている。

一族の長老、祖霊の祭祀者としてのプライドを堅持し、マインがもたらす特権を平然と侮蔑する祖父。しかしロンは心情的には祖父を支持しながら、生きるためにはマインに妥協せざるを得ない。その援助がなければ、大学に行くことなど出来ないということがはっきりわかっているだけに。

そこに、兄が帰国した。

兄は健《すこ》やかだった、身も心も。

『おまえだけに辛い思いをさせてしまった。母さんもずっとおまえのことを心配していた。とうとう会えないままアメリカで亡くなってしまったけれど、最期までおまえの名前を口にしていたよ。これからは私もおまえと力を合わせて、おじいさまを助けて家を守っていこう。私に出来ることがあったらなんでもいってくれ――』

そういって兄が自分を抱擁したとき、そのことばの響きに嘘偽りがないことを感じて、ロンは魂の底から兄を憎悪した。その感情が不当なもので、あからさまにするわけにはいかないとわかっていればこそいっそう、憎悪はロンの胸の内に燃えさかった。

この兄を苦しめたいと思った。彼の艶やかな頬から血色を奪い、苦悩に呻吟させたいと思った。そんなことをしても自分の失われた過去は償われないと、百も承知で。


(あなたは知らない、自分のそれと較べては天国に等しいあなたの子供時代に、ぼくがどれほど激しい嫉妬を燃やしているのかを――)

(あなたは心満ち足りた人間の鈍感さでぼくに朝晩微笑みかけ、そのたびにぼくの血管に火を注いでいる。あなたという存在すべてが、ぼくを傷つけぼくをおとしめる……)

(しかもあなたは美しい妻を得、息子を得た。ぼくには決して手に入らない幸せを易々《やすやす》と自分のものにした。ぼくがあなたを妬《ねた》み、あなたの不幸を願ったとしても不思議ではないのではありませんか。どうしてそんな可能性に気づけないのか、むしろその方がぼくには不思議ですよ、兄さん……)

だが兄の結婚生活は四年で破綻した。その蔭に自分のひそやかな悪意が、それなりの効果を発したことにも兄は気づいていない。裏切りも謀略も知らぬ兄の心は弱く、ほんの小さな穴を足元に掘るだけで彼は容易く転んだ。

鏡の中の影のように、兄に寄り添い、兄の心をなぞりながら、そこにほんのわずかな疑惑の毒を投ずる。兄は気づかぬままそれを飲み込み、それに内から染められ、異国人の妻を疑いながら疑う自分を責める。家庭を直視することを恐れ、仕事に逃れる夫に、妻の愛情も薄れていくのは当然だ。そうして彼の表情が次第に暗く翳っていくのを見ると、ロンの心も安らいだ。苦しみ悩んでいる兄に同情することはたやすく、初めて心から彼を愛しく思った。

兄嫁が憎いわけではない。だが彼女は自分と兄の間を引き離す。兄は誰であるよりも、レ家の一員でなくてはならない。祖父は共産主義者となり、さらに政治家の道へと進もうとしている孫のマインを認めていない。だからレ家の血統は我々が継がなくてはならないのだ。医師という伝統の仕事は自分が受け持ち、兄の血がそれを次代に伝えるだろう。兄弟のどちらが欠けても駄目なのだ。

(そうだ。これは必要なことなのだ——)


ロンはふと、桜井京介という日本人のことを思い出す。しかしそれはいささか、奇妙な感触と苦さを伴った記憶だった。初めてその名を聞いたのは、父親に結婚を反対された彰子がその手を逃れた経緯が兄から語られた、そのとき。それこそロマン・ポリスィエ紛いの冒険を兄は面映《おもは》ゆげに、だが嬉しそうに口にしたが、ロンが心に留めたのは兄嫁の勇気より、彼女の父親の監視の目を逃れるために、機略に富んだシナリオを書いた男のことだった。

大した報酬も求めず、血縁でもない娘の恋の成就のために入り組んだ計画を立て力を貸したというその男の心情に、納得の行かないものを感じたのだ。そんなお人好しの善人がいるはずがない。それにお人好しといわれる人間は大抵頭が悪いものだ。他に有りようを知らないから仕方なく、お人好しとして振る舞っている、そんなたぐいの連中だ。彼らは他人をあざむくようなことは出来ない。それをすればお人好しの看板を下ろさねばならなくなる。

その男は決してお人好しではない。誰かを助けるというより、人の運命を操り動かすことにこそ興味があったのかも知れない。結果として四条彰子が幸せになろうがなるまいが、彼女が父親の元を逃れたことで誰に迷惑がかかろうがかまわない。ただ自分の計画で人が踊り、それがあざやかに決まるのが見たいという欲望。それなら理解できるとロンは思った。そうした欲求は自分の中にも、間違いなく存在するからだ。

義姉について日本に行き、その男と会えると知ったときは大いに楽しみだった。なるほど、容易に手の内を見せない人間だと思った。断じてお人好しの善人などではない。理性に照らして引き合わぬ犯罪などには手を染めないだろうが、既存の倫理や思想道徳は一顧だにしない、むしろ侮蔑して足蹴にしようとする。たぶん、自分と似たタイプだ。そう思うとロンは不思議なくらい胸が躍った。そんな人間と出会ったのは初めてだったから。

なんとか相手の本音を知りたくて、反応を引き出したくてあのときはずいぶん多くのことをしゃべった。だが結局のところそれは、ひとり芝居だった気がする。兄嫁に対する思慕や兄との対立、そんないかにもな餌をちらつかせても、桜井はほとんど乗ってこなかった。祖父から聞いた過去の事件を、ミステリめかして聞かせてみても。ロンは軽い失望を覚え、彼に関する記憶を心の隅に片づけた。

その名が再び意識に上ってきたのは、彰子が彼の住まいに電話をかけていたからだ。彼女が家を出る決意を固めていることは、数週間前から予想がついていた。日本に戻る。大変けっこう。だが、レ家の跡取りである子供を連れていかせるわけにはいかない。そのとき、桜井を利用するというアイディアが浮かんだ。彰子がわざわざ「関わらないでくれ」と頼んだということは、関わる可能性が充分にあるということだ。彼が顔に似合わぬお人好しなのか、そうでないのかはともかくとして。

息子を連れ出せぬまま彰子はひとりで家を出た。好機到来とロンは日本に電話をかけた。早急に彼女を見つけ出して保護しなくては、自殺や親子心中のような手段に出るかも知れないとほのめかした。桜井に彰子を見つけさせた後、トラブルをでっち上げてでも国外退去処分にしてしまえば、彼らは二度とヴェトナムには来られない。

（いささか予定外の展開になって、桜井はうまく踊らせられなかったが、いいさ。トゥーを確保して母親を日本に帰させられれば……）

ロンは苦い回想を強引に打ち切った。ナムが死んだ翌日の会話は思い出すのも不愉快だった。あのときどんな手段を取っても、彼らを強引に帰国便に乗せてしまうべきだったのだろう。レ家を出た日本人ふたり組は、トゥハーが紹介したホテルからも行方をくらませている。帰国していないことは確かだ。先ほどの彰子の電話の背後に、彼らが控えていたとしてもなんの不思議もない。

負けるわけにはいかない。いや、負けるはずがない。彼らはヴェトナム語すら話せぬ外国人だ。そして歴史博物館は広い庭に建っているが、四囲は高い塀に囲まれ門は二ヵ所。片方の門は研究所の職員が出入りする通用門で、休みの月曜には閉鎖される。正門から自分とトゥーを乗せた車が出入りする間、他の誰も通さないよう警備員を配置すれば逃げ道はない。それでも日本人が子供を力尽くで強奪しようとするなら取り押さえ、誘拐の現行犯として逮捕させるまでだ。

自分の書斎から廊下に出ると、外から帰ってきたらしいトゥハーと出会った。

「アイン・ロン、トゥーの様子を見てきたわ」

「そう。元気でしたか？」

「ママに会いたい、ママはどこって泣かれて、困ったわ」

もらい泣きでもしたのか、トゥハーの目の縁が赤い。

「病院の個室なんて、いくら広くても牢屋みたい。話し相手は看護婦しかいないし、あれではトゥーが可哀想よ」

その目で非難するように睨まれたが、ロンは軽く肩をすくめた。

「もうじき家に連れて帰れます。そうしたらあなたたちとも毎日会えます。そう、誰か良い育児係の女性を捜さなくてはなりませんね」

「アキラコは戻らないというの？」

「戻りません。彼女は日本に帰ります」

「そんな、ひどい――」

ロンは当然それを、彰子を責めることばだと聞いた。

「ええ、ひどい母親ですね」

「違うわ！」

トゥハーはいきなり声を張り上げた。

「私、そういうつもりでいったのじゃないわ」

「では、誰がひどいのですか？」

彼女は答えずに背を向けた。言外の意思表示が、誰を非難しているかは敢えて聞くまでもない。だが自分は決して、間違ったことはしていない。息子を置いて家を出たのは結局彰子の意志だ。そしてレ家にはトゥーが必要なのだ。

（そうとも。ぼくは間違っていない――）

2

月曜日の朝、ロンは使うつもりでいた自家用車がすでに出払っているのに気づいた。自家用といってもそれは正確には国営企業が所有し、運転手もそこの社員で、政府の費用でマインに貸与されている車だ。この日は彼が一日使わないという話だったので借りる許可をもらっていたのだが、エンジンの調子が悪く急遽修理に入れなくてはならなくなったのだという。そういわれてしまえば、文句をいうわけにもいかない。

仕方なく懇意の旅行社から車を回させたが、その運転手が無愛想な上にハノイの道に不慣れらしく、トゥーを預けてあった病院に寄ってから博物館に向かったときは、予定を三十分以上も遅れていた。このアクシデントはロンの神経を苛立たせたが、大した問題ではない、と自分を抑えた。

小脇のポーチには彰子の日本のパスポートと、今日の午後の香港経由東京行きの予約済み片道航空券が入っている。博物館を出たら彼女はただちに空港に向かい、予約された便に乗らなくてはならない。そして二度と戻ってこない。パスポートを渡す前にそう申し渡し、彼女の出国は人をつけて見届けさせることになっている。

隣にきちんと膝を揃えて座り、半ズボンの腿に両手を載せて、トゥーはなにもいわない。こちらを見ようともしない。以前は父親よりロンになついて甘える子供だったのが、特に母親が家を出てからは別人のようにおとなしい。

だが少なくとも今日は、泣いたり騒いだりしないでくれるのはなにより有り難かった。実のところ子供は苦手だ。少しの間なら猫でもかまうようにあやしていられるが、長くなると自分の忍耐も尽きてしまう。

マインは、トゥーに子供らしい無邪気さや純真さがないという。日本人の血のせいかな、と彼は無神経に笑っていたが、ロンも覚えている限りではよく大人に同じことをいわれた。そんなときは下を向いて黙ったまま笑っていた。自分にそんなものがあるはずがない、と。

子供が無邪気であれるのは、大人が邪《よこしま》なものから守ってくれるからだ。悪を知らずに済むから純真なのだ。ロンは食べるためには、人から盗まなくてはならなかった。そして身を守るために嘘をつかなくてはならなかった。だがなにより忌まわしいことにロンは、それが良くない行為だということを承知していたのだ。

トゥーは自分のように飢えたり、寒さに死にかけたり、盗んだり欺いたりしたことはないはずなのに、それでもこの子が自分と似た暗さを持っているのだとしたら不思議なことだ。自分自身の子供時代には嫌な記憶しかないが、それと似て見えるこの子は、なぜか似ているからこそ愛《いと》しく思える。

妻を見限った兄は、その生んだ息子も愛さないかも知れない。電話でも子供のことを聞きもしなかった。それなら兄に代わって、自分がトゥーを育ててやろう。おじさん《チュー》ではなくとうさん《ボー》と呼ばせてやろう。幼児では扱いに困っても、学校に上がる年齢になれば勉強を見てやれる。早い内から医者の仕事に興味を持つよう、指導してやることも出来る。

「トゥー」

子供は無言で目を上げた。ロンを見た。

「もうすぐ旧正月《テト》だ。なにか、欲しいものはあるか？」

「ほしいもの？……」

「お願いすれば、おじいさまが買ってくれる」

唇を動かしかけて、だが目を伏せて小さく頭を振る。「お母さん《メ》」といおうとして、止めたように見えた。頭の良すぎる子だ。まるで昔の自分のように。ロンの胸にたったいままでの思いとは裏腹の、憎しみに似たものがまた湧いてきた。

車が停まっている。通常なら歴史博物館は朝八時の開館だ。時計を見るとすでに九時近かったが、今日は閉館日だから正門は閉じたままだ。しかしマインの力で半日だけその建物を借りるという話は通っていて、すでに中にいた職員が門扉《もんぴ》を開こうとしていた。

またそこには博物館の職員だけでなく、日頃レ家の正門の警備を任せている警備員の主任チャン・カンも待ち受けていた。ロンの命令を聞き、仕事をさせるのにも一番信頼が置ける男なので、今日は別途賃金を払ってこちらへ来させたのだ。

チャンの後ろにはその他にも四人、レ家で警備員として使うことのある若い男が控えている。彼らは五人とも警備員の青い制服を着ていて、他にふたり黄茶色の制服を着て、門を開いているのは博物館の職員だろう。

「アイン・ロン、あの方はもう来ておられます。中に入られました」

チャンのことばにロンは舌打ちする。約束は八時半なのだから仕方がない。先に来て、館内や敷地内に他の人間が紛れ込んでいないかどうかチェックするつもりだったのに、すっかり予定が狂ってしまった。

「博物館の中に入ったのは、チ・アキラコだけですね？　彼女はひとりで来たのですね？」

「はい、それは間違いありません。八時過ぎに職員が来て正面扉の鍵を開け、あの方が来られたのが八時半でしたから」

「彼女が入った後にも？」

「今日は研究所も休みですし、この門のところに私を含めている七人で全部のはずです。第一ここからでも入り口の扉は見えていますからねえ、他には誰も入っていないのは確かですよ」

ロンはトゥーを残して車から降りた。職員の方はロンの命令を聞きはしないだろう。鍵を開け閉めする以外は知ったことではないという顔で、門の脇にある入場券売場の中に座り込んでお茶をすすっている。人手が五人では少ない。もっと人手を集めさせたつもりだったが、彼の命令がうまく伝わっていなかったようだ。

だが考えようによっては、当てにならない人間を増やすほど隙が出来る。その中に彰子が雇った男が混じっていないものでもない。警備員の五人は顔見知りだからいいとして、博物館職員の顔も一応確認した。ふたりとも三十代くらいの男で、少なくとも桜井たちの変装ではない。

そのまま門内に車を入れさせ、

「門を閉めたらチャン、あなたはここから離れないで下さい。ここから博物館の扉を見張って、ぼくとこの子がまた車で出ていくまで、門は開かないように。いいですね？」

「わかりました」

「それからあなたの部下の四人をふたりずつ博物館の側面に立たせて、窓から出入りする者や庭に怪しい人影がいたりしないか見張らせて下さい。二階の窓も忘れずに。ロープを使えば下へ降りるのは簡単です」

「お任せ下さい」

だがそのときロンは、後ろから背中を手荒くこづかれてぎくっとなる。

「よおっ」

振り返ると、桜井京介と一緒に来たもうひとりの日本人、栗山が立っていた。彼はずうずうしく閉ざしかけていた門扉の間から滑り込んでくると、知己のように肩に腕を回して耳元でささやく。

「これから彰子さんと会うんだろう？　俺もつき合わせろよ」

「彼女から聞いたのですか？　それとも誰かがあなたに知らせましたか？」

「さあね。あんたのところの電話を盗聴したのかも知れないな」

「帰ってもらえませんか」

肩にかかった太い腕を引き外しながら語気を強めていったが、

「へえ。じゃあ俺が好き勝手にしていてもいいんだな？」

そういわれて気が変わった。まさかとは思うが、この男は桜井とは違って荒っぽいこともやりかねない雰囲気がある。下手に泳がせるより、自分がそばで目を配っていた方が安全だ。

「わかりました。来ていいです。ただし、口出しはしないで下さい」

「手も出さないよ」

愛想良く答えたが、信用など出来るわけがない。薄汚い無精髭の笑い顔がどこか剣呑《けんのん》だ。だが、これ以上時間を無駄にしているわけにはいかなかった。正面玄関の階段下までつけさせた車の後部座席からトゥーを下ろし、運転席から降りるそぶりもないドライバーに命じる。

「ここから車を動かすな。おまえは降りなくていい。ぼくとこの子が出てきたらすぐに乗れるように、運転席で待機しろ」

帽子だけは日本のタクシー運転手のような鍔つきのそれをかぶっている男は、右手を挙げて軽くその鍔に触れながらうなずく。ちらりと見えた鼻先と口元に、なぜかロンはひどく嫌な感じがした。

たぶん声すら返さないその態度が、あまりにも尊大なものに感じられたからだろう。あの旅行会社に頼むのは二度と止めよう、とロンは心に決めた。運転技術もなければ、道も知らないドライバーでは話にならない。

それもよりにもよってこんなときに、と苛立つ気持ちを無理やり抑え込んで、子供の右手を握って歩き出す。

「へえ、ちょっと変わった建物だな。越洋折衷っていうのかな。イエロー・オーカーの壁に赤っぽい屋根の色がいい感じじゃないか」

後ろから来る栗山の呑気な大声が気に障る。

「これもフランスの植民地時代に作ったものなんだろう？　元は極東学院の収集品展示所だったんだよな。あんたんちに泊まった伊東忠太が、資料を見に通ったっていう、フランスの植民地政府が作ったインドシナの文化を調べる研究所。

彼が来た頃はまだこいつは建っていなかったそうだけど、伊東もその後日本で和洋折衷の建物を建てたんだぜ。屋根は和風なのにプランは教会みたいなんだ。彼がこれを見たっていうなら、影響を受けたなんて話になるんだろうけどな」

「少し黙って下さい」

たまりかねてロンは口を開く。耳のそばで大声で話されて頭痛がしてきた。

「観光なら別の機会にしてもらえませんか」

「はいはい、良くわかっていますとも」

現在国立歴史博物館となっている建物は、一九三七年に竣工《しゅんこう》し、インドシナ様式と呼ばれている。西欧建築にヴェトナムの木造建築のスタイルを折衷したものだ。鉄筋コンクリート二階建てだが傾斜した瓦屋根を載せ、軒回りや附け柱は木造を模し、採光通風に配慮してある。

平面プランはヨーロッパの教会建築に近い。横棒の短いラテン十字架形で、交差部に低い塔というか八角形のドームが載せられている。ただし祭壇のある内陣上に円蓋を載せるキリスト教会とは前後を逆にしていて、ドーム部分が玄関だ。車寄せに深いアーチ形の開口部は西欧風だが、上を仰げば正方形の四隅を落とした八角形の瓦屋根が、人の頭にかぶせた菅笠のようにも見える。


それは侵略者フランス人のヴェトナム文化に対する敬意の表現というよりは、偽善的な慰撫《いぶ》でしかなかったには違いないが、少なくとも意匠的には違和感も少なく美しいとロンも思う。アメリカから帰国した兄も、感激を隠さずに素晴らしいと繰り返していたものだった。だがいまは、そんなことを考えている場合ではない。

「さあトゥー、ママに会えるよ」

そう話しかけると、うつむいていた顔がばね仕掛けのように上がる。無表情だった顔から目が大きく動いた。

「メー？」

「そうだ。メー・アキラコがこの中でトゥーを待っている」

握られた右手を振り払って駆け出そうとするのを許さず、ロンは片手を伸ばして目の前の扉を押す。ガラスをはめたドアはひどく重く、暗い。内側に幕が垂らされているのだ。

だが鍵はかかっていなかった。扉の内側は八角形をした吹き抜けの広間だった。八つの角に木造風の円柱がそびえ、塔の内側の格天井《ごうてんじょう》までさえぎるものもなく開かれた空間には、軒下の八角形の明かり取りと、周囲のフランス窓から射し入る朝の光がまぶしいほどに溢れている。左右には短い腕のように展示室が一室ずつ。そして正面には奥へ向かって真っ直ぐに、時代順に収蔵品を配置した部屋が続いている。

「メ・オーイ！」

トゥーはかん高く叫んだ。その声が高天井の下に反響する。そして、日本語で呼ぶ声が。

「直。おかあさまはここよ！」

八角形の玄関広間を見下ろす二階の回廊だった。その手すりから身を乗り出すようにしている人影がある。背後に明るいガラス窓を背負っているので、顔は影になってはっきり見えない。だがそれは紛れもなく四条彰子の声だ。

「直」

「おかあ、ま！」

トゥーはロンの手を振り切った。そのまま転げるように走り出す。二階へ上がる階段は、奥へ向かって延びる展示室の左右にあった。磨き上げた床石に足を滑らせて転んだトゥーは、しかしすぐさま飛び起きてまた駆け出す。後を追いかけたロンは、一瞬思い直して肩越しに正面扉を振り返る。栗山はまだ少し開いている扉に手をかけて、閉じるかどうするか逡巡しているようだ。

「閉めて下さい！」

「わかったよ」

ロンが階段を上りきったとき、真っ先に目に飛び込んできたのはあざやかな朱赤の色だった。丈の長い赤いフードつきコートに身を包んだ彰子は、休憩用の椅子に腰を下ろし、その腕にしっかりと息子を抱きしめていた。大声で泣きじゃくる頭をやさしくなでていた彼女は、つと顔を上げると、

「私の息子を連れてきて下さって有り難う」

こちらを正面から見つめて日本語でいう。その目には一昨夜のトゥハーほどにも悲しみの色がない。泣き腫らした様子もない澄んだ眼の色だ。もしかすると彼女はもう、気持ちを切り替えてしまったのだろうか。息子を奪おうと必死になっている、などというのは自分の側の思いこみでしかなかったのだろうか。それならそれでけっこうだと思う反面、裏切られたような腹立たしさがなくもない。

「遅くなりました」

「いいえ。ヴェトナム最後の思い出に刻むには、良い場所だと思いますわ」

「航空券をご用意しました。今日の午後のキャセイパシフィック、香港経由の東京行きです」

「重ね重ねご親切に」

そう答える彰子の真意がどこにあるのか、ロンからはいまひとつ明確に読み取れない。どこまでも落ち着いた口調であり表情だ。

「下に車を待たせてあります。ぼくたちはそれで先に帰りますが、あなたのパスポートと航空券は車に置いてきてしまったので、帰りにお渡ししましょう。空港までお送りできればいいのですが、それではかえってあなたが辛いと思いますので」

「周到でいらっしゃること」

そういって薄く笑ったのが嫌みだろう、ということはさすがにわかる。彼女の見送りもチャンにさせるつもりだが、そのことはいまはいわない方がいいとロンは思った。いま彼女の腕の中にはトゥーがいる。あまりに追いつめるのは良くない。

「では、三十分外して下さい」

「それは、困ります」

「なぜですの。私がこの子を抱いて逃げ出すとでも思って？　出来ませんわ、そんなこと。どうせあなたは外の門に見張りを置いているでしょう。それにパスポートもないのに、どこへどうやって逃げられるというのです？

正直に申しますわ。もうお金もないんです。あなたが航空券といってくれなかったら、私、少しでいいですから貸して下さいとお願いしなくてはなりませんでしたわ」

彰子の声が次第に高ぶり上擦《うわず》ってくる。見上げる目の中に怒りの炎が揺れた。

「ロン、あなたが私を嫌っているのは知っています。なぜかはわからないけれど、あなたもあなたのおじいさまも私をお嫌いです。でもいま私は自ら子供を捨てた母親として、これ以上ないほど己れをおとしめてこの国を去っていきます。二度とこの子に会えるとは思いません。だからせめていまだけ、ふたりきりで別れをいわせて下さい！」

「――そんなに心配なら、玄関扉に貼りついて出ていかないように見張ってればいいだろ」

手出しも口出しもしないはずの栗山が、後ろから節介口を利く。やはりこの男は、隙あらばふたりを逃がそうと狙っているのだ。

うっかり相手の口車には乗れない。一階に降りれば玄関以外にも、フランス窓から手すりを乗り越えて庭に出られるのだ。見張りは立たせてあっても、彼らの腕をすり抜けることは不可能ではない。そして門からは出られなくとも庭は広い。女と幼児でも逃げ回られれば、身柄を確保するのはかなりの手間だろう。

「二階から降りませんか？」

「ええ。吹き抜けの周囲を回る八角の回廊、そこにおります。それで充分です」

「ではいまから三十分、九時四十分までです」

「わかりました」

3

燦々《さんさん》と光の落ちる回廊には、かつてヴェトナムの中南部に存在したクメール系民族のチャンパ王国の彫刻が展示されている。

インドシナ半島の東部海岸に沿って、南北に長いヴェトナムは、北に中国という巨大国家と国境を接し、その圧倒的な影響を受け続けたが、同時に南からは南進仏教やヒンドゥー教が浸透して、その拮抗の中で複雑多様な文明を築いてきた。

ロンも知らない歴史時代の様々なエピソードを、見事な戦略で侵略者を撃退した名将や興亡を繰り広げた幾多の王朝、そこに生きた人々を、兄は物語のように語って止まなかった。彼はそんな話をしていれば、時間を忘れるくらい楽しいらしかった。子供時代祖国にいられなかった分、なおのこと知りたくて勉強を続けたのだと。だがロンには、そんな昔のことなどなんの興味もない。

休憩用の椅子が並ぶ廊下は縦長の展示室と八角回廊を結ぶ位置にあって、一階への階段は左右対称に廊下の両側にある。ロンはその椅子に座って時間が経つのを待っているつもりだったが、栗山に馬鹿力で強引に引っ張り出された。

「そんなところで睨んでいたら、ふたりきりにしたことにならないだろう。いいから暇つぶしに展示の説明くらい訳してくれよッ」

「ぼくはガイドじゃない。説明など求められても出来ません」

「うるせえな。ヴェトナム語を日本語にするくらい出来るだろ。解説のプレートに英語もろくに書いてなくて、なんだかさっぱりわからねえんだよ。国立の博物館がこれだってのは、ずいぶん不親切じゃないか？」

「ぼくにいわれても困ります」

それでもロンは絶えず回廊の方に視線を投げて、そこをゆっくりと動いている彰子の影を目の端で追い続けていた。並べられた彫刻や柱の陰に、その姿は見え隠れしていたが、背後の窓が明るいのでシルエットを見失うことはない。そして彰子は足を運びながら、日本語で歌を歌い続けていた。その澄んだ歌声が伝わってくる。

「朧月夜《おぼろ》」「浜辺の歌」「冬景色」「宵待草《よいまちぐさ》」「夏は来ぬ」……トゥーがもっと小さいとき、彼女はベビーベッドのかたわらでいつもそうして歌っていた。トゥーの声は聞こえない。見ると彼女は眠りこんでしまったらしい子供を、赤いストールで包み込んで腕に抱いている。キリスト教会の祭壇に祀られた、聖母の像のように。

時計に目を落とすと、そろそろ約束の三十分が経過する。ロンは心からほっとしていた。子供も、母親も、考えていることを推し量るのは難しく、増して意のままに動かすのは困難な存在だ。金銭欲や地位への野心で汲々としている男たちの方が、どれほどわかりやすく扱いやすいことか。

だがそのとき、栗山がいきなりわめいた。

「なんだ、あれは。火事じゃないのかッ?」

同時に彼が階段の方へ走り出す。いわれてみればさっきまでまぶしいほどだった吹き抜けの空間が、靄《もや》が出たようにぼんやりと霞んでいる。

(下から煙が立ち上って?……)

「俺は一階を見てくる。だからあんたは彰子さんたちを!」

そういわれるまでもなく、ここであわてて栗山についていくのはまずい、と思うだけの冷静さは持ち合わせていた。なにが起きたのかはまだわからないが、これはやはりトゥーを奪うための手の込んだ策略の一部なのかも知れない。

だが母子の姿を見失ってはいない。八角形の回廊は、吹き抜けの一階から立ち上る煙でうすぎぬをかけたようにぼやけていたが、廊下のちょうど対岸、大きな石造彫刻の横に子供を抱えて立つ赤いコートの姿がある。さっきは背に落としていたフードが、頭に深くかぶさって目元を覆い隠していた。

「チ・アキラコ、いま行きますから」

ロンは声をかけながら回廊に駆けていこうとした。だがそれに、

「来ないで!」

かん高くひび割れた声が叫び返した。

「アキラコ？」

「来ないでちょうだい。あなたがそばに来たら、ここから飛び降りるわ！　本当よ、嘘や冗談でいっているのではないわ。この煙も私がやったの。荷物入れのロッカーに、時間が経ったら発火する装置をしかけてきた。こんな、夫が好きな博物館なんて燃えてしまえばいいのよ——」

「なにをいっているんですか。落ち着いて下さい、義姉さん！」

だがそういう声も耳に届いてはいないのか。彰子の声はいよいよ高く、狂ったように笑いながら叫び続ける。

「今日あの人が来てくれたら、あの人を殺して死ぬつもりだった。でもあなたを殺しても仕方がない。私が愛したのはあなたではないもの。けれど直と引き離されて、おめおめ日本に帰るつもりはないわ。この子は私のもの、誰にも渡さない——」

女の腕が、赤いストールで包んだものを頭の上に掲げる。

「あなたなんかに渡すくらいなら、殺すわ。この手で殺してしまう」

「止めろ！」

ロンは叫んで走ったが間に合わない。その手が目の下の床に向かって、差し上げたものを思い切り投げる。煙に包まれた吹き抜けの空間を、ストールの赤色が縦に走った。

ロンは身をひるがえした。階段に駆け寄り、駆け下りる。八角形の床の上に落ちた、ストールに包まれたもののところへ。二階まで立ち上っていた煙はここでは、すでに薄れつつある。

だがロンはその場に棒立ちになった。ストールがほどけて、その中のものが床の上に半ば転がり出ている。それは四歳の子供ではなかった。二階の回廊に展示されていたのだろう、ちょうどトゥーの背丈と同じほどの首のない彫像だった。

(だまされた！)

ロンは二階に駆け戻ろうとした。だがその視野を一瞬赤いものがかすめた。閉められた正面扉のガラスの向こうを、赤いコートを着た人影が左から右へ駆け抜けたのだ。

(そうか。こちらを一階に行かせた隙に、二階の窓からロープを使って降りたんだ！)

扉を開いて飛び出そうとした。だがそれが開かない。ここを閉めたのは栗山だ。あのときなにか小細工をしたのに違いない。時間がない。両手で力任せに揺さぶると、ようやく貼りついていたものが剝がれるような感触があってドアが開いた。

乗ってきた黒い乗用車は、なにごともなく車寄せの階段下に停まっている。その屋根越しに閉ざした正門を背にして立つチャンが、ぽかんと驚いたような顔をしているのが見えた。たぶんいつになく焦って見えるのだろうロンの様子に、なにが起きたのかと思っているのだろう。

だが本当に目を逸らさずにこの扉を見張っていたら、たったいま彰子の赤いコートが見えたはずだ。車の陰といっても上半身くらいは。役に立たないやつだと腹が立ったが、彼を呼び寄せるのはまずい。それをしたら門のところが無人になってしまう。動くな、そこにいろと手振りで止めて、そのままロンは右手へ駆け出した。

建物は敷地の一方に寄っていて、こちらはすぐ横に高い塀が続く。あまり広くもない空間に所在なげに立つ警備員の姿がふたつあるだけで、赤いコートは見えない。低い植え込み、その間に配された石碑や彫刻の陰にも隠れている者はいない。

誰か見なかったか、とロンは大声で警備員に尋ねた。驚きの表情と否定のことば、顔を左右に振る身振りが申し合わせたように返ってくる。動揺する彼らにそこにいろと命じながら、結局博物館の周囲を息せき切って一周した。だがどこにも彰子の姿はない。不安と焦燥が胸に溢れ返る。

（いや大丈夫だ。彼女が二階の窓から出たにしろ、そうでないにしろ、正門はいまもチャンが見張っている。気は利かなくともいわれたことは守る男だ。外には出られない——）

敷地内を徹底的に捜すなら、人手があった方がいい。場合によってはチャンにあと何人でも集めさせよう。それからでいい。ここからどこにも行けはしないのだから。焦る気持ちを無理やりなだめて、ロンは正門にとって返した。

そして、今度こそ唖然とした。門は大きく開かれて、止めてあった乗用車が姿を消している。怒りに声も出ないまま近づいていったロンを、チャンは目玉がこぼれそうなほど大きく目を剝いて見つめた。ぽかんと口を開いたまま、

「アイン・ロン、いま出て行かれたんではないんですか？……」

「なんだって？　おまえはこんな時間から酔っているのか？」

「とっ、とんでもない。私は一滴だって酒なんか飲んじゃおりません」

「では、なぜぼくの命令を守らなかったんだ。ぼくと子供が車で出ていくまで、門は開くなといったはずだ」

「ですから、たったいまアイン・ロンは、来たときの車で出て行かれました。お子さんも隣にいて、私にご苦労だったといわれて、コーヒー代を弾んで下さったじゃありませんか——」

「ぼくが？」

「は、はい。なあ、おまえたちも見たよな？」

チャンの後ろにいる職員ふたりも、あわてたように顔をうなずかせる。

「さっきそこの扉から飛び出してこられて、駆けて行かれたのに、いつの間に車に戻られたんだろう、とは思いましたが」

「お顔は俺たちも拝見しましたから」

「この、顔だったか」

「はあ……」
うなずいたチャンは、しかしハッとしたようにまばたきする。
「まさかあれは、アイン・タンだったといわれるんですか？　でもあちらはしばらくご出張だと聞きましたし、第一着ておられる上着も、眼鏡も、髪の分け方もそっくりそのままで、来られたときのように車の中に座っておられましたから——」

ロンは息を吸い、瞑目《めいもく》した。では、これ以上詮索するまでもない。自分は欺かれたのだ。他の誰でもない、兄レ・ヴァン・タンに。もしかするとあのドライバーが彼だったのか。トゥハーもその味方だ。車に細工した人間は家内にいる。

桜井と栗山、河村千夏も当然のように一役買っているだろう。タンが一味で昨日の内にハノイに戻ってきたとしたら、桜井や河村は研究所に今朝までひそんでいることが出来る。

扉を開けて入るとき、栗山は大声でしゃべり続けてこちらの注意を散漫にした。駆け出したトゥーと彰子の方に目が行っている間に、彼は河村を忍び込ませた。煙、それも無害な発煙筒の煙が下から立ち上ったときにはすでに、彰子とトゥーは一階に降りていたのだろう。コートを着ていたのは河村で、声は歌声からしてテープだ。

入ってきたときドアのガラスにかかっていた垂れ幕は、自分が降りてきたときにはなくなっていた。それは外を赤いコートがよぎるのを見せるためだ。それはドライバーの格好をした兄か、あるいは桜井が手に赤い布を持ってやる。チャンの目にはドライバーが扉の前でうろうろしているとしか見えない。

接着剤で止めてあったドアを、自分があせって押し開く。飛び出す。開いたままのドアから車の陰になるよう身を低くして、彰子とトゥーと栗山と河村が出てくる。結局ドアは二度、自分が出入りしたときにしか開閉しない。

ドライバーになっていた兄は、ロンのふりをしてトゥーと後部座席に座り、小柄な彰子は座席の下に身を潜める。ハンドルは桜井が握る。もしかすると栗山と河村くらいはまだ敷地内のどこかに隠れているかも知れないが、見つけたところでどうなるものでもない。ロンが敗れたのは彼らにではない。兄にだ。

兄の心が妻から離れたと見えたのも偽りだった。自分は彼に対する憎しみを隠し、彼を欺いているつもりで欺かれたのだ。兄は今度こそ祖国を捨て、自分は兄を失った。永遠に。

(終わった、すべて……)

# 朱雀の墓

## 1

二〇〇一年十二月三十一日。

大晦日《おおみそか》の京都の街には、昼間から身も凍る氷雨が降りしきっている。

それは間もなく雪に変わり、古都の屋根瓦を白く染めるだろう。

京都の冬は決して観光には適さぬ季節だが、それでも新しい年の始まりを王城の地で迎えたいと願う旅人は少なくはない。市の中心部に建つOホテルのレセプションにも、チェックインの家族連れが列を作っている。

ロビーには金屏風《きんびょうぶ》に松の緑をあしらった生け花が早くも正月気分を醸《かも》し出《だ》し、子供たちが上げる賑やかなというにはけたたましすぎる歓声が響き渡っていたが、その浮き立つ空気も届かない高層階のスイートのリビングに、桜井京介と栗山深春はいた。そして彼らの前に座っているのは、九十七歳のレ・ヴァン・ティンとその孫レ・ホン・ロンのふたり。彼らはハノイからホーチミンシティを経由して、関西国際空港に今朝到着したのだった。

実のところ深春が、ふたりが日本に来ると聞かされたのも今朝のことだ。歴史博物館での一幕の後、あわただしく、というより下手をしたら出国させてもらえなくなるかも知れないと、逃亡の勢いでヴェトナムを出た。その飛行機もヴェトナム航空の機体だったので、「全部終わったら話す」という約束の真相が聞けたのも日本に入国してから。だがそこまで来ると、後にしてきたこと以上に自分の生活の方が気になってきてしまう。

空港からアルバイト先に連絡を入れ、同僚の半分程度でもボーナスを支給してもらえることになり、そのまま仕事場に直行して、という有様で、後は旅発つ前に輪をかけた忙しさの中で日が過ぎた。それでも大晦日から三が日は休める、やれ有り難いと夜勤明けの早朝ベッドにもぐりこもうとしたときに、いきなり京介がいったのだ。これから京都に行ってくる、と。

「——京都？　なんでまた」

「レ・ヴァン・ティンが来るそうだ。自分にわからないことに答えを与えてもらえるなら、聞きたいといってね」

席が取れたら今夜の夜行バスで帰るから、君は寝ていれば？　という京介に、冗談じゃないと跳ね起きた。

「まさか九十七歳のじいさんがひとりで来るんじゃないだろう。ロンのやつが付き添ってくるんじゃないか？」

「いい勘だ」

「あいつのことだ。歴史博物館での一件の、黒幕がおまえなことくらい気がついてるだろう。煮え湯を呑まされたって恨んでるに決まってる」

「向こうが手を出すって？」

「ああ。じいさんの前だからって、最後まで猫被ってるとは限らないぜ。この真冬にわざわざやって来ようなんて、話を聞くためにだけとは思えないじゃないか」

京介は肩をすくめたが、

「それになんで京都なんだ？　彰子さんたちがいるかも知れないってんで、見つけてどうにかしようとしてる、ってことも考えられるぜ」

「それは違う」

「どうしてそんなことがいえるよ」

「おいでになるなら京都に、といったのは僕だ。見せたいものがあるから、とね。ロンにではなくオン・ティンにだよ」

「なにを？」

「来れば君も見られる」

「ムシュー・サクライ、あなたの話をうかがいに来た」

エアコンの出す音だけが低く響く静かな部屋の中、ティン老人がフランス語で口を切った。

「ご足労をおかけいたしました。それもこのような寒さの季節に」

「春まで私の命が保つかどうか、確信が持てなかったのでね」

「お加減が悪いのですか」

「年相応というところだがね」

老人は薄い唇を曲げて笑う。わずか半月足らず前から較べても、顔はいっそう萎《しな》びて土気色《つちけいろ》になり、声は聞き取り難くかすれて、彼の上にのしかかる老いは重みを増したようだった。

「それに、雪が見たかった」

「雪が――」

「おかしいかな。私は留学もしなかったし、ヴェトナムの北部に旅したこともないので、まだ雪を見たことがない。あの詩人が歌った記憶にしか残らぬ『去年の雪』を、せめてこの目で一度見ておきたかったということだ。

老人の気まぐれだよ。だがいつ逝かなくてはならないかわからない、となると、心残りは出来るだけ無くしておきたいと思うものだ。一生わからぬまま終わるものと覚悟していたことでも、それが正しいかどうかはともかく、答えがあるなら聞きたい。聞かせてくれ」

「では単刀直入に、あなたがたぶん一番お知りになりたいと思っておられるだろうことから答えます。僕は一九一二年にハノイのレ家で死んだ、あなたがジャックという名前で記憶している青年の素性《すじょう》を、ほぼ摑んだと考えています」

「それは、本当か」

「はい。彼も、彼を助手として使っていた建築史学者も、嘘をついてはいませんでした。学者は明治政府と東京帝国大学から当時のフランス領インドシナの建築を調査するために派遣された以外の任務はなく、助手の青年は彼に私的に雇用された学生でした。あなたの姉上が疑ったように、日本の政府やフランス総督府がレ家の内情を調べるために遣わしたスパイではなかったのです」

深春にはフランス語はわからない。だが京介が語る内容についてはすでに聞かされていたから、話の中に散らばる固有名詞や聞き覚えのある単語で、彼がいまなにを話しているか、ということは推測可能だった。今日こちらへ来る新幹線の中で改めてそのことを聞かされたときには、なんで「スパイ」なんてものがいきなり出てくるのかその唐突さにむしろ驚いた。だが良く聞いてみれば、それは決して冗談やもののたとえではなかった。

「だが――それでは――」

老人の痩せ衰えた手が、椅子の肘掛けを握りしめた。その指が小刻みに震えている。その顔の中で、唯一力を失っていない双眼が、ひたと京介に向けられる。そのことばに少しでも誤魔化しがあれば、断じて見逃さぬというように。

「こういうことがあなたにとって幸いかどうかは僕にはわかりませんが、すべては不幸な誤解であったのです」

「誤解《マランタンデュ》――」

顔を伏せて老人はうめくようにつぶやく。

「誤解、だと?」

「はい」

「姉のロァンは、ジャックに恋していた。あのときには私にはわからなかった。幼すぎてなにも。だが後で思い返して、ロァンの気持ちは理解出来ると思ったのだ。心から彼を愛しく思い、だからこそ彼の裏切りを許せず。しかしそれが誤解であったなら、姉のその後の人生は――」

苦いものを口に含まされた、とでもいうように顔をゆがめるのに、

「過ぎてしまったものは取り戻せません、オン・ティン。ご不快であるなら、無理に聞かれることはないのです」

「いや、それはいけない！」

老人は重さに耐えぬように前に垂れていた頭を、またふいにキッともたげた。まぶたの下から覗く目に力が戻っている。ことばつきは険しく、京介を責めなじるように激しい。

「それではなんのために、老いの身を押してここまで来たのかわからない。聞かせてくれ、ムシュー・サクライ。私は聞かなくてはならないのだ。そしてあなたは私を納得させてくれる義務があると、敢えてそういわせてもらう。私はまだ、すべてが誤解であったというあなたのことばを信じてはいないのだから。ロァンはそれほど愚かな女ではなかったと、そう思いたいのだから」

「愚かではなかったでしょう。むしろ多くのことを考え、推測し、案じていたのでしょう。だからこそ彼女は自分の行為が家の者に罪を及ぼすことを恐れて、祖国を離れたのだと思います」

「私もそう思う」

「彼女は、マドモアゼル・ロァンはジャックを撃ったのですね。あなたはそれを知っていた。そして彼女が犯人だという証拠を消した」

「よく、おわかりだ」

「あなたがわかるように書かれたからです、この回想の手記に」

京介はヴェトナムから持ち帰った、ティン老人のノートを取り出してテーブルの上に載せる。

「あなたは自分の記憶を書き留めておきたかった。しかし起きたことすべてを明確に書いてしまうのは危険だった。隠すことと現すこと、煙幕を張りながらほのめかすこと、相反するふたつをあなたはここで同時にしておられる。

ですがここに書かれていることの中には、明らかな虚構が混じっています。たとえば、いまもハノイであなたが住んでいるあの家が昔のままなら、右端にあったあなたの部屋に窓はなかったはずです。ヴェトナムの伝統的民家では窓はほとんどなかった。いまの窓は明らかに後から作られたものでした。とするなら、あなたの部屋からジャックのいる離れを見ることは出来なかったはずです」

「その通り」

老人は苦笑した。

「ジャックが死んだあの日、私は離れの中の彼のベッドでうたた寝していた。その内雨と雷がひどくなって、恐ろしくてますます夜具の中にもぐりこんでしまった。気がついたのは間近で銃声を聞いたからで、びくびくしながらヴェランダに這い出てみるとジャックが倒れていた。彼の短銃は彼のそばに落ちていて、彼はまだ絶命していなかった」

「姉上の姿は見なかったのですね？」

「雨の中を駆けていく背を、ちらりと見た記憶がある。だがそれよりも、ジャックが倒れていた壁に鏡があって、そこに印されていた。小さな蝶のような赤い姉の手形が。ジャックの血に染まってまだ濡れているそれが、姉の手だと私にはわかった——」

「あなたはそれを消すために、ピストルで鏡を撃った」

「ジャックが床に倒れたまま、私を見て手振りでそうしろといったのだ。彼はもう動けなかった。声も出せなかった。それでも必死に鏡を指さし、仕草で私に撃てと」

「しばらくためらった後あなたは撃った。ピストルは小型だったが、反動で子供の体はヴェランダの隅まで飛ばされ、痺れた手から落ちたそれは階段に転がり落ちた。隠すほどの暇はなかった。すでに雷雨は過ぎて、召使いたちが銃声を聞いて駆けつけてきていたから。そうですね？」

「そう、その通りだ」

老人は涙をこらえるように、両手で皺の刻まれた頬を押さえる。声はくぐもっていたが、開かれたその目は乾いていた。

「ジャックは、ロァンを庇《かば》おうとした。自分を撃った女を最後まで。そんな人間が、確かにスパイだとは思えない。だが、それならなぜ。私には、わからない——」

「マドモアゼル・ロァンは、日本人学者がジャックに贈った墨一色の肉筆画を持って祖国を離れられた。オン・ティン、あなたの手記にもその絵のことは出てきます」

「そうだ。私はいまもその絵のことを忘れられないでいる。これほど多くの時間が過ぎたというのに、あの絵はまるで昨日目にしたもののように記憶にあざやかだ」

「それは姉上がその絵を見て、日本人学者とその助手はスパイだと思い始めたからですね」

「そう」

「姉上は晩年までその絵を持ち続けていて、死の直前タンに燃やしてくれと言い残しました。ですがタンはそれをひそかに持ち帰りました。歴史学者として彼は、かつてレ家に滞在した日本人に興味を抱いたからです。その絵を僕は借り受けて、いまここに持っています」

京介は足元に置いたバッグから、賞状をいれるような紙筒を取り出す。そして中に収めたものを、細心の注意を払ってテーブルの上に広げた。すっかり黄ばんで毛羽だった和紙、大きさは習字に使う半紙を何枚か縦に繋いだくらいだ。

その紙面いっぱいにのびのびとした肥瘦《ひそう》のある筆の描線で、袂の長い振り袖に袴姿という、男とも女ともつかぬ人物が描かれている。黒髪は後ろで元結いで結び、引き目鉤鼻の浮世絵風の目鼻立ちだ。体の両側にひるがえる長い袖が、鳥の翼か蝶の羽のように見える。衣装の華やかさに反して、きりりとした表情はむしろ凛々しく雄々しい。

絵の右端には几帳面《きちょうめん》な感じの筆文字で、『我が友夢野胡蝶之助君に別れに際して贈る』とある。だが紙の左端は、手で裂かれたように波打っていて、同じく筆文字の一部がわずかに残されていた。その切れ端を見て京介は、なにが書かれていたか推測をつけたわけだが。

「この部分を裂き取ったのは、マドモアゼル・ロァンでしょうか。それともジャックでしょうか」

「私にはわからない。わかっているのは姉が黙って絵を持ち出した、ということだけだ」

「しかし裂き取られた端を、あなたは保存しておいた。違いますか?」

「捨てようとは思ったのだがな。人目に触れることが恐ろしくて、結局しまっておいた」

老人がわずかに顔を動かすと、隣に座っているロンが茶封筒を取り出して渡す。顔を合わせて以来、彼はひとこともしゃべらなければ、視線を合わせようともしない。

「なにもかも無くしてしまったのに、未だにこんなものが残っているというのは、不思議なものだ」

「あなたが南に行かれたときには?」

「他のものと一緒に油紙にくるんで空き缶に入れ、家の床を掘って埋めていった。アメリカ軍の爆撃で跡形もないに決まっていると思っていたのが、家ごとそのまま残されているのだから夢を見ているような気がしたものさ。いや、むしろ悪い夢かな」

老人は苦く笑いながら、封筒の中から皺だらけの紙片を引き出す。京介が受け取って皺を伸ばしながら、絵の横にそれを置いた。裂かれていた文字はひとつになり、読み取れるものとなる。

白罌粟《けし》に羽もぐ蝶の形見かな

「これがマドモアゼル・ロァンの誤解の源でした」

「誤解なのか、本当に?」

老人がテーブルに片手を突いて身を乗り出す。

「いまも昔も私には、日本の文字は読めない。だが中国の文字、漢字は読める。意味もな。それともムシュー・サクライ、日本ではこのことばがパパヴェル・ソムニフェルム以外の意味を表す、などというつもりか?」

「いいえ、オン・ティン。『罌粟』は日本でも同じ植物です。栽培が許可されているのは園芸種のコクリコやアイスランド・ポピーだけで、花の多くが白い阿片罌粟は当然のように禁止されています」

京介は短く息を吸って続けた。

「ですが近代以前にはそうではありませんでした。イギリス商人が清朝の中国に阿片喫煙の悪習を持ち込み流行させるまで、中国でも日本でも罌粟は有用な植物として知られていましたが、ドラッグとして乱用されることはありませんでした。十七世紀に中国から渡来して以降、白い罌粟が道端に咲き乱れ、蝶が飛ぶのは、我が国でもありふれた情景だったのです」

「それは私の国でも同じだった」

老人は低くつぶやく。

「阿片は昔から山の民には用いられていたし、治療に用いることは漢方でも西洋医学でもあったという。ヴェトナムでもラオス国境近くで細々と栽培されていた。フランス植民地総督府はそれを専売制にした。阿片を吸うのはヴェトナム人よりも、遥かに多く中国系の住民だったが、その産み出す利益は莫大で総督府を潤《うるお》していた。だが——」

「外科医であるあなたの父上は、治療のための薬剤として阿片を必要とされていたのですね」

「そうだ。総督府によって不当に吊り上げられた値でも、金のある華僑商人なら買って吸う。しかし父は薬代など払えぬ貧しい患者も拒まなかった。彼らに対しては薬を惜しむことなど思いも寄らなかった。だから父は総督府の禁令を破って、山岳地帯の製造者から定期的に阿片を買い入れていた。治療の質を保つために」

「手記にも書かれていましたね。『外科手術の苦痛は周到に和らげられた』と」

「スパイがレ家の身辺を探っているというのは、決して思いこみではなかった。父は不偏不党、医師として病や怪我に苦しむ者なら、山岳民族もフランス人も華僑も皇帝の役人も差別せずに受け入れた。だが、それは彼らを味方につけるのではなく、むしろ父の敵にした。相対立する勢力に属する者たちは、父が彼らの敵をも助けたことを、裏切りであるかのように糾弾したのだ」

「マドモアゼル・ロァンが日本人に疑いを抱いたのも、無理からぬことだと思います。西欧列強の植民地化を免れ、北の大国ロシアに勝利した日本は、しかしすでにアジアの国々にとって、尊敬すべき同胞ではなくなっていました。隣国朝鮮を武力併合し、中国大陸に侵攻の機会を狙い、フランスと同盟して日本に亡命して革命を志すヴェトナム青年を国外退去させた。


学術調査の名目で滞在した日本人が、実は植民地総督府の依頼であなたのレ家を罪に落とす証拠を探していた。それはいかにもありそうなことだ。学者の助手はいまも残っていて、しかもフランス人の父を持っている。阿片専売の禁令違反が暴かれれば、父を告発する格好の材料となる。姉上はそう考えられたのでしょう。考えただけでなくジャックに問いただし、しかし当然彼は認めず言い争いになった。それを暗示しているのがここのくだりですね」

京介はノートをめくって、その中の文章を見つけ出す。

「姉上が何度もパパというので、父のことを話しているのかと思った、と。パパではなくpapaver、罌粟だったわけです」

「ムシュー・サクライ、あなたはなにひとつ見逃さないらしいな」

「いいえ。それはあなたがこの回想を、クイズの問題のように書いておられるからですよ」

「だがあなたはまだ答えてくれていないな。あの学者がジャックに残していった絵、そこに書かれていたことばが父の罪を暗示していたのではない、ということがなぜわかるのだね。彼がジャックにつけた呼び名の中の、『蝶』の文字は共通しているが、どこにも罌粟などというものは含まれていない。ひどく奇妙で唐突だし、なぜかジャックも説明してはくれなかった。それがあの当時から、私には不審でならなかったのだ」

「失礼しました。ご説明が遅くなりました」

京介は会釈すると、

「『白罌粟に羽もぐ蝶の形見かな』これは、日本近世の著名な詩人、マツオ・バショウが作った短詩なのです。ひとりの弟子との別離のときに、彼はこの詩を作りました。袖を切って形見として贈るのは、別れを惜しむときの日本の古い習慣です。詩人は自らを蝶になぞらえ、蝶の舞う下で罌粟が白い花弁を散らす様を、袖を切って贈ると詠んだ。

同時に別れる弟子を、白い罌粟の花に見立てたとも読めます。蝶が羽をもがれればもはや飛ぶことは出来ない。弟子のおまえを失えば、これまでのように自在に旅することは叶わない。それほどにもおまえはかけがえのない存在だ。そうした意味があるのかも知れません。

当時の芭蕉《ばしょう》の日記には、夢にその別れた弟子を見て、泣きながら目覚めたという記述も見えます。旅の喜びや苦労を共にした弟子との日々を思い返し、濡れた袂を絞ったと。この短詩が絶唱と呼ばれるほどに美しく、日記の文章があまりに哀切を極めていたので、日本にはふたりの間に師弟関係以上の感情があったという俗説さえ存在します。

ただジャックに向かってそう書き残した人物に、どこまで深刻な思いがあったか。あからさまな書きぶりからしても、日本では知られた古典を引用してのことばの遊戯に過ぎなかったのではないか、という気もします。

だがジャックは説明をためらった。誤解を与えないように異国の方に説明するのは難しい、ということもあったでしょう。師である人を万一にも誹謗《ひぼう》するようなことはいいたくない、という配慮もあったかも知れません。だがなにより自分に恋愛感情を抱いている女性の前では、口に出しにくいことだったというのも無理はないと思います」

## 2

「誤解だったのか、すべて——」

長く続いた沈黙がようやく破られたとき、老人はほんの一分足らずの間にいっそう老い、疲れ果てたように見えた。皺の中から見開かれた目には依然嘆きの涙も浮かばず、落ちかがまった肩の間で頭は低く垂れている。だがその虚《うつ》ろな表情は、声を放って号泣するよりもより深く彼の絶望を表しているかのようだった。

「そんな馬鹿げた思いこみのために、ロァンはジャックを殺し、国を捨てたのか。そして私たちの誰もが姉の誤解を解いてやれず、彼女はひとり異国で死んだ——」

「しかしジャックは彼女を、赦していたのではありませんか」

京介が静かに老人のことばをさえぎる。

「彼は正面から撃たれていた。銃は彼の持ち物だった。引き金を引いたのが彼女の手でも、ジャックは甘んじてそれを受けたのだとしか思えません。一種の自殺だったと考えてもいい。あなたはその瞬間を見ていないのですから」

「…………」

「父上がおっしゃったように、ジャックには己れの人生に絶望し死を望む理由があった。だからこそ彼は最後の力を使って、あなたに彼女の手形のついた鏡を割らせたのではないですか」

「だが、ロァンはそれを知らない」

「そうでしょうか。自分が思い違いをしたと気づいたからこそ、自らを追放することで罪を償おうとした。そう考えることも出来ます。彼女がジャックの罪を信じ、自分が引き金を引いたことが正当だったと信じ続けていたなら、祖国が独立を果たしたときに帰国することは可能だったのではありませんか」

「しかし、私は二度とロァンと会えなかった」

ティン老人の声は虚ろだった。

「あのときから私は、ロァンを失ったのだ。彼女は奪われた、永遠に」

「お気の毒です」

「あなたのような若者にはわかるまい。日本のように平和な国に暮らしていればなおのこと。私の国は変わっていく。増水した大河のように、行き着く先も知らず濁流となってすべてを押し流していく。私には、いまのヴェトナムが自分の生まれた国だとはとても思えない。私が愛したものはなにもかも、消えてしまった。


だがもしも私のそばに姉が、ロァンがいてくれたなら、私は彼女の中に自分の失った過去の記憶を見出して、少しでも心安らぐことが出来たろう。思い出を語り合えば、それが幻でなかったことがわかるだろう。姉がいてくれたら、これまでの日々もどれほど耐えやすかったことだろうに——」

その声はしかし、やがて力無く消える。

「いや、姉は私よりずっと年上だった。もしも彼女が国を出ることが無くても、先立たれていて当然なのだ。間違いは私が長く生きすぎたことだ。もっと早くに逝っていれば、こんなみじめな真実を知らされることもなかったのだ」

ロンが横から手を伸ばして、そっといたわるように老人の薄い肩を抱く。それから顔を上げて日本語でいった。

「桜井さん、祖父は大変に疲れています。ぼくは彼が来ることを止めたかった。もう充分でしょう。どうか帰って下さい」

だが孫がいったことの内容を、ティン老人は理解出来なくとも察したらしい。顔をもたげると、ふたたび気力を奮い起こしたように、

「まだだ、ロン。まだ話は終わっていない」

「しかしオン・ティン――」

「ムシュー・サクライ。あなたもひとつ誤解しているのではないかと思うから、いっておく。グェン・ティ・ナムを殺したのはロンではない。この私だ。表立っては殺せないあの女、厄介極まる存在を排除するために、私が方法を考え、罠を作り実行した。あなたが望むなら、そのことで私を訴えてもらってもかまわない」

「それは嘘です！」

ロンが大声を張り上げたが、京介の表情にはなんの驚きも、他の感情も浮かばない。

「ではオン・ティン、あなたの回想記をヴェトナム語に翻訳してタイプ打ちしたのは、ロンではないといわれるのですか？」

「タイプしたのはロンでも、私が指示して打たせたのだ。ロンは意味も分からないまま、命令に従ったに過ぎない」

「外国語の出来ない彼女に読ませるために、ですね？」

「そうだ。あなたに渡すためにノートを取りに行かせたときに、わざとナムの目に触れるようにヴェトナム語の原稿も同じところに置いておいたのだ」

「彼女が読むと確信があった」

「あったとも」

「そこにも鏡があったのですね」

「鏡《ミロワール》――」

「過去と現在を二重写しにする鏡です。ナムはレ家の内情を探るスパイだったのでは」

「公安《クンアン》だよ、ムシュー。あらゆる場所に汚れた鼻面を突き入れる政府の犬だ。そしてこればかりは決して誤解などではなかったのだ」

老人は口元にさげすみの笑いを浮かべる。

「私の孫マインは政府での出世を望んでいる。だが政敵からすれば、彼には幾多の弱点がある。過去の経歴に汚点を持つ祖父、つまり私もそのひとつだ。我が国では過去の罪はなにひとつ忘れられない。ナムは半ば公然と、公安の一員として私につけられ我が家に居座っていた。孫にとってはなによりも煙たい、有り難くない存在。だが彼女を追い出しでもすれば、探られて困ることがあると認めたも同然ということになる」

老人がことばを切った後を、京介が口早に日本語に直して深春に聞かせた。なるほど、それでナムのやたらとえらそうな態度と、腫れ物に触るような扱いが納得出来る、と深春はうなずいたが、

「じゃあ、そのせいで彼女は殺されることになったっていうのか？」

そんなことで、と続けようとしてことばを呑み込んだ。ロンが敵意したたるような目でこちらを睨んでいた。

「たぶんオン・ティンのことだけでなく、ナムを派遣した政敵には他の目論見もあったのだろう。ドイモイ以来東南アジアの麻薬汚染はヴェトナムにも浸透し、政府はその対策に奔走している。汚職事件でさえ主犯格とされた被告には死刑判決が出たヴェトナムだ。阿片栽培やヘロインに政府関係者が関与していたとしたら、当人でなくとも、単なる疑惑でさえも、その政治生命を絶つには充分だろう。

仁慈溢れるレ家の医業に、総督府禁制の阿片が用いられていたことが、なんらかの情報として伝わっていたとしたら、その意味をゆがめフレームアップすることも、火のないところに煙を立てるよりはよほどやりやすい。そうした危険も考慮していたからこそ、オン・ティンはフランス語の原稿にも漠然としかそのことに触れなかったわけだが、回想記のヴェトナム語訳を読んだグェン・ティ・ナムはそこにある暗示に敏感に気づいたかも知れない。やはりこの家は阿片に関わっていたのだ、と」

「もしかして、おまえが砂糖をこぼしてみせた、あれもヘロインのほのめかしか?」

京介は微かにうなずき、ロンの表情はますます険悪さを増す。あのとき彼はテーブルの向こうで、砂糖の小山を見つめて凍りついたみたいになっていた。ゲームの達人なら平然と笑ってみせるべきだったろうに、出来なかったのだ。

「で、鈍感で悪いんだが、ナムおばさんはどうやって殺されたんだ」

「ヴェトナム語の翻訳文は、フランス語の原文にはないことが書き加えられていたのさ。オン・ティンはハノイを離れるときに、絵の切れ端を家の床に埋めていったといった。しかしヴェトナム語の方には、それが、あの椰子を巻き込んだガジュマルの根元に埋めたと書かれていた。それも持ち歩くには危険な、つまりいま明るみに出ればレ家の汚名にもなりかねない書類だけでなく、値打ちのある貴金属などもともに、と」

「貴金属——」

「河村さんが拾った一枚を、返却する前に彼女に翻訳してもらったものは、君にも見せたろう。あそこに書いてあった。父母がくれたナポレオン金貨や、翡翠の耳輪と」

「彼女は、派手な真緑色のイヤリングを下げてたよな。翡翠の紛いものの」

レ家の晩餐の席に現れたとき、顔の両側でそれが揺れていた。あまりにも色が濃すぎて、大きすぎて到底本物には見えなかった。それに、彼女には少しも似合っていなかった。だがあれが精一杯のお洒落であり、自分より富裕な人々に対して示す彼女なりの虚勢であったとしたら。

「もしも書類が朽ちてなければ大きな手柄になる。だが彼女はプラスアルファに惹かれた」

「翡翠が欲しかったのか。見つかったら、それは自分のものにしよう。そう思って、こっそり夜中に樹の下を掘って」

あのとき、と深春は思い出す。ロンは闇の中からいきなり大声を出した。威嚇するように腕を上げて振り回しながら近づいていった。ずいぶんなオーバーアクションだと違和感を覚えた記憶がある。当然不意を突かれてナムは怯えたろう。いくら公安であっても、あわよくば見つかったものを自分がもらってしまおうという腹があったのだ。後ろめたい分あわてたに違いない。そして——

「暗い中で見つけた翡翠らしいものを、口に入れて隠そうとしたのか……」

あるいは一息に呑み込んでしまったか。だが、それは翡翠ではなかったのだ。猛毒の除草剤をなにかに染み込ませるか、固めるかしたもの。口に入れた途端異常を感じたとしても、まさかそれが自分のために用意された罠だとまではわからない。長年地下に埋められていたせいで、金属の錆くらいついているかも知れない。この味はそのせいだと、思おうとしたのか。

彼女は吐き出さなかった。ロンがそばまで来ればなおさら、出すわけにはいかない。激痛に悶《もだ》えうめきながらも、彼女は必死に口を閉ざしていた。唾液すら垂らすまいとしていた。そうして死んだのだ。自分自身の欲に足を引きずられて、地獄の底まで落ちた。

(ひでえ話だ……)

そう思うのは、安全な彼岸に足を置く赤の他人の無責任な感慨かも知れない。ナムが任務を離れても清廉潔白な、情け深い人間だったということは、たぶんないだろう。彼女を排除しなければ家族になにをされるかわからないという、深刻な危機感があったのかも知れない。それでも。

(それに、じいさんはやっぱり孫のロンを庇っている。たとえ仕掛けのある訳文を打たせたのはじいさんでも、樹の下に缶を埋め、大声でナムを脅かして毒を口に入れさせたのはロンだ。この頭の働く野郎が、なにも気がつかなかったはずはない——)

だが老人はそんな深春の思いを読み取ったかのように、繰り返す。

「すべて私がしたことだ。私だけが。殺人の罪に問われるべきも私のみ。ロンはなにも知らない」

京介はゆっくりと頭を振る。

「前にもいいました。僕は法の執行にはなんの関心もない。法の正義を信じてもいない、と。ですからオン・ティン、エム・ロンもどうかその心配はしないでいただきたい。ただ、お願いがあります。どうか彰子さんと彼女の夫と息子を、これ以上捜すことはしないでもらえますか」

「それは我々の問題だ。あなたにはなんの関係もない！」

突然激したようにロンが言い返す。

「トゥーがいなければレ家は絶えてしまう。我々には祖先の霊をさまよわせる権利はない。それとこれとはまったく別の話だ。邪魔をするならぼくにも考えがあります！」

「どうするといわれるのですか」

「あなたたちはぼくの甥を誘拐しました。日本人のあなたを裁くことは出来なくとも、兄はヴェトナム人です。彼を誘拐罪で告発することは可能です。犯人引き渡しの条約などなくとも、ぼくがこの手で彼を見つけて、引きずってでも連れ帰って、裁判を受けさせます」

「そんなことをしても、あなたの兄は戻ってはきません」

「彼を、苦しめることは出来ます」

ロンの顔がゆがんでいる。笑おうとしているのか泣きたいのか。口から出ることばとはおよそ似合わない、子供じみてさえ見える表情だった。

「彼がレ家の男子としての務めを拒むなら、報いを受けなければなりません。それが我々の正義です。ええ、きっとそうしてやりますとも！」

「では、どれだけ彼が苦しめばあなたは満足出来るのですか、エム・ロン」

京介のことばは聞き違えようのないほど明晰で、しかしその余白には口にされた以上の意味がこめられていた。

「自分の意志で立ち止まらなければ、誰もあなたを止めてはくれません。エム・ロン」

「ぼくは——」

ロンの声が喉にかかってかすれた。

「ぼくは立ち止まることなど望んではいません、決して！」

「ならば彼の腕を摑んで、ともに崖から墜ちることがあなたの望みですか」

「ともに、墜ちること——」

ロンは息を詰めた。目を見張ったまま呆然と凍りついた。まるで闇の中を駆けてきた人間が、突然いま自分がいるのが高い崖の先端だと気づいて、辛うじて立ち止まり、だが恐怖に心臓を鷲摑みにされてそれきり身動き出来ない、そんなふうに。

「そうだ。墜ちても、かまわない——」


「だがあなたはそうはしないでしょう。あなたは兄上より強い。兄上はあなたの苦しみを背負って墜ちても、あなたはきっと生き残ってしまう。そして残りの人生を、ひとりきりで生き続けることになる。なにも映らない鏡の前で、罪の意識だけを道連れにして。そうなってから悔いても遅いのですよ」

「だが、タンは行ってしまったんだ——」

彼の喉を洩れた声は、九十七歳の老人のそれに似ている。

「やっと戻ってきたタンは、ぼくを嫌って、ぼくを裏切って、また行ってしまった。もう、戻ってはこない。永遠に——」

絶望のつぶやきとともに沈黙に沈んでしまったロンにはそれきり話しかけず、京介はふたたびオン・ティン、と老人を呼んだ。

「うかがい残していたことがありました。彰子さんの朱色の和服の片袖を、ご自分の住まいに持ってこさせたのはあなたですね？」

「あれは」

ぜい、と喉が鳴った。

「不在の間に借りてこい、とだけナムにいったのだ。それをあの女は、わざと私の命令を聞き違えたふりをして、片袖を破り取ってきた。あれは、性根の悪い女だった」

だが京介はそれには答えずに、

「あなたがなぜそんなことを命じたのか、僕にはわかっているつもりです。あなたは彰子さんの着物の布を、較べてみたかったのではありませんか。お手元に残されている、ジャックの遺品と」

「なにもかも、お見通しのようだ」

さっき紙の切れ端を取り出した封筒に再び手を入れて、老人は小さなボロ布のようなものをテーブルに置く。すっかり変色し、朽ちかけた、小さな四角い袋のようだ。

「ジャックが持っていた匂い袋だ。中身の香木は、虫に食われてしまったが」


「でも微かに見て取れます。金糸で表した蝶と鳥の織り文様が」

「日本ではありふれたものなのかも知れんが、妙に似て見える。これとアキラコの着物の布がな」

「見えただけでなく、同じだったのでは？」

「同じだとするとやはりそうなのか。アキラコは私にいった。この布は自分の家の女が代々身につける特別の意匠なのだと。ならば総督府のフランス人との間に子供を産んだという日本の女は、ジャックの母親はあれの血縁だということか？」

「そのためでしたか。あなたが最初日本人と孫の結婚に反対しなかったにもかかわらず、彰子さんには距離を置いた態度しか示されなかったのは。その女性のためにジャックは生まれ、二十数年後ハノイのあなたの家にやってきた。結果としてあなたは最愛の姉を失った。それがわだかまりとなった」

「愚かな話と嘲《あざけ》られるなら好きになさるがいい、ムシュー・サクライ」

老人は色の失せた唇から、冷え冷えとした忍び笑いを洩らす。

「アキラコはどこか姉ロァンと似ているように思えて、私は最初彼女に好意を覚えた。だが着物のことに気づいてからは、それも消え失せた」

「彼女に尋ねてはみなかったのですか？」

「どう尋ねよというのだ。第一私のそばには、ほとんど常にナムがつきまとっていた。ジャックのことに触れようとすれば、話が危ういところに及ぶのは避けられない。いいや、私はなにもいわなかった。アキラコにしてみればなぜ私の態度が途中から変わったか、さぞかし不審であったろうがな」

京介は無言でジャケットの内ポケットに手を入れ、そこから一枚の写真を取り出した。そのままテーブルの上を滑らせて、老人の前に差し出す。和服の女性が椅子にかけ、両手で赤ん坊を抱いている。古そうな写真だが全体に奇妙な青みを帯びているところから見て、複写したものかも知れない。

「これは？」

不審げな老人に京介は、今度はポケットから一塊のガラスを取り出す。紙の上に載せれば文字が拡大して見える、老眼用のレンズだ。それを写真の上に置いて、

「どうぞごらんになって下さい。女性が着ているのは袂の短い和服ですが、その同じ布が赤ん坊のおくるみになっているのがおわかりになりますね。彼女は自分の袂を切って赤ん坊に着せたのでしょう」

「あ、——ああ」

「着物の柄は羽を広げた蝶と、鳳凰のような鳥です」

老人はレンズを凝視したまま、うなずいた。

「では今度は、赤ん坊の顔を見て下さい。薄い色の髪がカールしていて、目が大きい。東洋人らしくはない顔立ちです。そして口元に」

「ほくろか……これは、ジャックか……彼には確かにこんなほくろがあった——」

「そしてその赤ん坊を抱いている女性が、『夢野胡蝶之助』であったのだろうと僕は思います。顔立ちが似ていると驚かれても不思議はありません。ふたりは母親と息子だったのです」

老人は愕然と顔を上げる。

「しかし、幻だったと」

「自由な学生生活を謳歌し、酔っていたかも知れない学生の目には、幻としか思えなかったのでしょうね。文明開化の明治もすでに中葉《ちゅうよう》の頃、その人は長い黒髪をきりりと元結いで結び、華やかな振り袖に袴を穿くという不思議な、時代に合わぬ身なりをしていた。

一九一二年にレ家に滞在し、あなたと知り合われた建築学者が、夜の街角で見た妖しい美少年にそんな名をつけたと、日記に書きつけたのは一八八九年のことです。建築を学びながら同時に魑魅魍魎跋扈《ばっこ》する幻想的な小説を愛読する若者は、むしろ進んで幻であると考えたのでしょう。

一方この写真は、京都の四条家の仏壇に保管されていた彰子さんの曾祖母の妹である須磨子《すまこ》という女性のものです。堂上公家の末裔でありながら、愛の情熱と大胆さを秘め隠す人がときおり現れるのも、その一族の特徴だったかも知れません。彼女は親に背いて家を逃れ、勘当同然のまま東京で外国人と所帯を持ったといいます。それが明治二十二年、一八八九年のことでした。

帝大の学生が目撃した幻、女とも美少年ともつかぬ胡蝶之助の姿は、手元が不如意《ふにょい》で娘時代の振り袖に袴をつけ、髪を結うこともしないというなりふり構わぬ服装をして街を歩いていた須磨子さんではなかったでしょうか。しかし彼女はそんな自分を、みじめに感じてはいなかった。だからこそそれは不思議にも美しい姿だったのでしょう」

「ジャックは、母親は早くに死んだといっていた。だから父に連れられてフランスに行き、またひとりで日本に戻ってきた、と」

「四条家でも子供の行方は摑んでいなかったそうです。この写真は彼女の夫となったフランス人が、妻の遺骨とともに届けてきたもので、しかし彼はそれきり消息を絶ってしまった」

結局のところ老人の抱いた疑惑、ジャックが四条彰子の血縁ではないかという予想は裏付けられたことになる。彼はそれゆえにいっそう彰子を嫌うのだろうか。だが母子の写真を見つめる表情に、憎しみや嫌悪の色はない。むしろ彼はむさぼるように、その一枚の写真を見つめ続ける。

「なぜだろう……」

昏が微かなことばを紡《つむ》いだ。

「この女性もまた、ロァンに似て見える。強い目をして、まるで運命に挑みかかるような――」

「四条須磨子の墓は、四条家の菩提寺《ぼだいじ》に立てられています。ここから遠くはありません。そしてそこには、ジャックの墓も」

「あるのか」

「はい。あなたのお父上が日本に送った遺骨は、人の手から手へと渡され、数年かかって母親の実家に届きました」

老人はわななく両手で顔を押さえた。

「そうか。ジャックの墓が、ここに――」

そのまましばらくじっと動かなかったが、やがて手の間から小さな声が聞こえた。

「参りたい」

つぶやく老人に、ロンは仰天したように目を見張る。

「ジャックと再会して、ロァンのことを詫びたい。私もまた彼を九十年間誤解してきた、その詫びをいいたい」

「いけません、オン・ティン。外は寒すぎます。雪が降っています」

「いや、行く」

「ではせめて明日に。今日はもう遅いです。明日の昼間にしましょう」

「駄目だ。いま行かなければきっと私は後悔する。私にはもう時間がない。悔いてもやり直すことは出来ぬのだ。なぜわからん、ロン。おまえは私の魂を迷い子にしたいのか」

　それでもロンが動かずにいると、老人は椅子の肘掛けに体重をかけて体を押し上げた。辛うじて腰を上げた、その腕を左右から深春と京介が支える。

「タクシーで門前まで行けます。僕たちがお連れしますから」

　ロンはなにもいわぬまま、だがのろのろと立ち上がった。

## 3

　夜が更けて、氷雨は雪に変わっていた。

　真夜中の十二時にはまだ間があるものの、街路にはやはり人の姿がいつになく多く、暗い空には梵《ぼん》鐘《しょう》の響きが遠く聞こえている。

　四条家の本邸からも遠くない南禅寺奥の墓地に行くには、タクシーを止められる公道から数段の石段と、石を敷いた上り坂の小道をしばらく入っていかなくてはならない。雪はまだ積もってはいなかったが、濡れた敷石は滑りやすいだろう。

「俺がおぶっていくよ」

「ああ」

　タクシーのドアを開けて、深春がしゃがんで背を向けると、意味はわかっただろうが老人は逡巡しているようだった。

「シン　ドゥオン　ラム　ハッ　ニャー」

　深春がカタカナヴェトナム語で『遠慮しないで下さい』というと、笑ったらしい気配があって、

「有り難う《カムオン》」

　背中に重さがかかる。といってもそれは覚悟していたより遥かに軽い。老いるというのは少しずつ死に向かって近づいていくことだと、いまさらのように深春は感じる。

「お寒くありませんか?」

「大丈夫だ。世話をかける」

「遠くはありません。お気になさらず」

京介と老人がフランス語で会話している。頭の上には京介が傘を差しかけ、片手に持った懐中電灯で足元を照らす。ロンの声は聞こえない。タクシーから降りたことだけは確かだが、いまの彼は口を利く気力さえ無くしてしまったようだ。

前もって京介から場所を聞いていた四条家の墓地は、杉林に包まれた斜面の下、もっとも奥まったところにあった。常緑樹の生け垣で囲まれた墓域の門扉は開けてあったが、その中はまたかなり広い。白い玉石を敷き詰めたところに、大小の自然石の墓標や五輪塔が立ち並ぶ。

京介が黄色い光を前方に投げた。敷地の一隅に身を寄せ合うようにして、抱き上げることができそうなほどの大きさの、可愛らしい二基の五輪塔が立っていた。

「これが?……」

「向かって右が四条須磨子さんの墓石、左が息子の四条朱雀《すざく》さんです」

「スザク——」

「中国の風水でいう南を守る神、表象は鳳凰でこれを朱雀と称します。ジャックの本名です。裏に回ると名前が彫ってあります」

「下ろしてくれ」

深春の背から地に足をつけた老人は、手を貸そうとする京介を振り払って、よろよろと前に出る。深春もついて後ろに回ってみた。

四条須磨子　明治弐拾参年没　享年弐拾壱歳
四条朱雀　　大正元年没　　享年弐拾参歳
それぞれの名前と没年享年のそばに、薄く家紋が彫られていた。丸の中に横向きに向かい合った二頭の蝶。それが再会した母子に見える。

「ジャック……」

老人は両手で五輪塔の宝珠にすがる。雪に濡れた石に頬を擦り寄せる。

「私だ。ハノイであんたに遊んでもらった、フランス語を教わったティンだよ。こんなに老いぼれてしまったが、初めて見る雪の下でまたあんたに会えるとは、思ってもみなかったなあ――」

老人の頬が濡れているのは、舞い落ちる雪のためではない。彼は泣いている。だが京介はその顔から手にした電灯の光をそらせた。ヴェトナム語になってしまった彼のつぶやきは、もはや深春には意味が分からない。

「――ジャック、覚えているか？　あの頃のハノイは、美しかったなあ。あの頃はなにもかもが、夢のように美しかったなあ。空は高く、緑は色濃く、花と果物はかぐわしかった。私はエデンのような楽園に暮らしていた。その頃の私はまだ、罪も憎しみも知らなかったから。

あんたはあれからアリスのように鏡を抜けて、夢から覚めて、蝶になって舞っているのか？　もしかしたらロァンもそこにいるのか？　私ももうすぐ、そちらに行けるのだろうか。

だったらいいのになあ。人間でい続けるのは辛すぎる。あんたのいっていたことばの意味が、この歳になってようやくわかるよ。みんなで蝶になって、緑の園を飛び回ろう。そうだったらどんなにか、いいだろうなあ……」

墓石を抱擁し、掻き口説く老人の姿をただ呆然と眺めていたロンは、しかし背後に足音を聞いて弾かれたように振り返った。そこに立っているのは桜井京介ではなかった。鏡を立てたように、自分と良く似た顔立ちの眼鏡をかけた男がすぐそこにいる。こちらを見つめている。だが、それは決して鏡ではない。なぜなら彼は自分と似ていて、少しも似てはいないからだ。

彼はひとりではなかった。

彼のそばには黒髪美しい女性がひたと身を寄せていた。

彼女の両手は前に立たせせた男の子の肩に載せられていた。

幸せな三人家族はそうして降り積もる雪にも寒さを感じぬというように、寄り添い合いながら顔をこちらに向けているのだった。

「アイン・タン、どうして——」

いまさらこんなことをいっても仕方がない。それはわかっている。無駄で感情的で愚劣な泣き言だ。そう思いながらロンは、自分の口からほとばしることばを止めることが出来ない。

「どうしてあなたは行ってしまうんだ。二度もぼくを捨てて、祖国を捨てて、家族を捨てて。あなたはぼくの兄なのに。ぼくたちは家族だったはずなのに。あなたはそれを否定するのか」

「私を赦してくれ、エム・ロン」

すぐそばに兄の姿は見えるのに、その声は遠い。遠くから木霊のように伝わってくるとしか思えないほど。

「私たちを赦して下さい、エム・ロン」

彰子もいう。

「どうか、赦して下さい」

「赦せるはずがない。断じて赦さない！」

「だがロン、おまえは私がそばにいるとき幸せではなかった。私という鏡におまえは自分を映し、絶えず私と自分を較べていた。私にはそれが辛かったのだ。私にとってはおまえこそが、私の過去の罪を責める鏡だった。私はおまえを見るたびに、あのときおまえを置いて逃げなければとなじられているように感じた」

「そう。ぼくはあなたを責めていた。口に出さなくともそうせずにはいられなかった。どうして責めずにいられるだろう。でもそれは、ぼくがあなたを嫌いだったからじゃない！」

「私もおまえを嫌ってはいなかった。嫌うことなど出来るはずがない。だから苦しかった。そうして私とおまえは、無限に増殖する憎しみの合わせ鏡の間で身動きが取れなくなったのだ」

「それでもレ家にはあなたが必要だ。あなたとあなたの息子が。ぼくでは駄目なんだ。知っているはずなのに！」

しかしタンはこちらを見つめ、薄く微笑んだまま頭を振る。そのあまりに静かな穏やかな仕草が、かえって彼の決断が二度と揺るがぬことを告げ知らせている。

「おまえは私を憎んでいい。二度と赦さなくともかまわない。だが私はおまえを決して憎まない。たとえひとつ家に暮らさなくとも、私はレ家の人間だ。それを忘れるつもりも、否定するつもりもない。おまえが必要としてくれるなら、そのときは帰ることが出来る。きっと帰ってくる」

「兄さん、兄さん！」


ロンは叫んだ。だが駆け寄ろうとしたとき、足が濡れた敷石で滑った。痛みをこらえて顔を上げたときには、兄たちの姿はもうどこにも見えない。まるですべては自分だけの目に映った、幻でしかなかったというように。ロンは石の上にうずくまったまま、子供のように声を放って慟哭《どうこく》した。

その肩をそっと叩いた手。振り返ればそこにティン老人がいた。

「帰ろう、私たちの国に」

「オン・ティン――」

それはロンが最近見てきた、歳月に打ちひしがれ老いさらばえた祖父ではなかった。小さなロンを腕の中に抱えて、かつてあった平和な日々のこと、国の歴史、美しいものや素晴らしいものについての物語を、尽きることなく聞かせてくれた、頼もしい、叡智に満ちた人がそこにいた。彼はもはや泣いてはいなかった。おぼつかなく体を傾がせながら、それでも自分の脚で立ち、顔を上げていた。

「旅は終わった。夢の鏡は割れた。思い出は思い出のまま、逝った者は逝くままに置いていこう。どれほど変わり果てても、あれが私たちの祖国であり、私たちの街だ。私はそこに骨を埋める。その上にどんな新しい夢を描くかは、おまえたち若者の決めることだ。それが望ましいものならば、タンもその妻と子供も還ってくる」

栗山深春が再び背中を差し出したが、老人は微笑んで頭を振った。もうここに思い残すことはない。逝った者の奥津城《おくつき》に背を向け、孫に片腕を預けて彼は夜道をたどる。死者を雪の記憶の中に葬って。

# 独白——栗山深春の

京介と深春がマンションに帰り着いたのは、明けて元旦の夕刻になっていた。

いつもなら大晦日は掃除と料理が終わればそのまま年越しの酒盛りで、一日は近所の神社に詣《もう》でがてら神代邸に年始の挨拶、宴会、という呑気なスケジユールが恒例だった。

だが今年は蒼がたぶん戻れないだろう、というので神代教授は門前仲町《もんぜんなかちょう》の実家に帰り、こちらも都合がつけばそちらに顔を出させてもらう話になっていて、それが急遽大晦日の京都行きですっ飛んで、と異例ずくめの年明けだった。

ふたりのヴェトナム人を関空で見送って、だが正月の行事に賑わう京都の街を楽しみたい気分でもない。一番早く乗れる新幹線でそそくさと戻り、

「外で飯でも喰うか？」

「いや、どちらかといえば家で休みたいな」

「同感だ。夜は、まあいいや、なにか冷凍庫にあるものでも掻き集めれば足りるだろう」

そんなことを言い合いながら地下鉄の駅から歩いてきたところが、

「マンション、電気が点《つ》いてるじゃないか——」

「カーテンも開いているみたいだな」

「いや、絶対出る前に確かめたぞ」

顔を見合わせた。合鍵を持っているのは、自分たち以外にはふたりだけだ。神代教授が実家で酔い潰れているのは、さっき東京駅から電話して確認している。ということは。そのままお互い物もいわず、先を争って三階まで階段を駆け上がる。玄関ドアに鍵はかかっていなかった。

「――蒼ッ？」

もう一枚ドアを開けた先の広いリビングのソファから、こちらを振り返った顔。

「ああ、良かった。一日からふたりでどこに消えたのかと思って、そろそろ心配になってたよ」

聞き慣れたいつもの明るい口調に違いはなかったが、気がついてみると暖房がなにも点いていない。

蒼はコートもマフラーも取らないまま、ぽつんと座って窓から外を見ていたようなのだ。

「おまえ、エアコンくらいつけろよ」

「え？　ああ、忘れてた。天気良かったから」

だがもう時刻は四時を回っている。南向きのヴェランダから差し込む陽射しも、疾うにかげって部屋の中は息が白いほどだ。

「いつからここにいる？」

尋ねながら京介が蒼の手を取る。

「えっ、と、昼過ぎくらいかな――」

「手が冷たい」

「う、うん。手袋、忘れてきて」

取り敢えずエアコンとオイルヒーターを点けて、飲み物でも淹れようと台所に行きかけた深春は、だがようやく蒼の下まぶたが赤いのに気づいた。口元には笑顔を貼り付けたまま、なにかを忘れてしまったようにぼんやりとこちらを向いた視線。

京介は蒼の手を握ってソファの隣に座っている。飲み物は後回しにすることにして、深春も反対側の隣に腰を下ろした。

「蒼、なにがあった？」

聞かなくても答えはわかっている気がしたが、こちらから先回りしていうわけにはいかない。

「――かあさん」

「うん」

「逝っちゃった」

「今日？」

京介の問いにうつむいたまま頭を振って、

「昨日の夜、年が明ける少し前に」

しかして、こっちに電話したか？」

部に行くことは急に決まったので、蒼には連絡しなかったのだ。もしも俺たちを呼ぼうとして、何度も電話していたとしたら。だが、蒼はまた頭を振る。

「ううん。だってこれはぼくのことだから。ぼくが見送ってあげないといけなかったんだから」

「ひとりきりで？」

「うん」

「門野さんもいなかったのか」

「渋滞で、間に合わなくて。いまはぼくの代わりにいてくれる」

「えらかったな、蒼」

「止してよ、深春。そんな子供みたいに」

　上目遣いに睨んだ顔が、ふいにくしゃっとゆがんだ。

「ずっと、手を握ってた。いつまでもあったかくて、眠ってるみたいで」

「そうか」

「でも、かあさん、幸せだったかな？　ぼくみたいな子供生んで、そのせいでいろんなことがあって、最期《さいご》にいたのもぼくだけで、もしかしたら嫌じゃなかったかな――」

　息を吞んでしまった深春より一呼吸早く、京介が答えた。

「そんなことがあるはずがない。かおるさんは幸せだった。誰よりも幸せだった」

「本当に？　京介、本当にそう思う？」

「思うだけじゃなく、保証するよ」

　蒼はなにかいおうとしたが、声にならない。右手は京介に預けたまま、左手で顔を覆った。

「見ない、で」

　声が鼻声になっている。

「見たら、嫌だ」

「見ねえよ」

　深春は蒼の頭を乱暴に胸へ抱き寄せた。

「だけど泣きたかったら、いくら泣いてもいいんだぜ」

「嫌だ。もう、たくさん泣いたもの」

歯を食いしばっているような蒼の声だ。

「深春や京介を心配させないように、これ以上は泣かない。泣かないいんだ、絶対に——」


俺たちの二〇〇二年はそんなふうに、いささかハードかつビターに始まった。

だが少しずつ昼が延び、春の気配が近づいてくるに従って、蒼も快活さを取り戻しつつある。四月から大学に復学するので、それまでに運転免許を取得するのだといまは毎日教習所通いだ。その合間に最近は以前のようにせっせと谷中にも顔を出し、よくしゃべり、笑う。それが俺たちふたりを安心させようという心遣いだとしても、心遣いが出来るくらい元気になったのだと受け止めることにした。蒼の笑顔が見られると、俺も活力が湧いてくる。


ヴェトナムでの一件に関連したことにも、少し触れておこう。タンと彰子姫と直の一家は、取り敢えず京都に住まいを定めたらしい。タン自身はヴェトナム国籍のまま、息子は二重国籍で、成人してから日本とヴェトナムどちらかを選択することになるそうだ。息子の意志を尊重したいし、自分たちもまたしばらくしたらあの国に住みたいと考えるかも知れないから、と。後はタンにこれまでの経歴を生かせる仕事が見つかるか、ということだが、いまのところまだその結果は出ていない。

彼らはそんなわけでともかく幸せなのだろうが、よく考えるとロンはいくらか気の毒だよな、と思っていたら、ヴェトナムの河村千夏から驚くべき手紙が舞い込んだ。彼女はホーチミンシティからハノイに移り、レ家を再訪してロンに交際を申し込んだというのだ。結婚を前提にしておつきあいしてくれ、と。そのとき彼がどんな顔をしたか、実に想像を絶する。

『あたしも自分の気持ちにはかなり驚いています。最初は彼のこと、全然好意を持てない嫌なタイプのヴェトナム人だと思っていましたから。もともとサイゴンで暮らしていたせいで、北に対しては好きになれないところがあったんです。

　でも歴史博物館で、彰子さんと入れ替わったあたしが、ストールでくるんだ石像を一階の床に投げつけたとき、彼はもう必死で階段を駆け下りたでしょう？　それまでの澄ましたエリート面《づら》なんか、どこかに吹っ飛んでしまった顔でした。それを見たときから、あたしの考えもがらっと変わってしまったみたいです。

　仮面を被っていた男の人が、ぽろっとそれを落として素顔を晒してしまうときって、やたら可愛らしいと思いませんか。なのにどうして男の人って、変に強がりたがるんでしょうね。たぶん彼も自分のことが全然わかってないんですよ。誰かが教えて上げないと。

　結婚についてはまだＯＫはもらっていません。おわかりになると思いますけど、彼は最初ものすごく怒りました。からかわれていると思ったみたい。でもあたしは理路整然と反論しました。別にあなたとセックスしたいから結婚しようといっているわけじゃない。それに機能に問題があって性行為が不可能でも、精子があれば人工授精は可能だし、それが無理なら養子をもらうという手もあるのだから、結婚出来ない理由にはならないって。

　彼はそれでもまだなんだかんだいってますけど、あたしの決意は固いので押して押して押しまくります。必要とあらば押し倒します。困難と抵抗があるほど燃える人間なんだと、いまさらのように自分の資質に目覚めました。でもあたしの観測では、彼は陥落目前です。レ家の女性陣はとっくにあたしの味方ですし、なんの問題もありません。晴れて結婚に漕ぎ着けたら式には招待状を出しますので、どうぞおふたりでいらして下さいね』

この手紙を声を出して読みながら、俺は腹を抱えて爆笑し、京介もこらえきれずに吹き出した。やはり彼女は立派なヴェトナム女房だ。しっかりロンを尻に敷いて、あいつをリードしてたぶんいい夫婦になれるだろう。

世の中には凡百のミステリなどより遥かに、目の玉をひん剝くような意外な結末がひょいとばかり出現するものらしい。だが意外であってもなくても、ハッピーエンドならいい、と俺は思う。物語ってやつは絶対に、ハッピーエンドでなくちゃいけない。そうでない物語は欠陥品だ。あるいは本当の結末にたどりついていないのだ。

蒼が来た元旦の夜、俺と京介は両側から腕を回して蒼を抱いて、そのままなにもいわずじっとしていた。蒼の泣き声が少しずつ鎮まって、ゆっくりとした寝息に変わるまで。後はソファに寝かせて毛布をかけて、そのまま朝まで顔を見ていた。

涙の跡の残る顔には胸が痛む。だが蒼の眠りは深く健やかで頰は薔薇色をしている。それが見守る俺たちを安堵させてくれた。肉親の死に遭うことは辛く悲しいが、それでも夜が明ければ人間は生きていかなくてはならないのだから。

「やっぱり奇跡は起こらなかったな、蒼にも」

小声でいった俺に、

「いっただろう。起こらないから奇跡なんだ」

京介の答えは相変わらずにべもない。

「だけど俺たちがいまここに生きている、そのこと自体が奇跡だって考え方もあるだろ。俺はそっちの方が好きだ」

京介はすぐには答えない。床に座ってソファに預けた背中を軽く伸ばし、投げ出した脚を組み替える。それからようやく口を開いて、

「確かに生まれてきて、死なずにここにいることを『奇跡』と呼べなくはない。偶然、ギャンブル、ゲーム、意味は大して違わないとしても」

カーテンを開けたままのガラスが鏡になって、室内の俺たちを映している。ソファの上の蒼の寝顔と、俺と、京介の白い横顔を。奇跡というならその、十年以上見続けてもときには生身の人間かと疑いたくなる、やつの顔こそ一種の奇跡だった。

ほとんどの場合常に冷静で、感情に足を取られることがない京介。だがそれが好んで彼が身につけている仮面だ、ということを俺は知っている。

京介は事件に関わったとき、しばしば犯人の上に自分を投影してしまう。鏡の比喩を使うなら、そこに自分の影を見て、自分を断罪するように犯人を追いつめる。ロンをゲームに勝利すること自体が目的のプレイヤーだといったときにも、それは感じられた。そして俺は不安になった。

理性的であるのはいい。それを武器にして、戦うべきときに戦うことはかまわない。だが罪を犯した人間を断罪する刃で、同時に自分を切り刻むような真似はしてもらいたくない。

京介はロンを追いつめなかった。むしろ彼を止めた。『自分の意志で立ち止まらなければ、誰もあなたを止めてはくれません』。ことばは冷ややかでも、それは紛れもないロンへのやさしさだった。聞いていて俺はいくらかほっとした。

(なのにどうしてこいつは、自分に対してだけはやさしくないんだ!――)

「こういうことにギャンブルとかゲームとかいうのは、俺は嫌いだな。不真面目だ」

「そうかな」

「おまえハノイでいったよな。自分はロンとは違う。他人を駒にしてゲームはやらないって」

「いったよ。信じられない?」

あのとき俺がジレンマでぐるぐるしてたのも承知していた、というように京介は口の端を上げてみせたが、

「だけどおまえは自分を駒にしてなら、平気でゲームが出来るんじゃないか?」

どこかわざとらしい笑いが、京介の口元から落ちた。その表情で俺は、俺のことばが的に当たったのを感じた。

「——もしも、そうなら」

「そういうのも俺は好きじゃない」

京介はなにか答えようとしたらしかった。だが俺はかまわずに続けた。

「なぜならおまえって人間は、おまえひとりのもんじゃないからだ。おまえが自分を駒にするのはかまわなくても、俺がかまう」

「…………」

「俺だけじゃなく蒼も、神代さんも、門野のじいさんだってたぶん同じことをいうだろうぜ。俺たちの共有財産である『桜井京介』を、粗略に扱ったらただじゃおかないぞってな」

「共有財産——それは、知らなかった」

「おまえにも知らないことは山ほどあるんだぜ。どうだ、恐れ入ったろう」


京介は微かに笑って肩をすくめたが、それにはなにも答えなかった。俺もそれ以上あいつを追及はしなかった。蒼の寝顔を眺めながら過ごす時間は安らかで、ひそめた話し声さえ騒がしい、よぶんなものにしか感じられなかったから。


そしてゆっくりと季節は流れ、京介の様子は変わらない。一応いい意味での『挙動不審』のまま、昼型・ジム通い・家事分担ありで、のんびりとした毎日を過ごす。いつかそれが俺たちの日常となり、不思議がることもなくなっている。

それでも実のところ俺の胸には、微かな不安の火種がくすぶり続けている。奇妙なイメージが心に染みついて消えない。

暗い鏡を見つめる京介。その姿がふいと消える。京介は白い小さな蝶となって、鏡の中に溶け入ってしまう。俺たちは鏡の外で、見る見る小さくなっていく白い影を目で追うしか出来ない——

たぶん、なにも気にすることはないのだろう。

俺は断固としてそれを黙殺する。不吉な予感なんてやつは、口に出してしまうことで逆にリアリティを増したりするものなんだから。

俺はなにも気がつかない。

もうじきまた春が来る。

正月がどこかに行ってしまった分、今年の花見はせいぜい盛大にやってやろう。

こんなことをいったらきっとおまえはまた嫌な顔をするんだろうが、やっぱりおまえには満開の桜が似合うよ、京介。

# あとがき

「建築探偵桜井京介の事件簿」第三部の開幕である。

これまでは各巻の連続性、時間の継続性は保ちながらも、同時にミステリとしての独立性を心がけ、他の巻のトリックやプロットのネタバラシ禁忌にも抵触しないよう心がけてきた。だがシリーズがいよいよ第四コーナーを回ったことで、その原則が少しずつ揺らいできてしまっているのも事実だ。本邦初大河ミステリの試みゆえ、そのあたりのことはご寛恕願いたいと頭を下げるしかない。

もしもそういうことには一切興味がないという読者は、プロローグとエピローグに当たる前後の二章は軽く飛ばしていただき、「建築探偵挙動不審」の章の前半も斜めに読んでいただくといいかも知れない。


さて、今回は長らく予告しながら実現しなかった、「伊東忠太とヴェトナム」の話である。現実に存在した建築家にして建築史学者伊東を取り上げたので、どこまでが事実に基づきどこからが虚構かということを、艶消しは承知で明確にしておく。

作中の前半、京介が深春に語った伊東の業績、長期にわたるユーラシア建築踏査の旅や、浄土真宗本願寺派門主大谷光瑞との関わり、大谷の別荘二楽荘への評価、また彼が妖怪に興味を持ち幻視体験について繰り返し語ったことなどはすべて資料に基づいている。

また彼の大学生時代の日記が残されていて、そこに『夢野胡蝶之助という名の美少年』についての記述があることも事実である。ただしこの日記は公刊されていないので、私は内容を直接読んでおらず、それが夜の夢であったのか、白昼夢や幻視であったのかということまでは実は明確ではない。

彼が一九一二年の初頭フランス統治下のハノイに出張して建築調査をしたのも事実で、その見聞を語った講演や論文は読んだが、ハノイのどこに宿泊したか、たぶんフランス語は出来なかったはずの伊東が通訳をどうしたかといったことは不明である。つまりそこから先、ヴェトナムでの物語はすべてフィクションである。

二〇〇三年には東京で伊東に関するふたつの展覧会が開催された。

日本建築学会建築博物館における「拡張するアーカイブ　伊東忠太展」と渋谷区ワタリウム美術館の「建築家・伊東忠太の世界展」である。

前者では伊東が書き残した膨大な調査のフィールドノートの内容を明らかにした目録を有り難く利用したが、後者で興味深かったのは、伊東十七歳の作品として東京大学工学部建築学科に伝えられてきたという肉筆美人画である。これらが頭の中でひとつに溶け合って、今回の作品となった。

例によって簡潔に謝辞を述べておきたい。

ハノイ取材時ガイドとしてお世話になったTMトラベルの吉本真知子さん、日本ベトナム文化交流協会ハノイ事務所の大西和彦さん、その節は有り難うございました。講談社文芸図書第三出版部の担当編集者栗城浩美さん、今回はヴェトナムご一緒出来なくて残念でした。せっかく取材もさせてもらったのですが、ひとりだったので美食をする気にもなれなくて、その点ではいまいち彩りに乏しい作品になってしまいました。

写真担当のつれあい半沢清次氏、これからもどうぞよろしく。

そして待っていて下さった読者の皆様。自分にとって最長の作品となったこのシリーズを完結させるのは思いの外の大事業で、まだ行き着く果ては遥かに遠く、気分はモルドールに向かって山の斜面をよじ登るフロド（『指輪物語』ネタです、わからない方はすみません）。巨大毒蜘蛛やオークが襲ってこなくても、五十歳を過ぎた身にはなかなかにこたえる旅路です。

小説を書くのはまさしくひとりきりの作業で、一つの指輪同様誰に分け持ってもらえるものでもありませんが、読者という道連れがいてくれるからこそ歩き続けられるのだとつくづく思います。そういう意味で読者の方たちは私のサムです。どうかもう数年、見捨てないで一緒に歩いて下さい。

つれあいのサイトに間借りして仕事日誌を公開しています。基本的にプライヴェートのことは書かず、仕事の進行状況や新刊情報、読んだ本の感想などを書いています。日誌は毎日更新がポリシー。たまにはキリ番プレゼントもしています。ネット環境にある方は、一度お立ち寄りいただければ幸いです。

http://www.aa.alpha-net.ne.jp/furaisya/　木工房風来舎内　篠田真由美のページ
（トップにお知らせコーナーがあるので、リンクはメールで管理人にご一報の上
必ずトップページからお願いします）

次作はまた来年になりますが、珍しくタイトルが決まっていますので予告します。
『聖女の塔』です。
というわけで、またお目にかかれる日まで。再見！

## 主要参考文献

旅の指さし会話帳⑪ベトナム　池田浩明　情報センター出版局
はじめてのベトナム語　欧米・アジア語学センター編　明日香出版社
地球の歩き方　ベトナム　00~01　ダイヤモンド社
女たちのベトナム　村田文教　めこん
ハノイの純情、サイゴンの夢　神田憲行　講談社
ハノイの路地のエスノグラフィー　伊東哲司　ナカニシヤ出版
ベトナム町並み観光ガイド　友田博通編　岩波書店
ベトナム建築大博覧　SD9603号　鹿島出版会
VIETNAM Traditional Folk Houses　昭和女子大学国際文化研究所
東南アジア現代史Ⅲ　桜井由躬雄他　山川出版社
ヴェトナム現代政治　坪井善明　東京大学出版会
ベトナム戦争　吉澤南　吉川弘文館
憎しみの子ども　キエン・グエン　早川書房
ゆれるベトナム　名波正晴　凱風社
現代ベトナムを知るための60章　今井昭夫他　明石書店
貿易風の佛印　ジャン・ドウレル　育生社弘道閣

ベトナムから来たもう一人のラストエンペラー　森達也　角川書店
二楽荘と大谷探検隊　芦屋市立美術館
伊東忠太資料目録・解説　日本建築学会　建築博物館
伊東忠太建築文献　伊東忠太　龍吟社
余の漫画帖から　伊東忠太　実業之日本社
伊東忠太建築作品　伊東忠太　城南書院
建築工藝叢誌　第二十冊（一九一三）
建築学者伊東忠太　岸田日出刀　乾元社
伊東忠太動物園　藤森照信　筑摩書房
建築巨人伊東忠太　読売新聞社編　読売新聞社
伊東忠太を知っていますか　鈴木博之他　王国社
戦時下日本の建築家　井上章一　朝日新聞社
毒草の誘惑　植松黎　講談社
百花遊歴　塚本邦雄　文芸春秋
荘子　第一冊　岩波書店

N.D.C.913　320p　18cm

胡蝶《こちょう》の鏡《かがみ》　建築《けんちく》探偵《たんてい》桜井《さくらい》京介《きょうすけ》の事件簿《じけんぼ》

二〇〇五年四月五日　第一刷発行

定価はカバーに
表示してあります

KODANSHA NOVELS

著者—篠《しの》田《だ》真《ま》由《ゆ》美《み》



発行者—野間佐和子

発行所—株式会社講談社

東京都文京区音羽二-一二-二一
郵便番号一一二-八〇〇一

編集部〇三-五三九五-三五〇六
販売部〇三-五三九五-五八一七
業務部〇三-五三九五-三六一五

印刷所—株式会社精興社　製本所—株式会社若林製本工場



ISBN4-06-182425-2

# KODANSHA NOVELS 講談社ノベルス

〝G〟世代直撃！
宇宙海兵隊ギガース　今野　敏

シリーズ第2弾！
宇宙海兵隊ギガース2　今野　敏

シリーズ第3弾！
宇宙海兵隊ギガース3　今野　敏

メフィスト賞！　戦慄の二十歳、デビュー！
フリッカー式　鏡公彦にうってつけの殺人　佐藤友哉

戦慄の〝鏡家サーガ〟！
エナメルを塗った魂の比重　佐藤友哉

戦慄の〝鏡家サーガ〟！
水没ピアノ　佐藤友哉

戦慄の〈鏡家サーガ〉例外編！
鏡姉妹の飛ぶ教室　〈鏡家サーガ〉例外編　佐藤友哉

問題作中の問題作。あるいは傑作
クリスマス・テロル　佐藤友哉

建築探偵桜井京介の事件簿
未明の家　篠田真由美

建築探偵桜井京介の事件簿
玄い女神（くろいめがみ）　篠田真由美

建築探偵桜井京介の事件簿
翡翠《ひすい》の城　篠田真由美

建築探偵桜井京介の事件簿
灰色の砦　篠田真由美

建築探偵桜井京介の事件簿
原罪の庭　篠田真由美

建築探偵桜井京介の事件簿
美貌の帳　篠田真由美

建築探偵桜井京介の事件簿
桜　闇　篠田真由美

建築探偵桜井京介の事件簿
仮面の島　篠田真由美

蒼の四つの冒険
センティメンタル・ブルー　篠田真由美

建築探偵桜井京介の事件簿
月蝕の窓　篠田真由美

建築探偵桜井京介の事件簿
綺羅の柩　篠田真由美

蒼による建築探偵番外編！
angels——天使たちの長い夜　篠田真由美

建築探偵シリーズ番外編
Ave Maria《アヴェ　マリア》　篠田真由美

建築探偵桜井京介の事件簿
失楽の街　篠田真由美

建築探偵桜井京介の事件簿
胡蝶の鏡　篠田真由美

書下ろし怪奇ミステリー
斜め屋敷の犯罪　島田荘司

書下ろし時刻表ミステリー
死体が飲んだ水　島田荘司

長編本格推理
占星術殺人事件　島田荘司

都会派スリラー
殺人ダイヤルを捜せ　島田荘司

長編本格推理
火刑都市　島田荘司

長編本格ミステリー
網走発遙かなり　島田荘司

四つの不可能犯罪
御手洗潔の挨拶　島田荘司

流水史上最高のJDC
彩紋家事件 前編　清涼院流水

JDC is BACK!
彩紋家事件 後編　清涼院流水

メフィスト賞受賞作!
蜜の森の凍える女神　関田 涙

美少女探偵、再び!
七人の迷える騎士　関田 涙

騙される快感が味わえる!
刹那の魔女の冒険　関田 涙

メフィスト賞受賞作
六枚のとんかつ　蘇部健一

本格のエッセンスに溢れる傑作集
長野・上越新幹線四時間三十分の壁　蘇部健一

一目瞭然の本格ミステリ
動かぬ証拠　蘇部健一

怪人あらわる!
木乃伊《ミイラ》男　蘇部健一

愛する娘のために……
届かぬ想い　蘇部健一

第11回メフィスト賞受賞作!!
銀の檻を溶かして 薬屋探偵妖綺談　高里椎奈

ミステリー・フロンティア
黄色い目をした猫の幸せ 薬屋探偵妖綺談　高里椎奈

ミステリー・フロンティア
悪魔と詐欺師 薬屋探偵妖綺談　高里椎奈

ミステリー・フロンティア
金糸雀が啼く夜 薬屋探偵妖綺談　高里椎奈

ミステリー・フロンティア
緑陰の雨 灼けた月 薬屋探偵妖綺談　高里椎奈

ミステリー・フロンティア
白兎が歌った蜃気楼 薬屋探偵妖綺談　高里椎奈

ミステリー・フロンティア
本当は知らない 薬屋探偵妖綺談　高里椎奈

ミステリー・フロンティア
蒼い千鳥 花霞に泳ぐ 薬屋探偵妖綺談　高里椎奈

ミステリー・フロンティア
双樹に赤 鴉の暗 薬屋探偵妖綺談　高里椎奈

ミステリー・フロンティア
蟬《せみ》の羽 薬屋探偵妖綺談　高里椎奈

ミステリー・フロンティア
ユルユルカ 薬屋探偵妖綺談　高里椎奈

ミステリー・フロンティア
雪下に咲いた日輪と 薬屋探偵妖綺談　高里椎奈

創刊20周年記念特別書き下ろし
それでも君が ドルチェ・ヴィスタ　高里椎奈

〝ドルチェ・ヴィスタ〟シリーズ第2弾!
お伽話のように ドルチェ・ヴィスタ　高里椎奈

〝ドルチェ・ヴィスタ〟シリーズ完結編!
左手をつないで ドルチェ・ヴィスタ　高里椎奈

新シリーズ、開幕!
孤狼と月 フェンネル大陸 偽王伝　高里椎奈

〝フェンネル大陸 偽王伝〟シリーズ第2弾!
騎士の系譜 フェンネル大陸 偽王伝　高里椎奈

第9回メフィスト賞受賞作!
QED 百人一首の呪《しゅ》　高田崇史《たかふみ》

書下ろし本格推理
QED 六歌仙の暗号　高田崇史

書下ろし本格推理
QED ベイカー街の問題　高田崇史

KODANSHA NOVELS 講談社ノベルス

# KODANSHA NOVELS 講談社ノベルス

書下ろし本格推理
QED 東照宮の怨《えん》　高田崇史

創刊20周年記念特別書き下ろし
QED 式の密室　高田崇史

書下ろし本格推理
QED 竹取伝説　高田崇史

書下ろし本格推理
QED 龍馬暗殺　高田崇史

書下ろし本格推理
QED〜ventus〜 鎌倉の闇《くらやみ》　高田崇史

書下ろし本格推理
QED 鬼の城伝説　高田崇史

論理パズルシリーズ開幕!
試験に出るパズル 千葉千波の事件日記　高田崇史

書き下ろし! 第2弾!!
試験に敗けない密室 千葉千波の事件日記　高田崇史

「千波くんシリーズ」第3弾!!
試験に出ないパズル 千葉千波の事件日記　高田崇史

「千波くんシリーズ」第4弾!!
パズル自由自在 千葉千波の事件日記　高田崇史

衝撃の新シリーズスタート!
麿の酩酊事件簿 花に舞　高田崇史

本格と酒の芳醇な香り
麿の酩酊事件簿 月に酔　高田崇史

書下ろし歴史ホラー推理
蒼夜叉　高橋克彦

超伝奇SF
総門谷R 阿黒篇　高橋克彦

超伝奇SF「総門谷R」シリーズ
総門谷R 白骨篇　高橋克彦

長編本格推理
匣の中の失楽　竹本健治

奇々怪々の超ミステリ
ウロボロスの偽書　竹本健治

『偽書』に続く迷宮譚
ウロボロスの基礎論　竹本健治

第25回メフィスト賞受賞作!
それでも、警官は微笑《わら》う　日明《たちもり》 恩《めぐみ》

私立伝奇学園高等学校民俗学研究会 その1
蓬莱《ほうらい》洞の研究　田中啓文

私立伝奇学園高等学校民俗学研究会 その2
邪馬台洞の研究　田中啓文

私立伝奇学園高等学校民俗学研究会 その3
天岩屋戸《あめのいわやど》の研究　田中啓文

書下ろし長編伝奇
創竜伝1〈超能力四兄弟〉　田中芳樹

書下ろし長編伝奇
創竜伝2〈摩天楼の四兄弟〉　田中芳樹

書下ろし長編伝奇
創竜伝3〈逆襲の四兄弟〉　田中芳樹

書下ろし長編伝奇
創竜伝4〈四兄弟脱出行〉　田中芳樹

書下ろし長編伝奇
創竜伝5〈蜃気楼都市〉　田中芳樹

書下ろし長編伝奇
創竜伝6〈染血の夢〉　田中芳樹

書下ろし長編伝奇
創竜伝7〈黄土のドラゴン〉　田中芳樹

書下ろし長編伝奇
創竜伝8〈仙境のドラゴン〉　田中芳樹